code name
화원
code name
애랑

code name
초원
code name
백귀

스파이 교실 09

《아락다》의 아네트

스파이 교실 09

《아락다》의 아네트

저자 타케마치
일러스트 토마리

SPY ROOM

the room is a specialized institution of mission impossible
last code garakuta

CONTENTS

CHARACTER PROFILE

애랑
Grete

어느 거물 정치가의 딸.
정숙한 소녀.

화원
Lily

벽지 출신의
세상 물정 모르는 소녀.

화톳불
Klaus

『등불』의 창설자이자
「세계 최강」의 스파이.

몽어
Thea

대형 신문사
사장의 외동딸.
고아한 소녀.

빙인
Monika

예술가의 딸.
불손한 소녀.

백귀
Sibylla

갱 집안에
태어난 장녀.
늠름한 소녀.

우인
Erna

전 귀족. 빈번히 사고와 조우하는 불행한 소녀.

망아
Annett

출신 불명. 기억 상실. 순진한 소녀.

초원
Sara

거리 레스토랑 셰프의 딸. 소심한 소녀.

Team Otori

개풍
Queneau

고익
Culu

비금
Vindo

우금
Pharma

상파
Vics

뜬구름
Lan

『CIM』 from 펜드 연방

『Hide』—CIM 최고 기관—

저주술사 **Nathan** 마술사 **Mirena**

외 3명

『Berias』— 최고 기관 직속 특무 방첩 부대—

조종자 **Amelie**

외 연화 인형, 자괴 인형 등

『Vanajin』—CIM 최대 방첩 부대—

갑주사 **Meredith** 도공 **Mine**

Other

그림자 **Luke** 색적꾼 **Sylvette** 광대 **Heine** 선율사 **Khaki**

Team Homura

홍로 **Veronika**	포락 **Gerute**	매연 **Lucas**
작골 **Wille**	선혹 **Heidi**	거광 **Ghid**

Team Hebi from 가르가드 제국

	흰거미	청파리
	은매미	보라개미
초록나비	남메뚜기	흑사마귀

프롤로그 13일째(전편)

《마르노스섬은 라일라트 왕국 북서쪽에 있는 외딴섬이다.

수도 피르카에서 전철로 세 시간, 혹은 레지아느 공항에서 버스로 쿠아이항까지 간다. 거기서 여객선으로 한 시간쯤 이동하면 도착한다.

이 섬의 역사를 보면 가르가드 제국, 펜드 연방, 라일라트 왕국의 파워 밸런스가 어떻게 변해 왔는지 알 수 있다. 세 나라의 중간에 있는 이 섬은 전쟁이 일어날 때마다 펜드, 라일라트, 가르가드 사이에서 이양되었고, 섬사람들은 이에 놀아났다.

대전이 벌어지기 전에는 가르가드 제국이 소유하고 있었으나, 세계 대전 때 라일라트 왕국의 그라니에 중장이 점령했다. 현재는 강화 조약에 따라 라일라트 왕국의 영토가 되었다.

주요 관광 명소는「천사가 춤추는 백사장」이라고 불리는『캄페더 비치』, 동굴들이 복잡하게 뒤얽혀 있어서 해적의 은신처로 쓰였다는 전설이 있는『케론 동굴군』.

인구 약 2천 명의 작은 섬이지만, 전술한 역사적 사정으로 라일라트 왕국의 해군 기지가 있고, 해군 기지 주변에는 군인을 대상으로 한 시설도 즐비하며, 특산품인 해산물을 비롯해 맛있는 안주가 나오는 음식점, 라일라트 왕국 수도 뺨치는 수준 높은 나이트클럽도 있다. 며칠을 놀아도 질리지 않을 것이다. (다음 페이지에서 자세히 소개하겠다.)

대자연 속에서 마음을 씻어 내도 좋고, 거리에서 화려하게 놀아도 좋다.

방문하면 최고의 휴식이 보장된다. 멋진 바캉스를 보내길!》

이상, 관광 가이드 『여행 마니아만 아는 세계의 매혹 라일라트 왕국편』에서 발췌.

◇◇◇

클라우스는 덱체어에 앉아 가라앉는 석양을 바라보며 아이스티를 마시고 있었다. 관광 가이드에서 「천사가 춤추는 백사장」이라고 소개한 캄페더 비치는 평판보다 더 아름다운 모습으로 눈앞에 펼쳐져 있었다. 낮에는 투명한 파란색이었던 바다가 점차 검보라색으로 바뀌는 모습을 가만히 바라보았다.

이윽고 분홍색과 노란색 등 다채롭게 머리를 염색한 여성이 옆에 앉았다. 짙은 아이섀도로 화장한 기발한 모습이었다. 나이는 알 수 없었다. 다만 이상한 외양을 하고 온갖 나라에 잠복하는 그 숙련된 기술에서 풍부한 경험이 엿보였다.

"너는 어디로든 와 주는군, 『해명』."

"그게 일이니까~."

클라우스가 중얼거리자, 여성은 술을 마신 듯한 쉰 목소리로 대답했다.

딘 공화국의 메신저였다. 업무는 타국에 있는 스파이에게 직접 정보를 전달하는 것. 보통은 거리에 숨어서 대화하지만, 남의 눈이 없는 프라이빗 비치라서 당당히 클라우스 옆에 나타났다.

『해명』이 이야기했다.

"《게르데의 유산》 해독이 끝났어. 빗물 때문에 대부분 알아볼 수 없었대. 읽을 수 있었던 건 일부뿐. 거의 다 이미 네가 읽은 내용이야."

《게르데의 유산》— 그건 『등불』이 펜드 연방에서 찾은 기밀문서였다. 딘 공화국 전설의 스파이팀 『화염』의 멤버, 『포락』 게르데가 생전에 모은 정보.

유감스럽게도 『등불』이 찾은 시점에, 지하실에 고인 빗물 때문에 대부분 잉크가 번져서 읽을 수 없는 상태였다. 즉시 본국의 해독·수선팀에 넘겨 최대한 해독해 달라고 했지만 어려웠던 모양이다.

하지만 읽을 수 있었던 일부만으로도 천금 같은 내용이었다.

노스탤지어 프로젝트
"—《효암 계획》은 라일라트 왕국에서 제안했어."

『해명』이 말했다.

《게르데의 유산》에 적혀 있던 내용 중 하나였다.

—세계 공황. 그렇게 명명될 만한 금융 위기가 조만간 일어난다.

—대전을 반성하고 국제 협조를 꾀하던 각국은 방침을 일변시킬

것이다.

—각국의 권력자는 시대의 조류를 알아차리고 어떤 계획을 진행하기 시작했다.

—제2차 세계 대전이 촉발된다.

—《효암 계획》은 그 대비책이다.

섬뜩한 예언 같지만, 일소에 부칠 수는 없었다. 아마도 이 계획 때문에 『화염』은 괴멸했고, 각국의 첩보 기관에 큰 타격을 준 『뱀』이 창설되었다. 암살당한 세계 2위의 대국 펜드 연방의 황태자도 이 계획에 관여했을 것으로 여겨졌다.

또한 《게르데의 유산》에는 다른 정보도 적혀 있었다.

—관여하고 있는 듯한 나라는 무자이아 합중국, 펜드 연방, 라일라트 왕국. 수뇌, 국왕, 군부 총통급의 권력자.

—이야기를 꺼낸 것은 라일라트 왕국의 수상으로 짐작된다.

라일라트 왕국은 딘 공화국과 인접하여 역사적으로도 밀접한 교류가 있는 대국이다. 세계 대전 때는 펜드 연방과 함께 가르가드 제국을 타도했고, 지금도 전 세계에 식민지를 두고 있었다.

클라우스는 고개를 끄덕였다.

“라일라트인가……. 나도 자주 얼굴을 비쳤지만, 그런 얘기는 듣지도 못했어.”

“그래. 그리고 이건 보고야~.”

『해명』이 종이 한 장을 내밀었다.

트리플 잭
“『JJJ』이 마침내 녀석에게서 정보를 알아내 줬어~ 『보라개미』— 녀석의 정체는 라일라트 왕국의 스파이래~ 코드 네임은『데이모스』."

"……그런가. 그 녀석도 원래는 다른 조직이었나."

예전에 클라우스가 직접 잡은 스파이다.

무자이아 합중국의 수도 미타리오에 잠복하여, 장기간 국제회의가 열리는 동안 차례차례 스파이들을 죽였던 흉악한 남자. 고문으로 일반 시민을 암살자로 바꾸는 기능을 가져서, 무한히 솟아나는 듯한 암살자를 조종하여 다수의 스파이를 죽였다.

"신경 쓰이긴 했어. 톨파 경제 회의 기간에 벌어진 섬멸. 그때 라일라트 왕국의 스파이는 피해가 적었던 것 같은데……."

"그 녀석들은 알았던 걸지도 몰라~ 미타리오가 사지가 됐다는 걸."

그럴지도 모른다.

딘 공화국에서는『홍로』가, 펜드 연방에서는『레티아스』팀 전원이 죽었다. 뷰마루 왕국과 무자이아 합중국의 이름난 스파이들도 죽었다고 하는데, 라일라트 왕국만큼은 그런 정보가 별로 들리지 않았다.

『해명』은 계속 보고했다.

"하지만『뱀』이 그 대국을 내버려 둘 리가 없지. 대신 다른 스파이를 보냈던 것 같아~."

"……다른 스파이?"

"라일라트에 잠복해 있는 스파이로부터 보고가 있었어~ 오른팔이 세 개 달린 거한이 라일라트 왕국의 첩보 기관에 큰 타격을 줬대~."

너무나도 알기 쉬운 그 특징에 부합하는 인물은 한 명밖에 없었다.

—『흑사마귀』.

딘 공화국의 스파이팀 『봉황』을 괴멸시키고, 펜드 연방의 첩보 기관 CIM의 스파이를 마구 죽인 『뱀』의 일원. 개조한 팔에서는 총알조차 튕기는 충격파가 나온다고 했다. 정면으로 싸운다면 죽이지 못할 자가 없을 만한 파괴력을 가진 남자였다.

“새삼 생각해도.”

클라우스는 한숨을 쉬었다.

“『뱀』은 정말 성가신 녀석들이야. 한 사람 한 사람이 각국의 첩보 기관을 위협할 만한 힘을 가지고 있어.”

“그러니까 말이야~ 이 『흑사마귀』라는 녀석은 지금 어디 있는 건지, 원.”

“하지만 패배했잖아?”

“응~?”

“아무리 『흑사마귀』라는 녀석이 강해도, 라일라트 왕국의 첩보 기관에 정면으로 싸움을 걸다니 제정신으로 벌일 일이 아니야. 어느 단계에서 패주하지 않았나?”

“음~ 역시 화톳불 군. 아는구나~.”

“당연하지. 라일라트 왕국에는 그 여자가 있어.”

직접 얼굴을 본 적은 없지만, 명성만큼은 자자했다. 기본적으로 은밀하게 행동하는 걸 중요시하는 스파이 세계에서 이름이 알려지는 것은 일종의 불명예인지라 있을 수 없는 일이다. 『화톳불』 클라우스조차 얼굴과 이름이 알려진 것은 근래의 일이었다.

지명도만 보면「세계 최고의 스파이」라고 칭송받았던『홍로』와 쌍벽을 이루는 존재.

"—코드 네임『니케』. 라일라트 왕국에 군림하는 최강의 방첩가."

무기는 자기 키보다 더 큰 거대한 망치라고 한다.

그 얘기만 들어도 그저 농담 같다. 하지만 그녀는 그걸 자유자재로 다뤄 총알을 튕기고, 적의 정수리를 파괴하며, 금고를 부순다고 한다. 혼자서 몇십 개 이상의 반정부 조직을 끝장냈다고 한다.

『흑사마귀』의 전투 능력은 불명이지만, 역시 상대가『니케』라면 불리할 터다.

인정하고 싶지는 않지만 말했다.

"『거광』 기드— 내 스승과 비견되는 전투 기술을 가졌고,『홍로』 페로니카— 내 보스 못지않은 통찰력을 가졌어. 세계 대전 때도 활약한 괴물 같은 여자야."

해명은 조용히 고개를 끄덕였다.

"『상승무패(常勝無敗)의 모신(謀神)』— 이제는 그렇게 불리고 있지."

모신인가, 하고 클라우스는 중얼거렸다.

자연스럽게 떠올랐다. 이 바캉스 직전에 C가 내린 명령이.

◇◇◇

—딘 공화국 첩보 기관 『대외정보실』 본부.

펜드 연방의 임무를 끝내고 귀국한 클라우스를 실장인 C가 호출했다. 제출한 《게르데의 유산》은 큰 충격을 줬고, 공화국의 수뇌들도 끼어서 상층부는 의논을 이어 갔다고 한다. 판단을 내리는 데 일주일이 걸렸다는 모양이다.

클라우스가 실장실에 찾아가니, 맹금류처럼 날카로운 눈초리를 가진 로맨스그레이의 남성, C가 전에 없이 매서운 눈으로 클라우스를 응시했다.

평소 같으면 맛없는 커피를 대접했을 텐데, 다행히 그럴 여유도 없어 보였다.

"《효암 계획》이라는 건 처음 들었어. 수상과 외무부 장관, 해군 대장에게도 직접 자료를 보여 줬는데, 다들 아연실색했지."

C는 그렇게 말했다.

『화염』의 보스—『홍로』 페로니카가 몰랐을 리 없지만, 그녀는 이 정보를 상층부에도 알리지 않았던 것 같다. C가 말하길, 그녀는 독자적으로 판단해서 움직이는 일이 많은 스파이였던 모양이니, 그녀답다면 그녀다운 일이지만.

C는 크게 한숨을 쉬었다.

"믿고 싶지 않지만, 『포락』 게르데가 남긴 정보야. 틀린 정보는 아니겠지. 무자이아 합중국, 펜드 연방, 라일라트 왕국, 열강 삼국이 다음 세계 대전에 대비해 공동 프로젝트를 수행하고 있었을 줄이야."

"하지만 뜻밖의 일은 아니야. 최악의 경우를 상정하지 않는 나라는 없으니까."

"맞아. 물론 우리나라도 그렇지. 군비를 축소하고는 있지만, 유사시에 대응할 수 있도록 전력은 갖추고 있어."

"……육군의 바보들이 생물 병기를 개발하기도 했었지."

생물 병기—『나락 인형』.

클라우스에게는 잊을 수 없는 사건이었다. 예전에 가르가드 제국에 뺏겼던 병기. 당시 제각기 흩어져서 그걸 되찾는 도중에 『화염』은 괴멸했다.

세계 대전은 각국에 상흔을 남겼으나, 그럼에도 다음 전쟁을 준비하는 자는 있다.

지금 생각해 보면 『나락 인형』 사건은 그 상식을 재확인시키는 일이었다.

"보기 좋게 이용당했어."

클라우스는 벽에 붙은 세계 지도를 노려보았다.

"우리한테 가르가드 제국을 감시시키고, 열강 삼국은 뒤에서 계획을 진행하고 있었다니."

뛰어난 스파이를 많이 배출하고 가르가드 제국과 인접한 딘 공화국은 『스파이 강국』으로서 제국을 경계하는 역할을 맡고 있었다. 정보의 대가로 각국으로부터 경제 지원을 약속받았지만.

"타국의 첩보 기관은 이 계획을 알고 있나?"

C의 질문에 클라우스는 솔직하게 「모르겠어」라고 대답했다.

"적어도 CIM의 간부였던 여성은 몰랐어. 우리가 이렇게까지 몰랐던 걸 보면 정말 극히 일부에서 진행되던 계획이겠지."

『조종자』 아멜리라는 여성 스파이를 떠올렸다. 그녀는 CIM 내에서 꽤 높은 지위에 있었을 테지만, 《효암 계획》도 『뱀』에 관해서도 몰랐다. 최종적으로는 전부 알게 되어 『뱀』에 붙자고 판단한 것 같지만.

"—가만히 앉아서 기다릴 순 없지."

C가 강하게 선언했다.

"세계에 큰 변혁이 일어나려고 해. 우리 딘 공화국이 뒤처져서는 안 돼. 『화톳불』— 명령이다. 《효암 계획》의 전모를 입수하라."

그건 클라우스도 바라는 바였다.

조금만 더 알아내면 『화염』 괴멸의 진상에 도달한다. 『화염』이 사랑했던 조국을 지키기 위해, 물러날 수는 없다.

"다만 확실하게 알아내려면—."

"—아니."

C가 클라우스의 말을 막았다.

"『니케』와는 싸우지 마."

항의의 뜻을 담아 C를 보았다.

《효암 계획》의 전모를 파악하려면, 발단이 된 라일라트 왕국을 살피는 게 가장 빠른 길이다. 게르데는 『라일라트 왕국의 수상이 발단』이라고 짐작했다.

설령 그걸 방해하는 자가 『니케』여도 상관없다.

“지진 않아. 나는 내가『세계 최강의 스파이』라고 자부해.”

“그렇기에 안 된다는 거야. 딘 공화국 최강의 카드를 잃을지도 모르는 위험은 감수할 수 없어.”

“…….”

“머지않아 격동에 휘말릴 딘 공화국에는 네가 꼭 필요해. 안일하게『니케』와 싸우게 해서 잃는다면 나라가 위험해져.”

화가 나긴 했지만, 영리한 이성이 맞는 말이라고 인정했다.

—확증은 없다. 과연『화톳불』클라우스는『니케』보다 뛰어난가.

『니케』와 직접 싸운 적이 없는 이상, 불확정 요소는 항상 있다. 100%라고 장담할 수 없다.

“임무에 한 가지 조건을 더하지.”

침묵하는 클라우스에게 추격타를 가하듯 C가 말했다.

“아마 너에게는 매우 고민되는 조건이겠지만 말이야.”

◇◇◇

C와의 대화를 떠올린 클라우스는 다시 눈앞의 바다를 바라보았다.

여기서 직접 보이지는 않지만, 바다 너머에는 라일라트 왕국의 수도가 있을 터다. 예술적인 거리로 꾸며진 아름답고 고귀한 나라.

—『등불』의 다음 임무 장소.

—만약 C가 제시한 조건을 클라우스가 받아들인다면.

망설임은 사라지지 않았다. 세계는 크게 넘실거리며 바뀌려고 한다. 그 변화의 흐름을 파악하는 것이 스파이의 사명이다. 그걸 이해해도 주저되었다.

『상승무패의 모신』— 그런 상대에게 『등불』은 어떻게 맞설 수 있을까.

"망설이고 있구나~ 화톳불 군."

『해명』이 목 안쪽으로 웃는 듯한 소리를 냈다.

"선배는 말이지~ 고뇌하는 미청년을 아주 좋아해."

"알고 싶지 않았던 정보군."

"실은 화톳불 군의 팬이야~ 그래서 먼 길을 마다하지 않고 온 거야~."

옆을 보자, 『해명』이 덱 체어에서 일어나 친근하게 클라우스의 어깨를 쓸고 목을 끌어안듯 팔을 둘렀다. 숨에서 술 냄새가 났다.

"해독된 《게르데의 유산》의 일부. 그건 어떤 **쌍둥이**에 대한 푸념이었어."

"쌍둥이?"

"그래. 이상한 녀석들이야. 『화염』이 괴멸하기 직전, 그들은 라일라트 왕국에서 활동하고 있었대. 목적은 모르겠지만."

『해명』은 유쾌해하며 자세한 내용을 알려 줬다.

클라우스는 깜짝 놀랐다. 문서에 적혀 있던 쌍둥이가 누구인지는 명백했다.

—『매연』 루카스. 천전(千戰) 무패의 게이머.

—『작골』 빌레. 미래를 내다보는 천재 점술가.

세계 대전 때부터 있었던 『화염』의 멤버이자, 클라우스에게는 친형 같은 두 사람이었다.

“그 두 사람이 라일라트 왕국에 잠복해 있었다고……?”

뜻밖의 사실이었다.

『화염』 괴멸 시에 클라우스는 멀리 떨어진 나라에서 임무를 수행하고 있었던지라 그들의 동향을 전혀 몰랐다. 두 사람은 라일라트 왕국에 있었나.

클라우스가 숨을 삼키자, 『해명』은 그 반응을 기대했던 것처럼 웃었다.

“무자이아 합중국은 호황을 누리고 있어. 대기업이 잇따라 은행에서 돈을 빌려 전 세계에서 자재와 원료를 사들이고 있어. 머지않은 미래에 파탄이 날 거야. 합중국에 의존하는 나라들도 휘말리겠지. 세계적인 경제 공황이 일어나는 거야.”

『해명』은 전에 없이 진지한 눈으로 말했다.

“타임 리미트는 가까워. 후회만큼은 하지 않기를, 메신저로서 바랄게.”

그렇게 말하고서 『해명』은 떠났다.

◇◇◇

이 마르뇨스섬에는 『등불』 전원이 함께 와 있었다.

이른바 바캉스였다. 2주간의 외딴섬 생활.

펜드 연방의 임무로 모든 멤버가 사선을 넘으며 신체적으로도 정신적으로도 큰 부담을 겪었다. 클라우스 자신도 양쪽 다리의 상처가 완치되지 않은 상태였다. 『등불』은 일단 스파이 직무에서 벗어나 쉬는 기간이 필요했다.

행선지는 클라우스가 지정했다.

클라우스에게 이 바캉스는 휴식 외에도 또 다른 의미가 있었다.

자신의 선택을 확인하고, 그걸 『등불』의 부하들에게 전하기 위한 여가. 외딴섬에서 휴양하며 줄곧 고민했다.

—그리고 눈 깜짝할 사이에 13일째. 바캉스 마지막 날 전야를 맞이했다.

해가 완전히 저물었을 무렵, 『등불』의 소녀들이 해변에 모이기 시작했다.

각자 충실한 바캉스를 보냈는지 즐겁게 웃고 있는 자가 많았다. 개중에는 녹초가 되어서 어깨를 떨구고 있는 자도 있었지만, 아무튼 농밀한 시간을 보낸 듯했다.

집합 시각인 오후 여섯 시, 릴리가 후다닥 달려왔다. 그녀는 몹시 지친 표정을 짓고 있었지만, 동료를 보자 얼굴이 환해졌다.

"오~ 오랜만에 전원 집합이네요!"

그렇게 환히 웃으며 빙글빙글 돌았다. 다른 소녀들도 즐겁게 릴리를 맞이하며 어깨나 팔을 툭툭 쳤다.

"섬 생활 최후의 밤이에요. 신나게 놀아요!"

“““““““오오오오오오오오오오!”””””””

릴리가 오면서 단숨에 연회 분위기가 되었다.

지금부터 다 같이 바비큐 파티를 열 예정이었다.

클라우스는 그런 소녀들을 가만히 바라보았다. 야단법석을 떨기 전에 해야 할 말이 있었다. 아주 괴로운 결단이었더라도.

—『등불』의 앞날. 그리고 이 바캉스의 진짜 목적.

그걸 알리려고 입을 열었을 때, 문득 다른 것이 신경 쓰였다.

“—음? 아네트는 어디 있지?”

“““““““““어……?”””””””””

일곱 명분의 의문이 돌아왔다.

아무리 둘러봐도 해변에는 클라우스와 일곱 소녀밖에 없었다. 늘 얄팍한 웃음을 짓고 있는 회분홍 머리 소녀—『망아』 아네트가 없었다.

이미 집합 시간은 지난 상태였다.

“응응?”

릴리가 고개를 갸웃했다.

“집합 장소를 잊어버린 걸까요?”

“아니, 아네트가 그럴 리는 없을 텐데.”

아무튼 기억력은 뛰어났다. 한 번 보고 들은 것은 잊지 않는다.

그 후 일행은 해변 근처를 수색했으나, 아네트를 발견하지 못했다. 크게 불러도, 과자로 낚으려고 외쳐도, 보이지 않았다.

—아네트가 묵는 펜션에도 없었다.

—집합 시각에서 한 시간이 지나도 오지 않았다.

—섬사람에게 물어도, 어젯밤 이후의 목격 정보는 하나도 나오지 않았다.

즉, 결론은 하나.

""""""""아네트가 사라졌다아아아아아아아아아아아아?!""""""""

『망아』 아네트, 행방불명이다.

"그 문제아 녀석……."

클라우스는 이마를 짚었다.

지금부터 중요한 얘기를 할 생각이었지만, 그럴 분위기가 아니게 되었다. 일단은 아네트를 찾아야 했다.

그러나 이 넓은 섬을 일일이 뒤지는 건 너무 비효율적이다.

일행은 일단 해변으로 돌아와서 테이블을 둘러싸는 형태로 앉았다.

"어쩔 수 없지. 일단은 정보를 모으자. 다들 순서대로 이야기해줘. 이 바캉스 기간에 아네트가 자주 있던 곳이 어디인지."

「뭐, 뭔가 이상한 흐름이 되어 버렸네요……」라고 말하며 릴리가 쓴웃음을 지었다.

「그러니까 말이야」 하고 클라우스는 진심으로 동의했다.

이것은 사랑과 위험과 모험이 가득한 『등불』의 바캉스 이야기.

사라진 아네트의 행방, 그리고 『등불』의 미래를 정하기 위한 이야기가 펼쳐진다.

1장 도민편

—바캉스 1일째.
『등불』의 소녀들은 눈앞에 나타난 광경을 보고 소리를 질렀다.

“““““““““바다다아아아아아아아아아아아아아아아아아아아아!!”””””””””

마르뇨스섬 서쪽 해안에 있는 캄페더 비치였다.
눈처럼 하얗고 부드러운 백사장이 펼쳐져 있고, 안쪽에는 아름다운 마린블루색 바다가 햇빛을 반사하여 반짝이고 있었다. 백사장에는 커다란 파라솔이 세워져 있고, 그 아래에는 목제 덱체어. 발치의 나무통에는 얼음물로 차갑게 한 병주스가 수북하게 준비되어 있었다.
바캉스 첫날, 『등불』은 이 해변 일부를 대여받았다.
소녀들은 환호성을 지르며 웃옷을 벗고, 속에 입어 뒀던 수영복 차림으로 뛰쳐나갔다.

가장 먼저 바다에 들어간 사람은 『화원』 릴리였다. 사랑스러운 얼굴과 커다란 가슴이 특징인 은발 소녀는 꽃무늬가 들어간 하얀 비키니 타입의 수영복을 입고서 파도에 정면으로 몸을 날렸다.

“우오오오오! 이 릴리의 뒤를 따르라아아아아아아아!”
“나님! 바다는 처음이에요!”
“아, 아네트 선배는 상처가 완치되지 않았으니 무리하면 안 됩다!”
그 뒤를 아네트와 사라가 따랐다.
『망아』 아네트— 커다란 안대와 난잡하게 묶은 트윈테일이 특징인 회분홍 머리 소녀. 그녀는 몸에 딱 붙는 검은 원피스 수영복을 입고서 바닷물에 얼굴을 넣었다.
『초원』 사라— 작은 동물 같은 동글동글한 눈과 곱슬곱슬한 갈색 머리를 가진 소녀. 늘 쓰는 트레이드마크인 모자를 벗고, 프릴이 달린 수영복을 입고 있었다. 흥분한 모습인 매와 개가 그녀의 뒤를 따랐다.
릴리와 사라는 꺅꺅거리며 서로에게 물을 끼얹었다. 수온은 딱 좋았다. 내리쬐는 햇빛 때문에 조금 따뜻할 정도였다.
직후 「우오!」 하고 아네트의 목소리가 들렸다.
“나님! 헤엄칠 수 없어요!”
““네에?!””
“상처 때문에 잘 움직일 수 없어요……! 평생의 불찰이에요!”
곧장 꼬르륵 가라앉는 아네트를 릴리가 황급히 끌어 올렸고, 사라가 「여행 중에도 안정을 취해야죠!」라고 말했다.

바다에서 놀기 시작한 소녀들의 후방에서는 티아가 어이없다는 얼굴로 웃고 있었다.

『몽어』 티아— 굴곡이 확실한 요염한 자태와 곱게 기른 흑발을 지닌 어른스러운 소녀. 그녀는 천이 얼마 없는 데다가 오프숄더인 아찔한 비키니의 끈을 고쳐 묶으며 고개를 끄덕였다.

"정말이지, 너무 신났잖아. 먼저 자외선 차단제를 발라야지. 안 그러면 피부가 상해."

그녀는 방수 가방에서 병을 꺼내고 미소 지었다.

"—야한 시간이야."

"무슨 생각을 하는 거야?!"

성실하게 태클을 건 사람은 『백귀』 지비아— 단검처럼 예리하고 위압적인 눈빛과 탄탄한 체구가 특징인 소녀였다. 그녀는 근육이 도드라진 배를 노출한 탱크톱 비키니를 입고 있었다.

티아는 병을 쥔 채 시선을 좌우로 움직였다.

"클라우스 선생님은 어디 있어?! 이제나저제나 하고 기다리던 나를 방치하고서 대체 어디에?"

"내가 발라 줄 테니까 누워."

지비아는 가차 없이 티아의 엉덩이를 걷어차 그 자리에 눕혔다. 자외선 차단제가 담긴 병을 받아 그걸 손에 덜려고 했지만—.

"……아, 섣불리 만지지 않는 게 좋을 거야. 미약 성분도 있으니까."

"왜 그걸 자기 몸에 바르려고 한 거야?!"

지비아는 병의 내용물을 직접 티아의 등에 부었다.

백사장에서 조금 떨어져 있는 암석 지대에서는 일찌감치 바다에서 나온 모니카가 갯바위 낚시를 하고 있었다.

이전에는 『빙인』이었던 『회신』 모니카— 비대칭인 청은발을 제외하면 특징이 거의 없는 보통 체격의 소녀. 그녀는 수영복 위에 후드티를 걸치고, 후드로 얼굴을 가리고 있었다.

"가끔은 이렇게 느긋하게 보내는 것도 좋지."

"에르나, 거물을 낚을 거야."

모니카 옆에서 의욕을 보이고 있는 것은 『우인』 에르나— 정교한 인형 같은 하얀 피부와 아름다움을 갖춘 아담한 금발 소녀였다. 무늬가 들어가 있는 귀여운 플레어톱 수영복을 입고, 다시 곧장 바다에 들어갈 수 있는 모습으로 낚싯대를 잡고 있었다.

낚싯대를 몇 번 까딱이던 에르나는 뭔가 걸린 느낌을 받고 서둘러 낚싯대를 당겼다.

"걸렸어!"

낚싯줄 끝에 걸려 있던 것은 장화였다.

"……불행."

"이런 뻔한 일이 진짜 일어나는 거야?"

키득거리는 모니카 옆에서 에르나는 뺨을 부풀리며 다시 낚싯줄을 드리웠다.

"또 걸렸어!"

당겨 올린 낚싯줄 끝에 걸려 있던 것은 또 장화였다.

심지어 첫 번째로 낚은 장화와 똑같은 종류에 똑같은 사이즈였다.

"오히려 대단하지 않아?!"

모니카가 눈을 부릅떴다.

“이, 이 경우에는 행운인 거야? 예상치 못한 장화 한 쌍이 완성됐어……!”

장화는 바닷속에 있었던 것치고는 거의 새것이었다. 문득 생각난 것처럼 에르나가 신어 봤지만 사이즈가 맞지 않았다.

에르나는 일단 장화를 벗고, 좌우가 갖춰진 장화를 모니카에게 내밀었다.

“모니카 언니에게 선물할게.”

“……고마워.”

모니카는 납득하지 못한 얼굴로 장화를 받게 되었다.

【모니카는 장화를 얻었다!】

—그렇게 바다에서 떠들어 대는 멤버를, 붉은 머리 소녀가 온화하게 바라보고 있었다.

『애랑』 그레테. 사지가 가늘고, 유리 세공 같은 아련함을 풍겼다. 그녀는 파라솔 밑으로 이동하여 덱체어에 앉은 남성에게 말했다.

“……보스는 수영 안 하시나요?”

“아직 오른쪽 다리가 완치되지 않았으니까. 상황을 보려고.”

클라우스였다. 보기 드물게도 정장이 아니라 반바지에 셔츠 한 장이라는 시원한 차림을 하고 있었다. 셔츠의 옷깃 사이로 보이는 쇄골의 라인이 묘하게 선정적이었다.

그는 덱체어에 다리를 뻗고 앉아서, 미리 준비되어 있던 아이스티를 마시고 있었다. 표정은 전에 없이 풀어져서 살짝 미소 짓고 있었다.

"조금 자야겠어. 이렇게 느긋하게 휴가를 보내는 건 몇 년 만이야."

딘 공화국 최강의 스파이는 심로도 많을 것이다. 『화염』이 괴멸하기 전에도 바빴다고 했고, 그 이후로도 하루 종일 쉴 기회가 얼마나 있었을지.

클라우스는 조용히 눈을 감고 잠들려고 했다.

"……."

그레테는 그런 정인의 모습을 복잡한 심경으로 바라보았다.

당장 쉬었으면 하지만, 조금쯤은—.

"그레테."

클라우스가 일순 눈을 떴다.

"그 수영복, 잘 어울려. 이왕 입었으니까 수영하고 오는 게 어때?"

"——!!"

듣고 싶었던 말을 듣고 몸을 떨고 말았다.

그레테가 입고 있는 것은 태양처럼 밝은 오렌지색 수영복이었다. 파레오를 허리에 묶고, 가슴 부근은 하이넥 디자인으로 가린 얌전한 수영복. 클라우스에게 보여 주고 싶어서 바캉스 직전에 산 것이었다.

클라우스는 다시 눈을 감았고, 조용히 고른 숨을 내쉬기 시작했다.

'……보스.'

칭찬을 기다리는 귀찮은 여자라고 생각했을지도 모른다. 그런 걱정도 들었지만, 그 이상으로 마음에 따뜻한 감정이 벅차올랐다.

"~~♪."

무심코 콧노래마저 부르게 되었다.

'역시! 보스와 저는 같은 마음일지도 몰라요……!!'

그랬다. 사실 그녀는 『등불』의 누구보다도 들떠 있었다.

모니카가 했던 말의 영향이 이제야 나타나고 있었다.

『클라우스 씨가 가장 사랑하는 멤버는 너야, 그레테.』

펜드 연방에서의 임무 중에 일시적으로 『등불』을 배신했던 모니카는 클라우스를 가장 동요시킬 상대로 그레테를 유괴했다. 그리고 그레테를 선택한 이유는 참으로 행복한 것이었다.

'……추측에 불과하다는 건 이해하고 있지만.'

그레테는 편안히 쉬고 있는 클라우스를 바라보았다.

'하지만 모니카 씨가 그렇게나 단정 지었으니까요—!'

기대하면 안 된다는 걸 머리로는 알고 있었다.

그레테는 클라우스에게 『연애할 마음은 없다』라고 한 번 거절당했다. 거절당했는데도 계속 애정을 보이고 있었고, 그것만으로도 혐오받을 만한 일이었다.

하지만 그래도 들뜨는 마음을 억누를 수 없었다.

"~~♪."

내리쬐는 햇빛과 푸른 바다가 이성을 녹여 버렸다.

'티아 스승님에게 배웠어요. 이 열기야말로 남녀의 거리를 가깝게 하는 것! 낮에는 해변에서 함께 놀고, 이윽고 수평선으로 가라앉는 석양을 바라보며 안타까움을 느끼고. 옆에 있는 상대의 손을 무심코 잡고, 그리고 밤에는……! 이튿날 아침, 이불 속에서 『어제는 즐거웠지』라며 서로 수줍어하는 것. 그게 바캉스라고 했어요!'

그렇게 그레테는 아찔한 망상을 펼치고 있었지만—.

"응? 나님, 뭔가 시선이 느껴져요!"

아네트의 엉뚱한 목소리가 들렸다.

다른 소녀들도 「응?」 하고 반응하며, 아네트가 「저 녀석이에요!」라면서 가리킨 방향을 보았다.

그곳에는 딱 봐도 수상한 남성이 서 있었다. 대여받은 영역에는 들어오지 않은 아슬아슬한 경계선에, 와이셔츠 차림에 선글라스를 쓴 남자가 서서 징그럽게 웃고 있었다.

"저 남자, 뭔가 신경 쓰여요!"

아네트가 불쾌한 듯 뺨을 부풀렸다.

"후후, 어쩔 수 없어."

온몸이 로션 범벅인 티아가 어깨를 으쓱였다.

"이렇게 아름다운 소녀들이 해변에 있는걸. 운디네로 착각한 걸까."

"……확실히 불쾌하군. 내가 쫓아내지."

눈을 뜬 클라우스가 휙 일어났다.

클라우스는 수면을 중단하고 곧장 수상한 남자에게 향했다. 남자는 클라우스가 걸어오는 것을 보고 당황한 듯 얼굴을 찡그리더니 바로 떠났다.

역시 소녀들의 수영복 차림을 보려고 온 변태였던 걸까.

"정말이지. **다 같이 보낼 수 있는 귀중한 첫째 날**인데."

한숨처럼 내뱉은 클라우스의 말을 듣고 그레테의 가슴이 술렁였다.

'……그랬죠. 그저 들떠 있을 수만은 없어요.'

다시 덱체어에 눕는 클라우스를 보았다.

'**—보스는 큰 고민을 품고 있어요.**'

그레테는 그의 잠든 얼굴을 바라보며 가슴 앞에서 손을 움켜쥐었다.

—이 바캉스 중에 조금이라도 클라우스의 마음에 다가가고 싶다.

자신은 단순히 사랑에 빠진 소녀가 아니다. 스파이로서 그를 돕고 싶다는 소망 또한 소중한 본심이었다.

클라우스가 이 바캉스에 휴양 이외의 의도를 가지고 있다는 것은 명백했다.

◇◇◇

바캉스 첫째 날 아침, 마르뇨스섬에 가는 여객선 안에서 클라우스는 동료 전원을 방에 모았다. 섬 상륙을 앞두고 들떠 있던『등불』의 소녀들은 의아한 시선을 나누며 그의 방에 모였다.

그는 전에 없이 진지한 얼굴로 말했다.

"오늘부터 외딴섬에서 바캉스를 보낼 거지만, 한 가지 규칙을 두고 싶어."

""""""응……?""""""

"—전원이 모여도 되는 건 1일째, 13일째, 14일째뿐이다."

소녀들이 고개를 갸웃한 것도 어쩔 수 없는 일이었다.

외딴섬에서 어떻게 지낼지 구체적인 계획을 세우진 않았지만, 왜 이런 제한을 두는지 이해할 수 없었다. 14일째는 귀국하는 날이니, 멤버가 모두 모일 수 있는 것은 실질적으로 이틀뿐이었다.

모두의 의문을 대변하듯 릴리가 말했다.

"뭐, 그야 줄~곧 다 같이 행동할 필요는 없다고 생각했지만…… 왜죠?"

"그에 관해서는."

클라우스는 중얼거렸다.

"13일째 밤에 밝힐 생각이야."

"……?"

그레테는 그의 목소리에 드리운 희미한 그늘을 알아차렸다. 마치 추궁을 피하는 것처럼 클라우스가 소녀들에게서 시선을 돌렸다. 그 광경을 잊을 수 없었다.

◇◇◇

바캉스 첫째 날은 눈 깜짝할 사이에 밤을 맞이했다.

해변에서 숙소로 가는 길, 『등불』의 소녀들은 기진맥진하여 구부정한 모습으로 걸어갔다. 많은 소녀가 당장에라도 쓰러질 듯 비틀비틀 불안정했다.

그중에서도 한층 노곤한 모습으로 걷고 있는 사람이 릴리였다.

"여, 역시 지쳤어요……."

"……릴리 씨는 온종일 헤엄쳤으니까요."

그레테는 릴리가 들고 있던 가방을 대신 들어 줬다.

결국 『등불』의 소녀들은 낮부터 해가 저물 때까지 쉬지 않고 계속 놀았다. 수영 경쟁, 비치 플래그, 서핑을 시도하니 순식간에 밤이 되었다.

역시 펜드 연방의 임무는 그녀들에게 큰 스트레스를 줬던 모양이다. 신나게 놀지 않을 수 없었을 것이다.

릴리는 넋이 나간 듯한 발걸음으로 걷고 있었지만—.

"하지만!!"

—목적지인 펜션이 보이기 시작하자 등을 쭉 폈다.

"밤은 이제 시작이에요! 다 같이 맛있는 밥이다아아아아아!!"

"……이 페이스로 14일이나 버틸 수 있는 건가?"

소녀들의 선두에서 지팡이를 짚고 나아가는 클라우스가 어이없어했다. 이상하게 들뜬 소녀들의 분위기에 휩쓸리지 않고 냉정한 표정이었다.

릴리가 룰루랄라 신난 발걸음으로 그에게 다가갔다.

“하지만 선생님. 저녁밥은 기대해도 되죠?”

실실 웃었다.

“『화염』이 애용하던 숙소의 디너니까요! 최고의 펜션일 게 틀림없어요. 크으, 제비를 잘 뽑았으면 저도 묵을 수 있었는데!”

바캉스 중에는 숙박 시설의 수용 인원 문제로 4인, 5인으로 나뉘어서 묵을 예정이었다. 예전에 『화염』이 이용했던 숙소에 묵는 것이 클라우스, 그레테, 아네트, 에르나, 사라. 그리고 같은 급의 다른 숙소에 묵는 것이 릴리, 지비아, 모니카, 티아였다.

“딱히 『화염』이 애용하진 않았어. 평범한 펜션이야.”

클라우스는 어이없어하며 말했다.

“6년 전, 임무 중에 이용했을 뿐이야.”

계속 걸어가니, 발코니가 있는 독채가 눈앞에 나타났다. 클라우스가 설명한 대로 조금 큰 민가 정도 되는 사이즈였다. 이곳의 2층을 여행객에게 빌려주고, 1층에는 종업원 가족이 산다고 했다.

앞치마를 입은 소녀가 펜션 앞에서 기다리고 있었다. 전신이 보기 좋게 타서, 금사작색(카나리아)의 울프컷 머리와 대조를 이루었다. 대자연 속을 뛰놀 것 같은 건강해 보이는 몸매였다.

“음.”

클라우스가 반응하자, 소녀도 알아차린 듯 환한 표정으로 달려왔다.

"클라우스 님! 오랜만이야!"

"라프타니아인가. 많이 컸군."

클라우스가 아는 사람인 듯했다.

라프타니아라고 불린 소녀는 오래간만의 재회가 무척 기쁜지 뺨을 붉히고 있었다.

"음. 하지만 많이 큰 건 클라우스 님도 마찬가지야."

"그것도 그런가. 너는 이제 열여섯이던가?"

"기억해 주고 있다니 기뻐! 후후, 우리 둘 다 변했네. 클라우스 님도 예전에는 좀 더 퉁명스러운 말투였는데 지금은 신사 같아. 6년이란 세월은 길구나."

섬의 사투리인지, 라일라트 왕국의 말과는 억양이 다른 것 같았다.

라프타니아라는 소녀는 클라우스 뒤에 있는 『등불』의 소녀들을 신기하다는 듯 바라보았다.

"……응? 클라우스 님, 뒤에 있는 아이들은?"

"내 학생들이야. 지금 나는 종교 학교의 강사로 일하고 있어."

"오오, 클라우스 님이! 훌륭해지셨네. 이 펜션에서 일하는 라프타니아야. 잘 부탁해!"

라프타니아가 『등불』의 소녀들을 향해 예의 바르게 머리를 숙였기에, 소녀들도 「잘 부탁드립니다」라며 머리를 숙였다.

첫인상은 쾌활하고 밝은 섬의 소녀였다.

—하지만 이 도민이 『등불』의 바캉스에 큰 영향을 끼친다는 것을 그녀들은 아직 몰랐다.

라프타니아의 펜션에 준비되어 있던 것은 해산물 바비큐였다.

섬에서 잡히는 해산물을 듬뿍 사용하는 것 같았다.

바다가 보이는 발코니에 놓인 합중국식 바비큐 그릴에 조개와 새우, 생선 등이 빼곡히 놓였다. 라프타니아와, 펜션의 주인인 그녀의 아버지가 협력하여 빠르게 준비를 마쳐 줬다.

소녀들은 구워진 어패류에 마늘과 파프리카 파우더 등의 특제 양념을 바르고 호쾌하게 입에 넣었다. 한 입 먹을 때마다 「맛있어!」라며 환호성이 일었다.

릴리와 지비아가 곧바로 음식 쟁탈전을 벌였고, 옷에 소스가 묻은 에르나를 사라가 위로했다. 채소를 안 먹으려고 하는 아네트를 티아가 자상하게 타이르고, 몰래 와인을 마시려고 하는 모니카를 클라우스가 나무랐다.

"이야~ 극락이로다, 극락이로다."

연회가 무르익었을 무렵, 릴리가 크게 한숨을 쉬었다.

"바캉스는 참 좋네요~ 천국에 온 기분이에요."

"그렇게나 섬을 좋아해 주니 기뻐."

바비큐 그릴 위에 놓인 먹거리가 타지 않도록, 라프타니아는 숙련된 집게 기술로 솜씨 좋게 접시로 옮겼다.

"하지만 고작 하루 만에 만족해도 곤란해. 이 섬은 다른 매력도 가득하니까."

"오, 그건 궁금하네요~ 실은 내일부터 어떻게 지낼지 아직 안 정했어요."

"음, 좋아. 그럼 부족하게나마 내가 이 섬의 명소를 말해 주기로 할까."

섬사람에게 귀중한 정보를 듣게 되어 『등불』 멤버의 시선이 일제히 모였다.

라프타니아가 민망한 듯 크흠 하고 헛기침을 했다.

"우선 가장 유명한 건 서쪽의 캄페더 비치지. 낮에 가 봤을지도 모르지만, 바다가 예쁘지? 나한테 말하면 보트를 꺼내 줄 수 있어. 바다낚시도 가능해. 해변에는 상점도 있으니까 천천히 둘러봐도 좋아."

오오, 하고 박수가 터져 나왔다.

에르나가 주먹을 들고서 「낚시, 설욕하고 싶어!」라고 호소했다.

"다음으로 유명한 건 해군 기지 주변이지."

라프타니아가 소개를 이어 갔다.

"섬사람인 우리는 안 좋아하지만, 거대한 기지가 생기고 나서 일대가 번화하게 된 건 사실이야. 라일라트 왕국 본토에서 음식점과 옷 가게가 들어와 손님들로 북적거려. 다만 너무 가까이 가면 안 돼. 해군들은 여자에 굶주려 있으니까. 말을 걸어오면 귀찮아져."

섬사람과 해군 사이에 복잡한 사정이 있는 것 같지만, 살짝 관광하는 것 정도라면 즐거울 듯했다.

티아가 「흐응, 조금 궁금할지도」라며 반응했고, 사라도 지친 표정으로 「저는 바다에서 실컷 놀았으니 내일은 그쪽에 가 보겠습다」라며 고개를 끄덕였다.

"마지막은 섬의 남쪽에 있는 동굴군이야."

라프타니아의 목소리가 커졌다.

"아득한 옛날에 이 섬은 화산이었다고 해. 그래서 섬의 남쪽은 용암인지 뭔지 때문에 지형이 꽤 복잡해. 동굴과 온천이 곳곳에 있지. 조금 위험하지만, 모험하는 기분을 맛볼 수 있어. 소소한 전설도 있고."

그녀는 입꼬리를 올려 히죽 웃었다.

"—대해적 자칼의 전설."

""""대해적 자칼?""""

"200년 전, 신대륙에서 황금향(黃金鄕)을 찾은 대해적이야. 온갖 나라가 그의 보물을 갖고 싶어 했으나 이루지 못했지. 자신의 보물을 뺏으려 드는 자에게는 가차 없는 남자였어. 왼손에는 전설의 곡도『베르문』, 오른손에는 클로. 적을 해치우고, 죽인 적의 눈알은 애완동물인 앵무새에게 먹이던 공포의 상징이야. 그의 커다란 삼각모와 피로 물든 망토를 보기만 해도 다들 떨었고, 자칼이 선수에 서기만 해도 하늘에서 강한 빛이 쏟아졌다고 해. 다만 자칼은 만년에 적을 몰살하는 것도 귀찮아진 모양이야. 손에 넣은 보물을, 동굴들이 복잡하게 얽혀 있는 섬에 숨겨서 처분했어."

라프타니아는 넉넉하게 간격을 두고서 밝혔다.

"—전설에 의하면 이 섬 어딘가에 자칼의 보물이 있다고 해."

즉시 세 사람이 반응했다.

릴리가 손을 들고서 「저! 해적의 비보를 찾으러 갈래요!」라고 외쳤고, 지비아가 눈을 빛내며 「나도 갈래! 보물이라니 신나는걸!」이라며 주먹을 쥐었고, 모니카가 새침한 얼굴로 「흐응, 재미있어 보이네. 로망이 있어」라며 고개를 끄덕였다.

라프타니아는 어깨를 으쓱였다.

아무튼 이로써 각자가 지낼 곳은 대충 정해진 것 같았다.

에르나는 해변, 사라와 티아는 해군 기지 주변, 릴리와 지비아와 모니카는 동굴군.

특히 동굴을 탐험하러 가는 세 사람은 완전히 흥분해서 「바로 지도를 사자」「탐험용 장비도 준비해야 해」라며 이야기를 나누고 있었다.

그런 와중에 에르나가 불안한 얼굴로 「아, 아네트. 에르나, 이대로 가면 외톨이야. 같이 가 줬으면 좋겠어」라고 호소했지만, 아네트는 딱 잘라 「싫어요. 나님 아직 고민 중이에요!」라고 내쳤다.

그레테는 잠시 생각하고서 답을 정했다.

"……저는 에르나 씨와 해변에서 놀기로 할까요."

"기, 기뻐……! 그레테 언니……!"

불안해하던 에르나가 어리광 부리듯 다가왔다.

그레테는 그녀의 머리를 쓰다듬으면서 클라우스 쪽을 보았다. 그레테가 해변을 선택한 것에는 에르나가 가엾다는 것보다도 더 큰 이유가 있었다.

"괜찮으시면 클라우스 선생님도 함께 가지 않으실래요?"

라프타니아 앞에서 『보스』라고 부를 수는 없기에 『클라우스 선생님』이라고 했다.

클라우스는 간단히 고개를 끄덕여 줬다.

"음, 그래. 나도 같이 행동하지."

내심 주먹을 움켜쥐었다.

양쪽 다리를 다친 그는 동굴을 탐험하러 갈 수 없고, 펜션과 거리가 있는 해군 기지까지 이동하기보다는 해변에서 푹 쉬는 편이 낫다.

'예상대로예요……! 이로써 저의 퍼펙트 플랜은 이루어진 것이나 마찬가지예요!'

그대로 클라우스와의 멋진 러브 로맨스를 망상하기 시작했지만—.

"음? 아니아니, 그건 곤란해."

끼어드는 말이 있었다.

라프타니아였다. 이상하다는 듯 고개를 기울이고서 클라우스를 보고 있었다.

"해변에서 노는 건 좋지만, 클라우스 님까지 데려가진 말아 줘. 클라우스 님은 해야 할 일이 아주 많으니까."

어째선지 계획을 부정했다.

전혀 이해할 수 없었다.

"음, 그건—."

"당연하잖아? 결혼식이 있으니까. 클라우스 님은 당연히 준비할 게 있어."

"결혼식? 누구와 누구의……?"

"뭐야, 클라우스 님. 제대로 소개하지 않은 거야?"

라프타니아는 집게를 내려놓고, 의자에 앉아 있는 클라우스 곁으로 다가왔다. 그리고 갑자기 끌어안듯이 그의 오른팔을 잡았다.

"—나는 클라우스 님의 약혼자야."

"………………………………………………."

친밀하게 클라우스와 팔짱을 낀 라프타니아가 자신감 넘치는 웃음을 보여 줬다.

『등불』의 소녀들은 일제히 대화를 멈추고, 넋이 나간 듯이 그 광경을 보았다.

예상치 못한 사태가 벌어지고 있었다.

"—예?"

그레테는 핏줄이 서는 것을 느끼며 라프타니아에게 반문했다.

◇◇◇

—바캉스 2일째.

섬에 폭풍이 찾아왔다. 마치 그레테의 어지러운 마음을 나타내

듯 호우와 강풍이 섬을 덮쳤다. 이렇게 비가 쏟아지는 것은 섬에서도 드문 일이라고 했다. 서쪽에서 산사태가 나서 일부 주민이 피난했다는 모양이다.

그레테 일행이 묵는 펜션의 주인은 아침부터 바쁘게 피난민을 보조하고 있었다. 라프타니아도 돕고 있는 것 같았다.

그렇게 폭풍이 치는 가운데, 그레테는 식당에서 쉬고 있는 클라우스에게 따졌다.

"보스, 설명해 주세요……!『약혼자』라니 대체 어떻게 된 거죠?!"

"진정해. 나도 모르는 일이야."

클라우스는 들고 있던 커피잔을 내려놓고 말했다.

4인용 식탁이 있을 뿐인 작은 식당이었다. 어제 놀았던 해변이 창문으로 보였지만, 폭풍 때문에 바다는 음산한 쥐색으로 바뀌어 사납게 날뛰고 있었다.

클라우스는 그레테에게 맞은편 자리에 앉으라고 했다.

"일단 어젯밤에 라프타니아한테서 자세한 사정을 들었어. 아무래도 그 아이는 나와 결혼할 생각인 것 같아. 6년 전에 약속했다나……."

"그, 그랬나요……?"

"아니, 그런 적은 없어."

클라우스는 달래듯 손을 흔들고서 어이없다는 모습으로 한숨을 쉬었다.

어젯밤 「약혼자 라프타니아」라는 충격적인 사실이 발각됐을 때, 『등불』의 소녀들은 패닉 상태에 빠졌다. 바비큐 파티를 즐길 상황이 아니었다. 클라우스는 일단 진정하라며 소녀들을 설복시킨 후, 그가 라프타니아에게 사정을 듣겠다고 마무리한 뒤 해산시켰다.

그리고 다음 날 아침— 즉 지금, 클라우스 곁으로 그레테, 에르나, 사라가 집합했다.

참고로 다른 소녀들은 『뭐, 클라우스 씨니까. 뭔가 오해가 있는 거겠지』『예전에도 기혼자 소동이 있었죠』라며 관심을 잃은 듯했다.

"애, 애초에."

에르나가 조심조심 손을 들었다.

"선생님이랑 라프타니아 씨 사이에 무슨 일이 있었던 거야?"

"맞습다. 6년 전, 약혼할 만한 교류가 있었던 검까?"

사라도 걱정스레 물었다.

"대단한 교류는 없었어. 이 펜션에 한 달쯤 체재하면서 다소 친해졌을 뿐이야."

클라우스는 고개를 가로저었다.

그리고 그는 당시에 있었던 일을 말해 줬다.

◆◆◆

6년 전, 그는 『화염』의 임무로 이 섬을 방문했다.

『매연』 루카스라는 남자와 『작골』 빌레라는 남자도 함께였다. 세 사람은 이 섬에 있는 해군 기지를 수사하기 위해 온 것이었다. 밤에 해군 기지의 군인과 접촉하는 한편, 낮에는 사람들을 속이기 위해 평범한 관광객처럼 행동했다.

그때 클라우스에게 호의를 보인 것이 이 펜션의 외동딸— 라프타니아였다.

그녀는 클라우스를 단순한 관광객이라고 여겼기에 섬을 이곳저곳 직접 안내해 줬다. 당시 라프타니아는 열 살, 클라우스는 열다섯 살. 나이가 비슷하기도 해서 라프타니아는 클라우스를 잘 따랐다. 어디를 가든 따라왔다. 그녀는 섬의 명소를 자세히 알았기에 클라우스도 쫓아내지 않았고, 바다와 동굴 등 둘이서 많은 곳을 탐험했다.

헤어질 때, 라프타니아는 엉엉 울었다.

부모의 질책을 무시하고 클라우스의 다리에 매달렸다.

『클라우스 님, 가지 마! 나도 데려가 줘!』

『음, 싫어.』

『으으. 고개를 끄덕여 줄 때까지 안 놓을 거야!』

『걸리적거려……. 어떻게 하면 놔줄 거야?』

『……으. 만약! 만약 또 만나게 되면, 나를 색시로 삼아 줄 거야?』

『아니. 누가 너 같은 애랑.』

『심술쟁이! 약속해 줄 때까지 나는 매달릴 거야!』

『그래그래. 생각해 볼게. 아무튼 놔줄래?』

라프타니아에게 특별한 감정이 없었던 클라우스는 대충 그렇게 대답했다.

이상이 라프타니아와 클라우스의 교류였다.

◆◆◆

"약속하셨잖아요!!"

이야기를 다 듣고 그레테는 눈을 동그랗게 떴다.

지금은 볼 수 없는 그 당시 클라우스의 거친 분위기에 두근거리면서도 일단 지적한 것은, 색시로 삼아 달라는 말에 클라우스가 생각해 보겠다고 대답한 점이었다.

"아니, 그렇게 받아들이지 못할 것도 없지만."

클라우스는 멋쩍은 듯 눈썹을 찡그렸다.

"……하지만 이걸 약혼이라고 하기에는 꽤 무리가 있지 않아?"

"그, 그건 그렇죠……."

"내 발언이 경솔했다는 건 부정하지 않겠어. 하지만 당시 라프타니아는 열 살. 떼를 쓰면서 한 발언이었고, 진심인 것 같지는 않았어. 다른 사람들도 그렇게 받아들였고."

그의 설명에 사라와 에르나도 「그렇죠. 보스도 확실하게 결혼하겠다고 하지는 않았습니다」 「응. 『약혼자』는 무리가 있어」라며 동의했다.

당시 그 자리에는 라프타니아의 부모와 클라우스의 가족이나 마찬가지인 『화염』의 멤버가 있었던 것 같지만, 그들이 결혼에 동의한 것은 아니었다. 「약혼자」는 너무 비약이다.

백 보 양보해서, 클라우스의 인식과 달리 당시 열 살이었던 라프타니아가 순진하게 「약혼」이라고 해석했다고 하자. 하지만 그걸 현재 열여섯 살인 라프타니아가 여전히 믿고 있다고 보기는 어렵다.

애초에 한 번 거절당하지 않았나.

그레테는「혹시 몰라서 확인하는데」라며 운을 떼고 물었다.

"……보스와 라프타니아 씨는, 6년간 편지 같은 건?"

"전혀 주고받지 않았어. 그래서 나도 예상치 못한 일이었어."

클라우스는 인상을 쓰고 있었다.

"—6년간 뭔가 심경 변화가 있었다는 생각밖에 안 들어."

평소 임무 중에도 이렇게까지 고민하는 표정을 보이지 않았다.

아무래도 그는 자신의 경솔한 언동으로 한 소녀의 순정을 갖고 놀았다고 반성하고 있는 것 같았다. 어떻게 생각해도 그에게 잘못은 없지만.

"옛 기억을 떠올려 봤지만 역시 짚이는 게 없거든."

그래서 여기서 커피를 마시고 있었던 모양이다.

자세히 보니 평소 그가 마시지 않는 밀크커피였다. 설탕통도 옆에 놓여 있었다. 6년 전에 마셨던 카페오레를 섭취하며 기억을 더듬은 듯했다.

"의외야."

에르나가 작게 웃었다.

"6년 전에는 선생님도 미숙했네."

"……예전에는 막 행동했었어."

클라우스는 어깨를 으쓱였다.

"어쨌든 내일 단호하게 거절하겠어. 이 문제는 이걸로 끝이야."

그가 그렇게 결론지었기에, 그레테, 사라, 에르나는 다 같이 안도

했다.

그 후에는 폭풍 치는 날씨에 외출하기도 싫어서 네 명이서 보드게임을 즐겼다. 섬에 전해 내려오는 유희로 신나게 놀며 라프타니아에 관해서는 일단 잊을 수 있었다.

도중에 클라우스는 지인에게 인사하고 오겠다며 자리를 비웠다.

이러는 동안 사태가 급속도로 악화했을 줄은 꿈에도 모른 채.

◇◇◇

—바캉스 3일째.

이변은 아침에 알아차렸다.

폭풍이 지나간 이른 아침, 그레테는 클라우스와 함께 산책하기로 했다. 사라와 에르나는 아직 자고 있었고, 아네트는 어딘가로 사라진 상태였다. 단둘이 온화한 시간을 보내기 위해 펜션 밖으로 나갔다.

우유를 배달하는 남성과 만났다.

그는 펜션 현관에 있는 클라우스를 보더니 뭔가를 알아차린 것처럼 「오」 하고 말했다.

"당신이 클라우스 씨야? 들은 대로 멋있는 남자네~."

섬사람인 듯 독특한 억양으로 말하며 호쾌하게 웃었다.

"라프타니아와 행복하게 살아."

무슨 의미냐고 클라우스가 반문하기 전에 남성은 자전거를 타고 떠났다.

다시 기분을 전환하여 해변에 가려고 했을 때, 섬사람인 것 같은 노파가 말을 걸어왔다.

"오오, 자네지? 라프타니아와 결혼한다는 게."

클라우스의 얼굴을 보고 기뻐하며 고개를 끄덕였다.

"열흘 후 있을 결혼식, 힘내. 그 아이는 내내 고생만 했으니까 말이야. 마침내 보답받는구먼. 어젯밤에 얘기 듣고 안심했어."

"……열흘 후? 그런 얘기는 처음 듣는데?"

클라우스가 반문했으나, 노파는 귀가 어두운지 바로 집에 들어갔다.

점점 강해지는 불길한 예감을 느끼고 있으니, 고기잡이를 나가려는 듯 어망을 옮기고 있는 남성과 만났다. 클라우스의 모습을 보더니 성큼성큼 걸어와 어깨를 세게 두드렸다.

"응응, 라프타니아의 약혼자지? 이런 데서 여자를 데리고 돌아다니면 바람피운다고 의심받을걸? 결혼식 때까지 얌전히 지내."

"……아무래도 당신들은 오해하고 있는 것 같아."

아무래도 짜증이 났는지 클라우스가 강하게 부정했다.

"나와 라프타니아는 그런 사이가 아니야. 결혼식 같은 건 안 올려."

"거참, 고약한 농담이네."

"그러니까—."

어부는 손을 내밀어 클라우스의 말을 막았다.

"더 말 안 해도 돼. 나도 바람피우고 싶은 마음은 이해해. 하지만 매듭은 확실하게 지어야지. 나는 라프타니아가 갓난아기였을 때부터 그 애를 봤어."

"하아……."

"그래. 말도 안 되는 얘기지만, 만약 네가 우리 섬의 라프타니아를 속여서 순정을 갖고 놀고 결혼식을 쨀 작정이라면—."

그는 두툼한 팔로 어망을 들어 올리며 낮은 목소리로 말했다.

"—네놈의 제자를 포함해 이 섬에서 무사히 돌아갈 수 없을 거야."

"……."

설득하기 어렵겠다고 생각했는지, 클라우스는 모든 것을 체념한 듯 침묵했다.

"뭔가 엄청난 사태가 벌어지지 않았나요?!"

"설마 이렇게나 나를 앞설 줄이야."

그 후 펜션 주변을 걷고 나서 이해했다. 클라우스와 라프타니아가 결혼식을 올리는 것은 이미 결정 사항으로 퍼져 있었다.

펜션 주변에 사는 주민들은 모두 라프타니아를 옛날부터 귀여워했는지, 다들 결혼을 축복했다. 클라우스가 부정해도 농담으로 치부하거나 완곡하게 협박했다.

결혼식 초대장이 퍼져 있는 것은 펜션이 있는 섬의 서쪽 지역 일부. 이미 30세대 정도가 초대장을 받은 듯했다. 클라우스의 외양적 특징과 라프타니아와의 첫 만남도 알려져 있었고, 심지어 과장된 러브스토리까지 퍼져 있었다.

"대체 언제 이 정도 공작을……? 보스가 결혼하지 않으면 돌아가는 배를 내주지 않을 것처럼 험악한데요……."

"맞아. 첫날에는 이렇지 않았어. 너무 빨라."

"다들 결혼에 관해 어제오늘 알았다는 듯한 말투였습니다."

"라프타니아 혼자서는 불가능해. 그야말로 일류 공작원의 소행인데—."

현재 상황을 분석하며 펜션으로 돌아갔다.

현관에 도착하니, 마침 라프타니아와 또 다른 소녀가 즐겁게 이야기꽃을 피우고 있었다.

"아네트 님, 일손 확보는 끝났어."

"네, 라프타니아 누님! 나님, 4구의 꽃집에 협력을 요청하고 온 참이에요! 늦어도 전날에는 최고의 부케가 완성될 거예요!"

""……허?""

라프타니아 옆에 서 있던 것은 아네트였다. 양손 가득 결혼식 초대장을 안고서 폴짝거리고 있었다.

그때, 라프타니아가 아연해하는 두 사람을 알아차렸다.

"오오, 클라우스 님. 이런 데서 뭐 하고 있어? 자, 결혼식 전에 해야 할 일이 수두룩해."

"아니, 그보다도."

클라우스의 입에서 한숨 같은 목소리가 흘러나왔다.

"……아네트, 너는 뭐 하고 있는 거지?"

"나님! 라프타니아 누님의 결혼식을 도와주고 있어요!"

반성하는 기색이라고는 없는 대답이 돌아왔다.

이어서 라프타니아가 「맞아!」라고 말하며 아네트의 어깨를 잡았다.

"전부 아네트 님이 준비해 주고 있어. 우리를 위해 초대장 배부도, 장소 확보도, 척척 수행해 줬어!"

라프타니아는 심취한 듯 「아네트 님 만만세야」라며 머리를 쓰다듬었다.

아네트도 기분이 나쁘지는 않은 것처럼 웃었다.

사태가 이렇게나 진전된 것은 아네트의 암약 때문인 듯했다. 그녀가 진심으로 움직인다면 클라우스와 라프타니아의 연애 에피소드를 날조하고 주민들을 회유하는 것 정도는 쉽다.

—하지만 왜 아네트가 협력을?

그 의문이 해소되는 일 없이, 라프타니아가 어리광 부리듯 클라우스에게 안겼다.

"멋진 식을 올리자, 클라우스 님."

그런 그녀를 축복하듯이 아네트가 손뼉을 쳤다.

"나님! 웨딩 플래너가 될 거예요!!"

"""——."""

완전히 뒤처져 버린 클라우스와 그레테는 멍해졌다.

한순간의 방심을 틈탄 훌륭한 정보 전략이었다.

◇◇◇

—바캉스 4일째.

그레테에게는 지옥 같은 하루였다.

정말 결혼을 앞둔 것처럼 알콩달콩한 라프타니아와 클라우스를 미행하며 먼발치에서 바라볼 수밖에 없었다.

라프타니아가 클라우스의 팔을 끌고 마을을 돌아다녔다.

"클라우스 님! 턱시도 치수를 재러 가자. 신부인 내가 함께 가 줄게."

"……그래."

이따금 두 사람은 그레테도 모르는 과거를 이야기했다.

"클라우스 님! 추억의 장소에 가지 않을래? 우리가 처음으로 한마음이 됐던 곳에."

"……네가 멋대로 따라와서 얼음과자를 사 달라고 했던 곳 말인가."

그리고 두 사람은 그레테가 이룰 수 없는 스킨십을 했다.

"후후, 이제 결혼할 거니까 팔짱 껴도 되지?"

"……걷기 힘드니까 떨어져 줘."

이것들은 전부 그레테의 멘탈을 크게 깎아 먹었다.

"~~~~~~~~~~!!"

목소리는 내지 않으려고 하면서 그레테는 번민했다.

어차피 상처만 입을 거 미행을 안 하면 되지만, 그래도 쫓지 않을 수 없었다. 변장하고, 라프타니아는 알아차리지 못할 거리에서 계속 지켜봤다. 어떻게 생각해도 스토커 행위였으나, 체면 따위 차릴 수 없었다.

무엇보다 마음을 흔드는 것은 클라우스가 라프타니아를 순순히 따른다는 것이었다.

물론 미리 설명은 들었다.

『도망치지 말라고 나를 협박하는 주민의 태도는 진심이었어. 일을 크게 만들면 바캉스를 느긋하게 보내고 싶어 하는 다른 멤버에게 위해가 미칠지도 몰라.』

하지만 클라우스의 이 대응도 아네트의 계획에 포함되어 있었을 것이다.

클라우스는 『등불』의 소녀들이 푹 쉬기를 바라고 있다. 자신 때문에 괜히 주민과 다툼을 일으키지 않기를 원했다. 일단은 거스르지 않으면서 상대의 틈을 엿보겠다고 했다.

클라우스는 그저 연기하고 있을 뿐이다. 이해는 하지만.

'지, 지금은 참을 수밖에 없어요…….'

그의 말을 몇 번이고 떠올리며 자신을 납득시켰다.

그러지 않으면 질투로 미쳐 버릴 것 같았다.

눈앞에서는 클라우스와 라프타니아가 친밀하게 팔짱을 끼고서 추억을 이야기하고 있었다. 예전에 함께 본 석양도 예뻤다는 둥, 실로 온화한 대화였다.

그렇게 팔짱을 낀 라프타니아가 자신의 가슴을 은근슬쩍 클라우스한테 갖다 댔다.

"~~~!!"

그레테는 다시 까무러쳤다. 이 정도에 클라우스가 유혹당하지 않는다는 것을 알아도 화가 났다. 참을 수 없었다.

라프타니아의 봉긋한 흉부와 자신의 평탄한 흉부를 무심코 비교했다.

"~~~~~~!!"

그리고 한 번 더 까무러쳤다.

◇◇◇

—바캉스 5일째.

섬에서 큰 소동이 있었던 날이다.

4일째에 받은 스트레스 때문에 악몽을 꾼 그레테는 이날 늦잠을 자다가 요란한 고함을 듣고 깼다. 펜션 앞에서 남성이 욕하는 소리가 들렸다.

"시끄럽게 떠들어 대지 마! 너희는 그저 어젯밤 일을 솔직히 말하면 돼!"

그레테가 불편해하는 타입의 목소리였다.

저도 모르게 귀를 막고 있으니, 이어서 늙은 남성의 연약한 목소리가 들렸다.

"소, 솔직히 말하라고 하시는데, 전부 진실입니다. 아무것도 모릅니다."

"네가 매일 해군에 관한 불만을 떠벌린다는 정보를 입수했다만?"

"그, 그건…… 하지만 어젯밤 일은……."

"아아! 이제 됐어! 너는 용의자 목록에 추가해 두겠어!"

아무래도 다툼이 일어난 것 같았다.

재빨리 준비를 마치고 펜션 밖으로 나가니 말썽은 수습된 상태였다.

거리에 주민이 열다섯 명쯤 모여서, 떠나는 군인들을 노려보고 있었다. 그들의 모습이 보이지 않게 되자, 다리의 힘이 풀려 주저앉은 고령의 남성에게 주민들이 위로의 말을 건넸다. 군인과 주민 사이에서 다툼이 있었던 것처럼 보였다.

"……무슨 일인가요?"

근처에 있던 노파에게 묻자, 그녀는 크게 한숨을 쉬었다.

"살인 사건이 일어났다는구먼."

"사건이요?"

"오늘 새벽, 해군 기지의 메르셰 소위라는 높은 사람의 시신이 발견되었다는 모양이야. 자세한 건 아직 모르지만, 난도질당해 토막 나 있었다는군."

노파는 그녀가 파악한 모든 사정을 가르쳐 줬다.

어젯밤 — 그레테에게는 바캉스 4일째 — 해군 숙소를 빠져나와 마을에 간 듯한 메르셰 소위가 숙소에 돌아오지 않았다. 오늘 아침 심하게 훼손된 시신이 섬의 남쪽 바닷가에서 발견되었고, 시신에 남아 있던 소지품으로 메르셰 소위라고 특정했다.

"……그래서 바로 범인을 찾는 건가요. 확실히 살인 사건이겠지만……."

"대해적 자칼의 저주야."

"……예?"

"전부 군인들이 욕심을 부리면서부터 시작됐어. 그 기지는 주민을 쫓아내고 만든 거야. 지금도 부지 확대를 꾀하고 있지. 그 무렵부터 이 섬이 이상해졌어. 섬을 위협하는 자는 저주받아. 이 섬에는 보물을 지키려는 대해적의 원념이 있어."

노파가 불안한 듯 몸을 떨었다.

"—석 달에 한 번, 섬의 누군가가 끔찍하게 살해당해."

그녀가 말하길, 비극은 3년 전부터 시작됐다고 한다. 석 달에 한 번꼴로 변사체가 발견됐다. 피해자는 주민, 여행객, 군인 등 대중이 없었다. 다만 발견되는 시신은 온몸이 토막 나 있거나 비틀려 있는 등, 보통은 불가능한 수준으로 훼손되어 있다고 했다.

도저히 믿을 수 없는 내용이지만 진실인 것 같았다.

노파는 「아가씨도 조심해. 아아, 무서워라」라며 몸서리치고서 그레테 곁을 떠났다.

해적의 저주와 살인 사건 등 신경 쓰이는 얘기이긴 했지만, 그레테와 직접 관계는 없었다.

아무튼 이날은 해변에서 기분을 전환하기로 했다. 이 이상 라프타니아와 클라우스를 미행해도 정신적 타격을 받을 뿐이라는 것은 이해했다. 클라우스를 믿기로 했다.

에르나와 함께 모래사장에서 조개껍데기를 주웠다.

예쁘게 생긴 조개껍데기를 발견하여 투명한 유리병에 모래와 함께 담았다. 처음에는 금방 질리지 않을까 불안했는데, 막상 해 보니 보석처럼 반짝이는 조개껍데기가 여럿 발견되어 즐거웠다.

에르나도 귀여운 연분홍색 조개를 찾은 것 같았다.

"그레테 언니, 이건 꽤 레어한 조개야!"

"……네. 깨진 곳도 없고, 진주층도 예쁘네요. 보물이에요."

그렇게 둘이서 웃고 있으니, 저 앞에서 「우오오오오오오오오!」 하는 소리가 들리고, 막대 모양의 도구를 든 아네트의 모습이 보였다. 마치 불도저처럼 해변의 모래를 갈아엎으며 맹렬히 돌진하고 있었다.

"나님! 조개껍데기를 회수하겠어요!"

"노오오오오오오오오오오오오오오오오!"

돌진해 온 아네트가 에르나를 쳤다.

그러면서 아네트는 정지했고, 막대형 도구에 모인 조개를 체크했다. 모래를 갈아엎어 조개만 채집하는 도구인 듯했다. 「오, 이만큼 있으면 결혼식장을 꾸밀 수 있겠어요!」라며 만족스럽게 고개를 끄덕였다.

웨딩 플래너로서 성실하게 일하고 있는 것 같았다.

"안녕하세요, 아네트 씨."

"응? 그레테 누님! 무슨 일 있나요?"

"그나저나 아네트 씨는 왜 라프타니아 씨에게 협력을?"

아네트는 필요 없는 조개껍데기를 바다에 던져 버리며 이를 보이고 웃었다.

"나님! 그건 비밀이에요!"

"하아……."

"반대로 누님은 왜일 것 같아요?"

오히려 질문을 돌려받고 말았다.

대답을 못 하고 있으니, 아네트는 그레테를 들여다보듯 얼굴을 가까이 가져왔다.

"—『그레테 누님을 독려하기 위해서』라고 하면 어쩔 거예요?"

"……네?"

눈을 크게 뜨고서 굳어 버렸다.

만족한 듯 고개를 끄덕인 아네트는 「나님! 농담이에요!」라며 혀를 내밀더니 휙 등을 돌리고 다시 달려가 버렸다. 엉덩방아를 찧은 에르나가 「먼저 사과해!」라고 호소했으나 듣지 않았다.

늘 그렇듯 종잡을 수 없는 소녀였다.

아네트의 목적은 불명이다.

하지만 농담이든 뭐든, 그녀의 말은 그레테의 마음에 불을 지폈다.

애초에 이번 일에서 가장 잘못이 있는 사람은 누가 봐도 라프타니아였다. 6년 전의 불명료한 약혼을 전제로 클라우스와 강제로 결혼하려 들다니 엉망진창이다. 간접적으로 『등불』의 소녀들을 위협하여 클라우스를 움직이지 못하게 하는 수법도 마음에 들지 않았다.

—『독려하기 위해서』 그런 거라면 그 말대로 행동해 주겠다.

주먹을 움켜쥔 그레테가 펜션에 돌아가니, 마침 식당에 클라우스와 라프타니아가 있었다.

라프타니아는 앞치마 차림으로 생글생글 웃으며 요리를 나르고 있었다.

"후후, 클라우스 님. 오늘의 저녁밥은 내가 만든 스페셜 디너야. 섬에서 키운 소의 숙성육을 사용한 특제 햄버그스테이크! 꼭 먹어 줘!"

"……그런가."

클라우스는 불쾌함을 감추지 않고, 치즈와 달걀로 호화롭게 꾸민 햄버그스테이크를 바라보고 있었다.

옆자리인 사라 앞에는 소스만 뿌린 평범한 햄버그스테이크가 놓여 있었다. 차별이 노골적이었다. 사라도 그저 어이가 없는지 「아하하……」 하고 쓴웃음을 짓고 있었다.

펜션의 직원으로서 문제 아닌가, 하고 느끼며 그레테는 말했다.

"라프타니아 씨."

"응? 왜? 생긴 건 좀 다르지만, 그건 눈의 착각—."

"한 가지 말씀드려야만 하는 사실이 있습니다."

의아한 듯 라프타니아가 눈썹을 찡그렸다.

그레테는 당당히 가슴을 펴고서 용맹하게 선언했다.

"실은 저도— 클라우스 선생님의 약혼자입니다."

그녀가 주장하는 『약혼자』라는 망언에는 똑같이 망언으로 대항하겠다.

미간을 짚는 클라우스의 반응이 신경 쓰였지만, 라프타니아가 멍하니 접시를 떨어뜨리는 모습을 보니 속이 시원했다.

이번에는 네가 패닉에 빠질 차례라며 살짝 심술궂게 미소 지었다.

◇◇◇

—바캉스 6일째.

클라우스에게 혼났다.

"사태를 진흙탕 싸움으로 만들어서 어쩌자는 거야."

"……죄송합니다. 충동을 억누를 수 없어서."

어젯밤 라프타니아가 보인 반응은 실로 통쾌했다. 그녀는 알기 쉽게 당황했다.

『어, 어떻게 된 거야?! 서, 설마 클라우스 님이 양다리?! 아, 아니, 그냥 네가 멋대로 하는 소리겠지! 아, 아네트 님에게 확인하겠어. 지, 진실이라면 내 인생은 어떻게 되는 거지?! 끄, 끝이야……. 거, 거짓말이야아아아아아아아아아아!』

예상한 것보다 더 패닉에 빠져서 식탁을 넘어뜨리며 식당을 떠났다.

그녀가 일부러 준비한 햄버그스테이크는 전부 바닥에 쏟아져 버렸다. 아깝다고 느끼긴 했지만, 기분은 상쾌했으니 좋은 게 좋은 거라고 치고 싶다.

클라우스도 생각하는 바가 있었는지 그 이상의 질책은 없었다.

아침에 그레테를 자신의 방으로 부른 것은 향후에 관해 이야기하기 위함인 것 같았다.

"수단이야 어찌 됐든 라프타니아를 견제하게 된 건 다행이야. 꽤 충격을 받고 드러누워 있어. 오늘내일 정도는 자유롭게 움직일 수 있겠어. 고맙다."

클라우스는 깊이 고개를 끄덕이고서 그레테를 힐끗 보았다.

"근본적으로는 내가 발단이 된 트러블이야. 네가 어울려 줄 필요는 없어."

"아뇨, 함께하겠습니다. 선전 포고를 한 이상 물러날 수 없어요."

"—극상이야. 알았어. 이 결혼식을 망치는 데 협력해 줘."

"……네, 물론입니다."

얼추 이야기가 끝나자 클라우스가 팔짱을 꼈다.

"물론 내가 진심으로 움직이면 이런 결혼식은 얼마든지 망칠 수 있지만."

"……그렇겠죠."

"가능하면 원만하게 해결하고 싶어."

그가 요란하게 행동하지 않는 가장 큰 이유는 다른 소녀들의 평온한 바캉스를 지키기 위해서겠지만, 라프타니아에 대한 배려도 있는 것 같았다.

그레테로서는 복잡한 심경이었으나, 클라우스가 그걸 바란다면 존중할 수밖에 없었다.

"오늘은 독자적으로 조사하고 싶은 것이 있으니 혼자 움직이겠어. 내일은 일정을 비워 둬."

그는 방침을 전했다.

"라프타니아의 과거를 조사하고 싶어."

◇◇◇

—바캉스 7일째.

미리 약속했던 시각에 그레테가 식당으로 내려가니, 같은 펜션을 이용하는 사라가 식탁에 엎어져 있었다. 늘 쓰는 뉴스보이캡을 베개처럼 두고서 엉엉 울고 있었다. 아침밥은 손도 대지 않은 모습으로 차갑게 식어 방치되어 있었다.

"더, 더는 싫습다. 아무것도 생각하고 싶지 않습다……. 섬을 돌아다니고 싶지 않습다……!!"

"무슨 일인가요?"

걱정되어서 말을 걸자 사라는 고개를 가로저었다.

"……변태남들을 하염없이 욕했죠."

"정말로 무슨 일인가요?!"

사라도 뭔가 말썽에 휘말렸었던 모양이다. 그냥 울게 두기로 했다.

이윽고 클라우스도 식당에 내려와 사라를 힐끔 보았다. 딱하다는 듯 고개를 끄덕이고서 그레테 쪽으로 왔다.

"언뜻 소문을 들었는데."

클라우스가 나직이 중얼거렸다.

"현재 섬에서 『검은 머리 서큐버스』가 화제인 것 같아."

"……하아."

"사라는 휘말린 모양이군. 가엾게도."

영문 모를 이야기였지만, 곧이어 약속한 인물이 나타났기에 잡담을 끝냈다.

수염이 짙게 난 남성이 커피잔이 놓인 쟁반을 들고 식당 안쪽에서 걸어왔다. 그레테도 대면한 적이 있는 사람이었다. 이 펜션 『괭이갈매기 마을』의 주인. 그리고 라프타니아의 아빠였다. 이름은 케리히라고 했다.

그는 「라프타니아는 아침부터 밖에 나갔습니다」라고 입을 열었다.

클라우스가 그에게 부탁하여 시간을 내준 것이었다. 멍하니 있는 사라를 식당 구석으로 옮기고 식탁에 둘러앉았다.

"죄송합니다, 클라우스 씨. 딸이 너무 갑작스러웠죠."

케리히는 섬사람 특유의 말투를 쓰지 않았다. 정중한 말씨로 사죄했다.

“저도 깜짝 놀랐습니다. 갑자기 결혼식이라니. 케리히 씨는 알고 있었습니까?”

“아뇨, 아닌 밤중에 홍두깨였습니다.”

케리히가 쓴웃음을 지었다.

“딸이 클라우스 씨를 좋아했다는 건 알았지만, 설마 결혼하겠다고 할 줄이야.”

부친도 뜻밖이었던 모양이다.

약혼자라더니 순 엉터리이지 않은가, 하고 그레테는 내심 분개했다.

“민감한 얘기일 것 같아서 언급을 피했지만—.”

클라우스가 망설이듯 간격을 뒀다.

“현재 이 섬에서 『대해적 자칼의 저주』가 일어나고 있다고 들었습니다. 석 달에 한 번, 섬에서 처참한 살인 사건이 벌어진다고.”

“예, 들으셨군요.”

“혹시— 케리히 씨의 아내분, 즉 라프타니아의 모친은—.”

“네, 살해당했습니다. 3년 전에.”

예? 하고 목소리를 내고 말았다.

그러고 보니 클라우스가 말해 줬던 과거 이야기에 라프타니아의 『부모』라는 말이 나왔었다. 하지만 그레테는 아직 이 펜션에서 모친으로 보이는 존재와 만나지 못했다.

생각해 보니 펜션 주변에 사는 주민이 라프타니아를 「내내 고생만 한 아이」라고 평했었다.

클라우스도 충격을 받았는지 「그렇군요, 그분이……」 하고 중얼거렸다.

"무슨 일이 있었던 겁니까?"

"대해적의 저주라는 연속 의문사 사건— 그 두 번째 피해자가 아내입니다."

케리히는 천천히 이야기했다.

"3년 전 봄의 아침, 아내는 이 펜션의 바로 뒤편에 있는 절벽 아래에서 변사체로 발견되었습니다. 사지가 떨어져 나가고 얼굴도 뭉개져서, 누구인지 바로 알아볼 수도 없는 지독한 몰골로. 발견한 사람은, 라프타니아였습니다."

그는 분한 듯 입술을 깨물고 고개를 가로저었다.

"범인은 여전히 찾지 못했습니다."

"……경찰의 견해는?"

"두 손 두 발 다 든 상태입니다. 이 연속 의문사 사건은 정상이 아니에요. 발견되는 시신은 전부 이상합니다. 길 한복판에서 온몸이 불타 있거나, 전신의 피가 빠져나가 있거나. 얼마 전에 죽은 해군 장교처럼 온몸을 찢긴 자도 있죠. ……저주라고 할 수밖에 없어요."

케리히는 명백히 납득하지 못한 모습이었다.

분한 마음이 떠오른 듯 울먹이고 있었다.

"주민들이 경찰과 협력하여 범인을 필사적으로 찾았지만 잡지 못했습니다. 이 섬에 사는 사람 중 절반은 해군 기지의 군인입니다. 그 녀석들이 수상하지 않느냐는 말도 나왔지만, 섬의 경찰은 군인을 건

드릴 수 없어요. 군인이 숨기고 있다면 어떻게 할 수가 없습니다."

"……그렇습니까."

"그 이후로 라프타니아는 이 섬에 절망하게 됐습니다."

목소리가 낮아졌다.

"이딴 섬에서 나가고 싶다고 매일 호소하게 됐습니다. 하지만 부끄럽게도 저는 딸이 언젠가 이 펜션을 물려받을 거라고 생각해서, 특별한 자격을 따게 하지도 않았고 공부도 시키지 않았습니다. 섬 밖으로 나갈 수 있을 만큼 배우지 못했어요."

고개를 든 케리히는 강한 눈으로 클라우스를 바라보았다.

"라프타니아에게— 일찍이 당신과 나눈 약속은 유일한 희망인 겁니다."

"……그렇게 된 거였군요."

납득한 듯 클라우스가 중얼거렸다.

저번에 그가 예상한 대로, 6년 전에는 라프타니아도 진심으로 결혼할 생각이 아니었을 것이다. 하지만 엄마의 사건이 적절히 수사되지 않은 것에 절망하여 섬을 나가고 싶어 하게 되었고, 클라우스와 했던 약속을 염원하게 되었다.

그녀 안에서는 기억도 미화되었을지 모른다.

"일방적인 얘기라는 건 이해합니다. 아비로서 깊이 사죄드립니다."

케리히는 미안해하며 머리를 숙였다.

"하지만 딸에게는 이 절망의 섬에서 나갈 유일한 수단입니다. 부디 결혼해 주시면 안 될까요? 딸을 행복하게 해 주십시오."

나름대로 딸을 생각한 결과일지도 모른다.

클라우스는 간청하는 케리히를 조용히 바라보고 있었다. 아무런 대답도 하지 않았지만, 곱씹는 듯한 얼굴로.

◇◇◇

—바캉스 8일째.

클라우스가 또 혼자서 조사하고 싶은 게 있다고 하여 그레테는 할 일이 없어졌다. 에르나와 해군 기지까지 가 보려고 했지만, 도중에 비가 내리기 시작해서 허둥지둥 돌아왔다. 또 폭풍이 올지도 몰랐다. 빗발이 거셌다.

샤워하고 나오니 라프타니아가 기다리고 있었다.

발치에 진흙이 묻어 지저분했다. 결혼식장을 준비하느라 그렇다고 했다.

"푸른 하늘 아래에서 결혼식을 올리고 싶다고 아네트 님과 얘기를 나눴거든. 언덕 위에 의자를 늘어놓고 장식을 준비해서 근사한 가든 웨딩을 올릴 예정이야."

지난 이틀간은 쉬었던 것 같은데, 훌륭하게 부활한 듯했다.

"……신부가 직접 준비하다니 감탄스럽네요."

"아빠한테 내 사정을 들었지?"

라프타니아가 가볍게 어깨를 으쓱였다.

"동정할 필요는 없어. 나는 반드시 클라우스 님과 결혼하여 이 섬에서 나갈 거야. 네가 『약혼자』라는 것도 어차피 허풍이겠지."

"……눈치채셨나요."

물론 아네트에게 확인하면 금방 들킬 거짓말이었다. 블러핑밖에 안 된다.

라프타니아가 뭔가를 던졌다.

"선물이야. 받아."

"음……?"

"나도 억지라는 자각은 있으니까. 사과하는 의미에서 주는 거야."

던진 것은 작은 마대 자루였다. 40센티미터쯤 될까. 뭔가 기계 같은 것이 들어 있는지 묵직했다.

라프타니아는 「부적이야」라고 설명해 줬다.

"하아……."

"물러날 마음은 없어. 엄마가 죽고 나서 생각났어. 클라우스 님과 섬에서 보냈던 나날이. 퉁명스럽게 굴면서도 보폭을 맞춰 주고, 못마땅해하면서도 내게 주스를 사 주고……. 그 기억 하나하나가 눈부시게 느껴졌어."

혼잣말처럼 말이 흘러나왔다.

"돌이켜 보면 그 시간만큼 즐거운 한때는 없었어……."

"역시나."

그레테는 숨을 삼켰다.

"클라우스 선생님에 대한 마음은 진짜인 거군요……?"

라프타니아는 「당연하지」라고 말하며 명랑하게 웃었다.

“아무나하고 결혼할 리 없잖아.”

연정을 간직한 소녀의 눈이었다.

◇◇◇

—바캉스 9일째.

라프타니아와 클라우스의 결혼식은 4일 후, 즉, 바캉스 13일째에 열린다.

그레테는 어떤 아이디어를 생각해 내고, 마을 상점에서 천을 대량으로 사들였다. 억지를 부려 주민에게 재봉틀도 빌렸다. 시간은 별로 없지만, 라프타니아에게 대항하고자 꼭 만들고 싶은 게 있었다.

펜션으로 돌아가는 길에 해변에서 낯익은 세 동료를 발견했다.

릴리, 지비아, 모니카. 마치 표류한 것처럼 모래밭에 뻗어 있었다.

기절한 건 아닌지 걱정되어서 그레테는 그녀들에게 달려갔다.

“여러분, 어떻게 된 건가요……?”

다행히 세 사람은 그저 드러누워 있는 거였다.

하지만 기운이 쏙 빠진 모습으로 모니카와 릴리가 고개를 흔들었다.

“무리. 말 걸지 말아 줘…….”

“숙소로 돌아갈 체력도 안 남아 있어요. 여기서 쉬려고요…….”

이 세 사람이 이렇게나 녹초가 되다니.

분명 동굴을 탐험하며 해적의 보물을 찾고 있었을 터. 아주 열심히 찾고 있는 걸지도 모른다. 기진맥진한 얼굴이었다.

지비아는 비교적 체력이 남아 있는지 웃으며 손을 흔들었다.

"그레테는 어때? 바캉스 만끽하고 있어?"

"……글쎄요, 어떨까요?"

"응?" "오요?" "어?"

"질 수 없는 싸움에 임하려고 합니다. 늘 그렇듯이요……."

그레테는 당황한 얼굴인 세 사람에게 단적으로 밝혔다.

"……보스 관련으로 조금 문제가 있어서."

그 말만 듣고 세 사람은 전부 이해한 모양이었다. 일순 숨을 삼켰다가 작게 고개를 끄덕이더니 다정한 눈으로 그레테를 보았다.

"그레테."

모니카가 일어나 그레테의 어깨를 잡았다. 그레테를 위로하듯 정면에서 지그시 바라보았다.

"자세한 사정은 모르지만, 내가 주는 조언은 하나려나."

"……."

"—중요한 것을 놓쳐선 안 돼."

목소리에는 절실한 감정이 담겨 있었다. 단순한 일반론이 아니었다. 자신의 체험과 생각을 겹치듯 살짝 쓸쓸해 보이는 눈을 하고서, 어깨를 잡은 손에 힘을 줬다.

릴리와 지비아도 쑥스러워하며 고개를 끄덕였다.

"맞아요. 놓치고 나서 깨닫는 것만큼 슬픈 일은 없어요. 후회만 남아서 밤마다 울고—."

"하지만 아무리 원해도 시간은 돌아오지 않아. 그레테 너는 그런 실수 하지 마."

"여러분……!"

눈앞이 환해지는 기분이었다.

몸을 일으킨 지비아가 「그럼 그레테의 승리를 기원하며 놀고 갈까!」라고 말하면서 어깨동무를 했다. 조금 전까지 해변에 누워 있던 지비아에게서 따뜻한 모래가 떨어졌다.

모니카와 릴리는 「뭐? 지금?!」「더 쉬고 싶어요오……」라며 곤혹스러워했지만, 지비아가 「뭐 어때!! 바캉스잖아」라고 주장하자 그녀들도 어이없다는 듯 웃으며 그레테에게 몸을 날렸다.

세 소녀에게 붙잡힌 그레테는 「예에?!」라며 저항했으나 결국 바다로 끌려갔다. 옷을 갈아입게 해 주지도 않았다. 천이 든 종이봉투를 손에서 놓는 게 고작이었다.

「에라 모르겠다!」「자포자기다!」라며 유난히 흥분한 세 사람이 끼얹는 바닷물을 맞으면서, 그날은 밤까지 내리 놀았다.

◇◇◇

—바캉스 10일째.

함께 놀아 준 것에 대한 답례로 어제 구입한 천을 지비아에게 줬다. 동굴 탐험에 쓸 수 있지 않을까 싶어서 준 것인데, 그녀들은 기뻐해 줬다.

그래도 천은 충분히 남았기에 그레테는 곧장 목표물 제작에 착수하기로 했다.

기쁘게도 에르나가 보조 역할로 나서 줬다.

첫날 약속한 것만큼 그녀와 놀지 못했는데, 「에르나, 이래저래 바캉스를 만끽하고 있어……!」라고 했다.

그레테가 없을 때는 혼자서 섬을 여기저기 돌아다니거나 바다를 구경하며 느긋하게 지내고 있는 것 같았다. 주민들에게 귀여움받으며 온화한 외딴섬 생활을 보내고 있는 듯했다.

펜션의 침실에 틀어박혀 둘이서 작업에 착수했다.

"가끔 생각할 때가 있는데."

천의 재단을 맡은 에르나가 불쑥 중얼거렸다.

"실은 에르나도 선생님을 아주 좋아해."

작업하던 손을 무심코 멈췄다.

"읏, 그런가요……?"

"응. 하지만 아마 그건 그레테 언니의 애정과는 다를 거야."

그녀는 다정하게 미소 짓고 있었다.

"그래서 에르나는…… 그레테 언니의 사랑을 응원하고 있어……!"

그레테는 마음이 따뜻해지는 감각을 느끼며 「고마워요」 하고 인사했다.

―『등불』의 소녀들은 자신에게 너무 상냥하다.

새삼 느꼈다. 절로 미소가 지어졌다. 대체 이 은혜를 어떻게 갚으면 좋을지 고민이 될 정도였다.

둘이서 착착 작업을 진행하고 있으니, 복도 쪽에서 어수선한 소리가 들렸다. 이렇게 큰 발소리를 내는 사람은 한 명밖에 없었다.

"응? 아네트?"

에르나가 문을 열자, 마침 앞에 서 있던 아네트가 「음?」 하고 고개를 갸웃했다.

에르나는 곧장 코를 막았다.

"뭔가 냄새나!"

"나님! 온천에 다녀왔어요!"

그녀의 몸에서 유황 냄새가 났다. 그러고 보니 섬의 남쪽에는 온천도 있다고 라프타니아가 말했었다.

결혼식과는 무관하다는 생각이 들었다.

"웨딩 플래너 일은 괜찮은 건가요?"

무심코 묻자, 아네트는 큰 목소리로 대답해 줬다.

"나님! 이제 질렸어요!"

"예……?"

너무나도 자유분방한 발언이라 말문이 막히고 말았다. 그렇게나 그레테의 마음을 어지럽혀 놓고 이제 라프타니아를 방치하려는 모양이었다.

아네트는 「그보다 재미있는 걸 찾았어요!」라며 주먹을 움켜쥐더니, 또 어수선한 발소리를 내면서 펜션의 계단을 내려갔다.

"나님! 조사하러 나갔다 올게요!"

아무 말도 못 하는 그레테와 에르나를 내버려 두고서, 그녀는 폭풍처럼 떠났다.

◇◇◇

—바캉스 11일째.

동료에게 격려받고 작업에 몰두하며 시간을 보내다 보니 각오가 섰다.

이제 라프타니아와 만나기만 하면 됐다.

라프타니아는 늦잠을 잤다. 그녀의 아버지가 말하길, 어젯밤에 외출했다는 것 같았다. 겨우 일어났나 싶었는데 금세 장을 보러 나가서 이야기는 나눌 수 없었다.

낮까지 기다리자 마침내 뒷문 쪽에서 라프타니아의 목소리가 들렸다.

"라프타니아 씨, 저기—."

뒷문으로 식자재를 들이는 라프타니아의 모습을 본 순간, 말이 멈췄다.

라프타니아의 왼쪽 뺨이 시퍼렇게 멍들어 있었기 때문이다.

"……!"

무심코 자신의 뺨을 누르고 말았다. 하얀 피부에 떠오른 애처로운 멍.

말을 잇지 못하고 있으니, 라프타니아가 「음, 그레테구나」라고 말하며 슬픈 시선을 보냈다.

"어떻게 된 건가요? 그 뺨……."

"응~? 어젯밤에 살짝 맞아서. 별일 아니야."

라프타니아는 장난스럽게 씩 웃었다.

허세라는 게 뻔히 보여서 다음 말이 나오지 않았다. 라프타니아는 결혼을 앞둔 신부로 알려져 있을 터다. 뺨을 맞는 일이 있어서는 안 됐다.

"대체 누구에게……?"

물어보자, 라프타니아는 대답을 망설이듯 고개를 숙이고서 작게 한숨을 쉬었다.

"—해군 녀석들한테."

"……!"

믿을 수 없었다. 아무리 주민과 알력이 있다지만 이런 소녀에게 손찌검을 한단 말인가.

라프타니아는 창피한 듯 자신의 뺨을 눌렀다.

"진짜 싫어……. 이 섬에서 살아가는 게……."

입술을 깨물고, 괴롭다는 듯 눈을 감았다. 눈에는 눈물도 살짝 맺혀 있었다.

그 떨리는 몸을 끌어안아 위로해 주고 싶다는 충동이 들었다.

라프타니아는 힘없이 뺨에서 손을 떼고, 끌고 온 리어카에서 짐을 내리기 시작했다.

"하지만 이제 괜찮아. 내일모레, 나는 결혼식을 올려. 클라우스 님과 부부가 되어 이 섬에서 나갈 거야."

"라프타니아 씨……."

그 목소리에서 분명한 기쁨이 보였다.

엄마를 여의고, 범인을 찾지 못한 섬에 절망한 소녀. 섬 밖의 남자인 클라우스에게 끌려 희망을 발견하고, 억지로라도 그와 부부가 되고자 한다.

그녀의 처지는 어느 정도 동정이 갔다.

하지만 역시 인정할 수는 없었다.

"중요한 것을 놓치고 있지 않나요?"

나온 것은 모니카가 해 준 말이었다.

라프타니아가 당근을 움켜쥐고 노려보았다.

"뭐야. 그런 으름장은 안 통―."

"―클라우스 선생님의 마음 말이에요."

그레테는 등을 곧게 펴고 확실하게 말했다.

"과거의 모호한 약속을 근거로 빠져나가지 못하게 막는 노력은 훌륭하지만, 단 한 번이라도 클라우스 선생님의 마음을 물어봤나요?"

"뭐?"

"그저 도망치고 있는 걸로 보여요."

"……윽, 말 다 했어?"

라프타니아는 들고 있던 당근을 리어카에 내팽개치고 사납게 노려보았다. 그렇게 그레테의 얼굴을 쏘아보다가 「아하, 대충 알겠네」라며 옅게 웃었다.

"너도 클라우스 님을 좋아하는구나? 그래서 애가 타는 거지?"

"맞아요. 당신과 똑같아요."

부정은 하지 않았다. 줄곧 라프타니아를 관찰하고 생각하여 다

다른 답이었다.

"당신과 저는 분명 닮았어요……. 중요한 것을 놓치고 있어요."

자신의 마음을 우선하여 억지로 어프로치하고 있다. 무리하게 들이대서 이따금 클라우스를 귀찮게 하는 자신과 무엇이 다른가.

그렇기에 가슴이 아팠다.

"저 또한 그분의— **클라우스 선생님의 본심을 묻지 못하고 있어요.**"

이제 도망쳐선 안 된다.

—『클라우스 씨가 가장 사랑하는 멤버는 너야, 그레테.』

모니카가 해 준 말이 신경 쓰인다면 그에게 확인할 수밖에 없다. 진위를 확인하지 않은 채 멋대로 계속 연모하는 것은 6년 전의 약혼을 계속 믿는 것만큼이나 우스꽝스러운 일이다.

라프타니아는 눈을 크게 뜨고 있었다.

그레테가 무슨 말을 하려는지 예상했을 것이다. 굳게 각오하고서 임하고 있음을 이해해 준 것 같았다.

"클라우스 선생님에게 내일 결혼식장으로 와 달라고 했어요."

그레테는 주춤하는 라프타니아에게 말했다.

"라프타니아 씨, 함께 용기를 내서 그분의 마음과 마주하지 않을래요?"

그녀가 대답하기까지 긴 시간이 걸렸다.

그레테의 도발을 곧장 받아치지 못했다. 이야기를 무마할 방법을 찾듯 눈을 굴리면서 「아, 아니, 내일은……」 하고 우물거리며 얼굴을 붉히고 있었다.

망설이는 마음은 아프도록 공감이 갔다.

솔직히 말해서 그레테도 두려웠다.

하지만 결국에는 라프타니아도 「알았어……」라며 고개를 끄덕였다.

이제 물러날 수 없었다.

◇◇◇

—바캉스 12일째.

질렸다고 말하긴 했지만, 아네트는 최소한의 일은 완수한 것 같았다. 그녀가 준비한 야외 결혼식장은 간소해도 훌륭했다.

경치 좋은 언덕 위에 문 같은 오브제가 세워져 있었다. 이곳에서 신랑 신부가 사랑을 맹세하는 듯했다. 순백색으로 칠한 오브제는 아름다운 조개껍데기와 잎사귀로 꾸며져 있었다. 종이 달려 있는 것은 연출일까. 신랑 신부가 함께 울리는 종이 섬 전체에 울려 퍼질 것이다.

오브제 앞에는 의자가 나열되어 있었다. 깎아 낸 통나무를 늘어놓았을 뿐이지만, 이건 이것대로 운치가 있었다.

가장 멋진 볼거리는 역시 입지였다. 언덕에서 바다를 둘러볼 수 있었고, 상쾌한 바닷바람이 불어왔다. 이날은 공교롭게도 날씨가 흐렸지만, 내일은 푸른 바다를 볼 수 있을 것이다.

직접 준비한 결혼식치고는 꽤 정취가 있었다. 라프타니아의 열량이 전해졌다.

—결론부터 말하자면, 라프타니아는 실연했다.

라프타니아는 불러 나온 클라우스에게 온 마음을 부딪쳤다.

얼마나 클라우스를 사랑하는지, 6년 전의 추억이 얼마나 자신을 지탱해 줬는지. 아직 서로 모르는 것도 많지만, 그건 이제부터 알아 가면 된다고 정중하게 주장했다.

그레테는 조금 떨어진 곳에 서서 라프타니아의 고백을 지켜보았다.

"이, 이건 결혼식을 위해 만든 부케야."

라프타니아는 하얀 꽃으로 만든 커다란 부케를 내밀었다.

이것도 아네트가 준비했었다는 게 떠올랐다.

"이 부케를 든 나를, 내일 에스코트해 줄래?"

라프타니아가 부끄러워하며 부케를 들었다.

그녀의 이야기를 다 들은 클라우스는 귓가로 입을 가져갔다.

"라프타니아, 내가 너에게 해 줄 말이 있다면—."

그 이상은 듣지 못했지만, 결정적인 한마디였던 모양이다.

클라우스는 이날을 위해 그녀의 마음을 깨부술 대사를 준비한 듯했다.

아연실색한 라프타니아는 눈을 크게 뜨더니 몸에서 힘이 쭉 빠진 것처럼 비틀거렸다. 뒷걸음질 쳤다. 소매로 눈가를 닦으며 클라우스에게 등을 돌리고 도망치듯 달렸다.

그레테가 있는 곳까지 온 그녀의 얼굴은 눈물로 엉망이 되어 있었다.

"실패했어……. 모질게 거절당했어."

자조적으로 웃고 있었다.

"……내 운명은, 바꿀 수 없는 거네……."

다시 눈가를 닦더니, 제지할 틈도 없이 곧장 달려가 버렸다.

그레테에게는 연적의 실연이었으나 기쁘지는 않았다. 오히려 건투를 치하하고 싶다는 생각이 들었다.

다음은 자신 차례이기 때문이다.

클라우스는 라프타니아가 떠나고 나서도 한동안 언덕 위에서 움직이지 않았다. 라프타니아가 사라진 방향을 보지도 않고, 안개가 끼기 시작한 바다에 시선을 두고 있었다. 무표정. 쓸쓸해하는 것 같기도 하고, 지친 것처럼 보이기도 했다.

신부였을 터인 여성이 떠난 결혼식장에서 그는 홀로 서 있었다.

공기가 습해진 느낌이 들었다. 곧 비가 내릴지도 모른다. 그 전에 돌아가야 한다는 생각이 들어서 클라우스의 얼굴을 확인했다.

그는 여전히 울적한 눈으로 입을 다물고 있었다.

대체 얼마나 시간이 지났을까.

이윽고 그는 줄곧 지켜본 그레테 쪽으로 몸을 돌렸다.

"그레테, 라프타니아를 잘 부추겼어."

담담한 음성으로 말했다.

"이로써 결혼식은 포기하겠지. 저 녀석 쪽에서 중지한다고 알릴 거야."

"……보스는 뭐라고 말씀하셨던 건가요?"

"라프타니아가 품고 있는 비밀을 말했어. 네가 알 필요는 없어."

뭔가 약점을 찌른 모양이다. 잔혹하다는 느낌도 들었지만, 원만하게 결혼식을 중지시키려면 필요한 일이었던 것 같았다.

클라우스는 필요 이상으로 말하지 않고 걷기 시작했다.

"자, 그레테. 이제 얼마 안 남았지만, 아직 바캉스는 끝나지 않았어. 남은 시간은 느긋하게 보내지."

그 등을 향해 그레테는 말했다.

"……보스, 잠시 기다려 주세요."

"음……?"

"옷을 빨리 갈아입는 건 잘하거든요."

최소한의 설명만 하고서 나무 그늘로 향했다.

그레테는 커다란 가방을 들고 있었다. 그 안에는 이날을 위해 준비한 것이 들어 있었다. 제작 기간을 길게 잡을 수는 없었기에, 원래 있던 드레스를 개조해서 만들었다. 잠을 아끼고 에르나의 도움을 받아 완성할 수 있었다.

그레테는 결혼식장 옆에 있는 나무 그늘에 숨어서 옷을 갈아입기 시작했다. 변장이 특기인 그녀는 순식간에 옷을 갈아입는 기술도 가지고 있었다. 코르셋은 미리 착용해 뒀다.

순백의 드레스를 입은 그레테가 나무 그늘에서 모습을 드러냈다.

"……웨딩드레스인가."

클라우스가 중얼거렸다.

"이 모습으로 당신 곁에 서 보고 싶었어요."

소위 말하는 A라인 드레스였다. 꽉 조인 허리에서 다리로 스커트가 크게 펼쳐졌다. 화려한 장식은 좋아하지 않는지라, 하얀 장미를 본뜬 장식만 가슴 부근에 달았다. 머리에 은색 티아라를 쓰고 얼굴에 베일을 늘어뜨리고 있었다.

클라우스는 바로 대답해 줬다.

"—극상이야."

마음이 붕 뜨는 행복이 전신에 퍼졌다.

바캉스의 추억으로 꼭 입고 싶었다. 라프타니아에게는 미안하지만, 모처럼 준비해 준 결혼식장을 쓰지 않는 것도 아까운 일이다.

아네트는 이걸 내다봤던 걸까. 그녀의 진의를 생각해도 알 수 없겠지만.

"보스."

채플을 본뜬 오프제 앞에서 그레테는 말했다.

"보스는 이 바캉스로 큰 결심을 하시려는 거죠?"

"눈치챘나."

"그렇기에 이 타이밍에 저도 보스의 마음을 알고 싶어요."

클라우스는 작게 고개를 끄덕이고서 그레테 곁으로 걸어왔다.

이윽고 그가 정면에 서자 그레테는 말했다.

“예전에 저는 당신에게 마음을 전했고, 『연인 사이는 될 수 없다』라는 말을 들었습니다. 그러니 지금부터 할 질문은 그저 재확인이 될 뿐일지도 모릅니다.”

감정이 요동쳐 울고 싶은 것을 꾹 참으며 말을 꺼냈다.

“하지만 그래도, 아주 조금이라도 마음이 변했기를 바라는 것은 지나친 소망일까요……?”

9개월이다.

그레테가 『시체』의 협력자 올리비아를 타도하고 클라우스에게 대답을 들은 날로부터 그만큼이나 날짜가 흘렀다. 실연했다고 받아들였으나, 그래도 클라우스에 대한 마음은 사라지지 않아서 계속 그를 연모하고 있었다.

그래서 무심코 망집을 품게 되었다. 욕심이 났다.

그의 마음이 바뀌기를— 자신의 연심이 성취되기를.

“…………………………………………………………………….”

대답에 상당한 시간이 걸렸다.

클라우스는 그 자신의 얼굴을 천천히 만지며 고민하듯 침묵하다가, 다시 느릿하게 손을 떼고 그레테를 보았다.

“너와는 성실하게 마주해야겠지.”

그는 느리게 중얼거렸다.

“……당혹스러울 때가 있어.”

"……?"

"바라지 않는 건 아니야……. 언젠가 어떤 여성과 사랑에 빠져서 결혼하고, 아이를 키우고, 따뜻한 가정을 꾸리는 걸…… 가끔……."

못 듣고 놓칠 듯한 작은 목소리였다.

"—나도 몽상할 때가 있긴 해."

"예……?"

그의 눈이 정면에서 그레테를 보고 있었다. 까만 눈에 반사되듯, 그레테가 숨을 멈추고 있는 모습이 비쳤다.

지금껏 클라우스가 이런 당혹을 보여 준 적은 없었다.

그에게 그레테는 스파이팀의 부하이자 학생. 혹은 사랑해야 할 가족— 동생 같은 존재에 불과했을 터다.

—무언가가 달라진 건가?

—클라우스 안에서, 본인도 상상 못 할 변화가 생기고 있나?

경악한 나머지 호흡을 멈추고 말았다.

"아니, 이런 정리되지 않은 말은 너를 곤란하게 할 뿐이겠지. 미안. 나는 역시 말이 서툴러."

클라우스가 미안해하며 시선을 돌렸다.

"다만…… 멋대로 꿈을 꾸다가 문득 허무해지는 거야."

"……!"

"그런 건 전부— 환상인데."

체념이 담긴 한숨을 듣고 가슴이 괴로워졌다.

물론 이해한다. 그의 두 어깨에는 나라를 구하는 스파이로서의 책임이 무겁게 얹혀 있다. 그가 사랑하는 『화염』의 사명을 이어받아 조국을 지켜 내야 한다. 『화염』이 괴멸한 원인인 《효암 계획》(노스탤지어 프로젝트)의 전모를 해명해야 한다.

연애에 정신 팔려 있을 틈 따위 없었다.

그리고 무엇보다도 그는—.

"……읏."

전하고 싶은 말이 마음에서 격류처럼 흘러넘쳤다.

—곤란하게 해도 좋다. 그리고 당신을 곤란하게 하고 싶다. 똑같으니까. 연약하고 겁 많은 마음이 보여 주는 환상에 감정이 흔들리고 만다. 말도 안 된다고 체념의 미소로 흘려버리면서도 또 손을 뻗고 만다. 꿈의 조각을 찾듯이. 그게 곤혹이라는 감정이어도 한없이 잠겨 있고 싶다. 당신도 빠져 버릴 만큼 곤란했으면 좋겠다. 환상에 계속 매달려 줬으면 좋겠다.

그런 난폭한 감정이 마구 뒤섞여서 말로 꺼낼 수가 없었다.

답답한 심정을 느끼고 있는데, 시야 끄트머리에 이상한 것이 잡혔다.

"해적선……?"

「뭐?」 하고 클라우스가 드물게도 얼빠진 소리를 냈다.

너무 뜬금없는 일이었다.

아무런 전조도 없이 찾아왔다.

하지만 확실하게 보였다. 클라우스의 등 뒤. 섬의 남서쪽 바다에 **해적선이 떠 있었다**. 흐린 하늘 속에 해가 숨고 하얀 안개도 껴서 뚜렷하게 보이진 않았다. 그러나 하늘을 찌를 듯한 돛대 세 개에 너덜너덜한 검은 돛을 펼친 배가 천천히 이동하고 있었다.

어떻게 봐도 근래에 만들어진 배가 아니었다. 해적선이다.

"아니, 무슨 말도 안 되는—."

즉시 뒤돌아본 클라우스가 동요한 듯 말했다.

제아무리 클라우스여도 이해할 수 없는 사태인 듯했다.

둘이서 멍하니 보고 있으니, 해적선은 이윽고 안개 낀 바다로 사라졌다. 처음부터 해적선 따위 없었던 것처럼 평화로운 바다로 돌아왔다.

"……잘못 본 건가."

클라우스가 이상하다는 듯 중얼거렸다.

그게 가장 타당했다. 섬 근처를 지나간 함선이나 여객선이 빛의 가감 때문에 해적선으로 보였을 뿐이다. 그게 상식적인 발상이다.

하지만 그런 결론을 인정하고 싶지는 않았다.

"있을지도 몰라요……!"

그레테는 분명하게 말했다.

"환상으로 여겨지는 것도, 이 세상에는 있을지도 몰라요……!"

강하게 말을 부딪쳤다.

감정이 흔들려서 눈물까지 솟았다. 해적선은 있었다고 외치고 싶었다.

그러니 인정해 줬으면 좋겠다. 환상이라며 포기하고 싶지 않았다.

자신의 사랑이 성취될 가능성도 실재한다.

200년 전의 해적선도 눈앞에 나타나 주지 않았는가.

"환상 따위가, 아니에요……!"

눈물 때문에 시야가 번져서 클라우스의 얼굴이 보이지 않았다. 그레테는 순백의 드레스를 움켜쥐고서 몸을 떨며, 몇 번이고 환상이 아니라고 거듭 호소했다.

2장 해군편

—바캉스 4일째.

어떤 소녀가 섬 전체에 이름을 떨치고 있었다.

그 소녀는 섬에서 제일가는 고급 술집을 홀연히 찾아왔다.

맨 처음 카운터석에 앉았던 소녀는 가게 주인과 의기투합하여 술집의 가장 안쪽에 있는 특별석으로 안내받았다. 품위 있는 드레스를 입고서 도저히 소녀 같지 않은 색향을 풍기는 그녀는 관능적으로 다리를 꼬았고, 눈 깜짝할 사이에 남성객들의 시선을 모았다.

드레스 사이로 보이는 허벅지와 하얀 가슴에 매료된 남성객이 잇따라 그녀의 테이블로 이동하여 꼬시려 들었다.

하지만 라이벌은 많았다. 빈손으로 그녀에게 어프로치한들 잘될 리가 없었다. 남자들은 섬에 있는 보석 가게에서 목걸이와 반지를 사 그녀에게 조공했다. 소녀는 기뻐하면서도 남자들의 경쟁심을 교묘하게 부추겨 더 경쟁하도록 만들었다.

술집의 손님 중에는 「켁, 저런 어린애가 뭐가 좋다는 거야」라며 혀를 차는 남자도 있었다.

하지만 그런 손님에게는 소녀 쪽에서 다가가 「소란스럽게 해서 미안해」라며 손을 잡았다.

소녀가 살짝 고개를 숙이면서 드러난 가슴골. 그리고 무엇보다도 아름다운 소녀의 눈. 남자가 한동안 넋을 잃고 보고 있으니, 소녀는 마치 남자의 소망을 읽은 것처럼 「술을 잘 아는구나. 괜찮으면 가르쳐 주지 않을래?」라며 남자의 자존심을 능숙하게 자극했다.

그렇게 소녀를 싫어하던 남자도 헤벌쭉 웃으며 그녀의 팬으로 전락하는 것이다.

소문은 소문을 불렀고, 많은 남자가 술집에 다니며 섬 내 최대의 역하렘이 형성되었다.

그런 밤이 사흘간 계속되었고, 소녀—『몽어』 티아는 소리 높여 웃었다.

조공받은 고급 드레스를 입고 밤거리를 활보했다.

"훗, 지금 내 상태는 최고야! 신기한 힘이 넘쳐흘러."

마르뇨스섬은 외딴섬이지만, 해군 기지 주변의 번화가는 그런대로 번화했다. 일을 끝낸 군인을 타깃으로 본국에서 경영자가 넘어와 가게를 전개했기 때문이다.

하얀 벽돌로 만들어진 독특한 건물이 100미터 이상 늘어서 있었다. 밤이 되면 주황색 불빛으로 가득 차는 거리에는 본국에서 들여온 치즈와 와인을 즐길 수 있는 가게나 섬의 신선한 식자재를 이용한 철판구이 가게 등 개성 있는 음식점이 즐비했다.

그 중앙에서 티아는 인생의 봄날이 왔다는 듯 양팔을 펼치고 있었다.

"그래! 즉, 나의 황금시대야!"

주위에는 티아를 에스코트하는 남자들이 모여 있었다. 남심을 교묘하게 자극하는 이 아름다운 소녀와 조금이라도 좋은 시간을 보내려고 일치단결하여 계획을 짜고 있었다.

티아는 선도하는 남자들을 따르며 흡족하게 웃었다.

"……자존심이 매우 충족되네."

주위에는 들리지 않도록 작은 목소리로 중얼거렸다.

"펜드 연방의 임무 때는 멘탈이 깎여 나갔어. 모니카와 함께 『등불』을 배신하고 반정부 연합 『봉화련천』을 결성하는 것까지는 완벽했지……. 하지만 실제로는 나도 모니카에게도 배신당해서 꼴이 얼마나 우스웠는지. 말이 돼? 『모니카의 파트너는 나야!』라며 큰소리 치고 10분 후에 배신당했다고. 게다가 임무 종반에는 CIM 사람들에게 감금당해서 내 존재감은 아주 희미했어……. 임무와 완전히 격리되어 너무너무 심심했던 나는 매일 신문을 북북 찢고 그걸 퍼즐처럼 다시 맞추며 즐겼지."

당시를 떠올리자 머리가 깨질 듯이 아팠다.

그러나 기억을 떨쳐 내듯 「하지만!」 하고 밤하늘을 향해 외쳤다.

"지금 나는 완벽하게 충족된 상태야! 이것이야말로 진실한 나. 디스 이즈 더 리얼 월드! 그 고난은 이걸 위한 시련이었—."

"시끄러워어어어어어어어어어어어어어어!!"

길옆에서 갑자기 바람처럼 나타난 누군가가 배를 때렸다.

으헉, 하고 신음하는 사이에 끌려가, 남자들에게 알리지도 못하고 인적 없는 골목으로 연행되었다.

모니카였다. 어째선지 화가 나 있었다.

"너 말이야! 요 사흘간 얼마나 시끄럽게 돌아다닌 거야?! 벌써 이 섬에서 전설이 됐다고! 『대륙에서 검은 머리 서큐버스가 왔다』라면서!"

"그치만 바캉스인걸……."

"동료인 우리의 입장도 생각해!"

모니카는 진심으로 언성을 높이고 있었다. 허리에 손을 얹고, 못 말린다는 듯 고개를 흔들었다. 머리에는 후드를 쓰고 있었다.

"근데 모니카. 무슨 일로 마을까지 내려왔어?"

"용건만 보고 바로 돌아갈 거야."

그녀는 사망했다고 처리됐지만, 국제적인 테러리스트로서 얼굴이 알려진 몸이었다. 원래는 보는 눈이 많은 곳에 와서는 안 됐다.

"사라 못 봤어? 급하게 애완동물을 빌리고 싶은데."

"음, 아아. 낮에는 이 근처를 걷고 있었어. 주민들이 사라를 귀여워하더라."

해군 기지 주변의 마을에서 바캉스를 즐기고 있는 사라의 모습을 몇 번 본 적이 있었다.

모니카 일행은 해적 전설을 쫓는다고 했지만.

"보아하니 보물찾기는 고전 중인 모양이네."

"찾는 게 보물이라면 좋았을 텐데 말이야."

"……?"

"신경 쓰지 않아도 돼. 너는 충실한 시간을 보내고 있나 보네."

화제를 돌리듯 모니카가 말했다.

거리 쪽에서는 갑자기 사라진 티아를 찾아 남자들이 우왕좌왕하고 있었다.

"성비의 문제야."

내막을 공개했다.

"응?"

"인구가 2천 명쯤 되는 섬에, 거의 같은 수의 군인이 왔어. 물론 군인은 대부분 20대에서 50대의 남성이지. 여성이 부족한 건 어쩔 수 없는 일이야."

그것이 티아가 이렇게나 인기 있는 이유였다.

티아에게 빠진 남자는 대부분 해군 소속의 독신 남성이었다. 여성 군인의 수는 적었고, 섬에도 젊은 여성은 많지 않았다. 연애 시장은 압도적으로 여성이 우위였다.

그 결과, 티아는 공주님 같은 취급을 받고 있는 것이다.

"—프린세스 티아라고 부르렴."

"닥쳐, 음탕 서큐버스!"

모니카는 욕을 내뱉고서 떠났다.

◇◇◇

—바캉스 5일째.

사흘간의 밤놀이를 끝낸 티아는 숙소에서 일정 수첩을 보고 있었다. 매일 밤 남자들의 집을 옮겨 다녀도 좋겠지만, 다른 동료들이 질색할지도 몰라서 (이미 늦었다는 생각도 들지만) 아무튼 하루에 한 번은 숙소로 돌아오고 있었다.

그녀는 침대에서 인상을 썼다.

'꽤 빡빡한 일정이 됐어…….'

남은 날들을 어떻게 보낼지 궁리하고 있었다.

친해진 군인들은 다양한 데이트를 제안했다. 해군만 갈 수 있는 동굴과 온천을 안내해 주겠다든가, 함선에 태워 주겠다는 등, 보통은 체험할 수 없는 놀이도 제안받았다.

티아는 으음~ 하고 침음을 흘렸다.

'사실은 다른 애들도 모아서 놀고 싶지만…….'

분명 즐거울 테지만, 대대적으로 실행할 수 없는 이유가 있었다.

—『전원이 모여도 되는 건 1일째, 13일째, 14일째뿐이다.』

바캉스 전에 클라우스가 세운 의문의 규칙.

그것 때문에 동료를 모을 수 없었다. 모으더라도 몇 명만 가능했다.

'그 규칙은 무슨 의미일까?'

의도를 알 수 없었다. 하지만 그 남자가 아무런 의미도 없는 제한을 둘 리는 없다.

소녀들을 따로따로 행동시키는 이유.

'마치 **뭔가의 예행연습**을 시키는 것처럼—.'

그런 추리를 하고 있을 때였다.

"—다들 잘 들어라!! 정숙!"

'고함……?'

숙소 앞에서 으름장을 놓는 듯한 소리가 들렸다.

들은 적 있는 목소리라는 생각이 들어서 즉시 숙소 앞으로 내려갔다.

티아가 묵고 있는 숙소 앞에는 광장이 있었다. 그곳에 많은 주민이 불안한 얼굴로 모여 있었다.

중앙에는 해군 남성이 셋. 크게 외치고 있었다.

"오늘 아침 미명, 메르셰 소위의 시신이 발견되었다. 시신은 심하게 훼손되어 있었다. 의심할 여지가 없는 살인 사건이다!! 너희들이 해군에게 앙심을 품고 있다는 건 알고 있다."

후려치는 듯한 목소리로 말했다.

"범인이 누군지 알 것 같은 사람은 앞으로 나와라! 아무도 안 나온다면 한 명씩 신문할 것이다."

가만히 듣고 있기 힘든 말이라서 티아는 눈썹을 찌푸렸다.

보아하니 사건이 일어난 것 같은데, 범인을 너무 단정 짓고 있었다. 증거가 충분하지 않은 상황에서 억지로 범인을 잡으려고 하는 것 같았다.

"엉망진창이잖아……."

중얼거리는 티아 옆에 주민이 서 있었다. 그도 같은 마음인지 어이없어하며 「아침부터 각 지구에서 저러고 있는 모양이야」라며 가르쳐 줬다.

광장에 소집된 주민들은 난처한 얼굴로 서로를 보고 있었다. 그렇게 말해도 곤란하다는 무언의 주장을 하고 있었다.

쥐 죽은 듯 고요한 광장에서 해군들만 얼굴을 붉히고 있었다.

누군가가 나직이 중얼거렸다.

"……범인이 있을 리 없어. 해적의 저주니까. 여태껏 제대로 수사하지 않은 대가를 치르게 된 거야."

"이봐! 너! 뭔가 말했나?!"

그러자 해군이 기민하게 반응했다. 눈꼬리를 사납게 치켜세우고서 당장 주먹을 날릴 기세로 주민들을 헤치고 한 여성에게 다가갔다.

"해군에게 대드는 태도, 의심스러워! 네년부터 연행해 줄까?!"

너무 심한 횡포였다.

하지만 주민들은 체격 좋은 군인에게 반항할 수 없는지 아무도 여성을 감싸지 않았다. 딱하다는 듯 상황을 지켜보기만 했다.

군인이 다그치자, 여성은 완전히 겁을 먹은 모습으로 「싫어……!」라고 외쳤다.

"쓸데없는 저항은 하지 마! 자, 이쪽으로—."

참을 수 없었다.

즉시 끼어든 티아는 군인의 진로를 막아섰다.

"—어머? 니콜라 씨, 어젯밤엔 고마웠어."

상대를 멈춰 세우는 데 성공하고 옆으로 이동했다. 팔짱을 끼듯 끌어안으며, 정면이 아니라 옆에서 어리광 부리는 듯한 음성으로 말했다.

"무슨 일이야? 그렇게 언성을 높이고."

"티, 티아 씨?! 지금은 일하는 중이라—."

상대는 티아가 아는 남성이었다. 갑자기 달라붙는 티아를 보고 당황한 목소리를 냈다.

"에이, 그러지 말고. 다음에 기지에 데려가 주겠다고 약속했잖아?"

다른 주민에게는 들리지 않도록 속삭였다.

"응? 지금 가면 안 돼? 당신이 쓰는 방에 가 보고 싶어……. 나 바쁜 사람이야. 며칠 뒤면 귀국할 건데. 후회하지 않겠어?"

"—윽."

남자는 눈에 보일 만큼 확실하게 침을 삼켰다. 입이 한심하게 벌어졌다.

그러다 퍼뜩 정신이 든 것처럼 눈을 크게 뜬 후, 황급히 티아를 떼어 냈다.

"지, 지금 당장은 역시 좀……. 하지만 금방 일을 마무리할 테니까. 이따가."

필사적인 말을 듣고 티아는 웃으며 고개를 끄덕였다.

그 동작도 그의 마음을 흔들었는지 남자는 얼굴을 숙였다.

결국 신문은 이루어지지 않았고, 군인들은 주민에게 경고하듯 두세 마디 말하고서 다음 지구로 가 버렸다.

일단 소동은 수습했지만, 군인의 난폭한 태도는 의문이었다. 궁금해하고 있으니, 마침 빠르게 걸어가는 낯익은 소녀의 모습이 보였다.

"어라, 라프타니아 씨."

누군지 기억하고 있었기에 말을 걸었다.

그레테 일행이 묵고 있는 숙소의 직원이었다. 막 섬에 온 소녀들에게 섬의 명소를 구석구석 가르쳐 줬었다.

"……음…… 응응? 아아, 클라우스 님의 제자라던."

라프타니아는 일순 성가시다는 듯 눈썹을 찡그렸지만, 이내 누구인지 떠올려 준 것 같았다. 티아의 활약을 보고 있었는지 감탄하듯 고개를 끄덕였다.

"멀리서 보고 있었어. 남자를 잘 주무른다 싶었는데, 설마 클라우스 님의 제자였을 줄이야. 역시 대단하네."

"응, 이 정도야 쉽지."

"참고로 그 군인에게 뭐라고 속삭였던 거야?"

"그 사람, 구두 페티시야. 내 발에 딱 맞는 구두를 만들고 싶다더라고. 그 얘기를 꺼냈어."

"나는 이해할 수 없는 세계라는 건 알겠어."

기가 막힌다는 듯 라프타니아가 한숨을 쉬었다.

티아는 그제야 그녀의 차림새를 알아차렸다.

"라프타니아 씨야말로 짐이 엄청나네. 일하는데 방해한 거려나."

"고기랑 채소를 시장에서 좀 사고 돌아가는 길이야. 오늘 저녁은 내가 직접 만든 요리를 클라우스 님에게 대접하려고. 전부 섬이 자랑하는 신선한 재료지."

라프타니아는 등을 돌려서, 메고 있는 큰 가방을 보여 줬다.

티아는 쓴웃음을 지었다. 어째선지 『클라우스의 약혼자』라고 주장하는 소녀. 십중팔구 착각일 거라고 생각하는지라, 어떻게 지적하면 좋을지 알 수 없었다.

티아는 화제를 돌리듯 다시 군인이 떠난 방향을 보았다.

"그보다도—."

목소리를 낮췄다.

"—아까 그 태도는 역시 너무해. 주민들에게 항상 그런 느낌이야?"

그걸 물어보고 싶어서 라프타니아를 붙잡은 거였다. 납득할 수 없는 광경이었다.

라프타니아는 어깨를 으쓱였다.

"흥. 주민과 군인의 사이가 나쁜 건 어제오늘 일이 아니야."

"어머, 그래?"

"그 녀석들은 기지 확대를 꾀하고 있으니까. 그걸 위해 주민을 내

쫓고 싶어 해. 우리 입장에서는 저주받아 마땅한 녀석들이야."

짜증스레 한숨을 쉬고서, 연속 의문사 사건과 해적의 저주에 관해 이야기해 줬다. 석 달에 한 번, 섬의 누군가가 참살당한다는 이상한 사건. 이미 열 명 넘게 죽었고, 범인은 여전히 찾지 못했다.

'무슨 이런 불합리한 사건이…….'

티아는 끔찍한 이야기에 숨을 멈췄다.

사건의 개요만 들었는데도 분노로 몸이 떨렸다.

'그리고 해군의 움직임도 묘해. 세계 대전 이후로 라일라트 왕국은 근소하게나마 군사비를 삭감하고 있어. 그런데 이런 외딴섬에서 굳이 기지를 넓히는 이유가 뭐지……?'

적어도 티아가 아는 것과는 달랐다. 라일라트 왕국의 해군 예산은 해마다 삭감되었고, 국제 조약으로 인해 소지할 수 있는 군함도 제한되어 있었다.

딘 공화국의 스파이로서 간과할 수 없는 문제였다.

'해군의 모습이 이상해. 게다가 섬에서는 참극이 일어나고 있어…….'

문득 어떤 아이디어가 머릿속을 스쳤다.

원래부터 바캉스를 어떻게 보낼지 고민하던 차였다. 밤놀이는 충분히 즐겼다.

'그리고 무엇보다—.'

티아의 눈앞에는 아직도 해군을 겁내고 있는 주민들이 있었다. 윽박지르며 섬을 도는 군인들 때문에 완전히 위축된 것 같았다.

솟구치는 사명감을 느끼며 말했다.

"살짝 움직여 보기로 할까. 사건 해결을 위해."

"뭐?! 왜 네가—."

라프타니아가 깜짝 놀라며 외쳤다.

그녀 입장에서는 당연한 반응일지도 모른다. 바캉스 중인 단순한 관광객이 갑자기 이런 말을 꺼냈으니까.

그러나 티아는 단순한 관광객이 아니었다.

"하지만 이 사건의 범인을 내버려 둬서는 안 되잖아?"

"아니, 그건 그렇지만……."

"그리고 가장 적임이지 않아? 섬의 경찰도 건드리지 못하는 해군과의 사이에 끼어들 수 있는 외부인— 내가 바로 『검은 머리 서큐버스』야."

자신의 가슴에 손을 얹고 혀로 입술을 핥았다.

"히어로는 말이지, 타국이든 바캉스 중이든, 곤경에 처한 사람을 버리지 않아."

그러므로 티아는 움직이기 시작한다.

연속 의문사 사건을 해명하여 주민과 해군의 다툼을 해결하는 조정자로서.

◇◇◇

—바캉스 6일째.

수사를 개시하기에 앞서 여러 가지 사전 준비를 진행한 후, 티아는 어떤 멤버의 힘을 빌리기로 했다. 이번 수사에 적임인 인물이 있었다.

낮, 숙소로 부른 그녀에게 일의 경위를 설명했다.

"그렇게 된 거야, 사라. 보조를 부탁할 수 있을까?"

"알겠습다! 협력하겠습다."

이번 일의 파트너로 고른 것은 사라였다.

그녀는 힘차게 고개를 끄덕인 후, 옆에 있는 매와 비둘기의 머리를 다정하게 쓰다듬었다.

"섬사람들이 친절하게 대해 줬습다. 이 아이들에게 먹이를 주기도 하고, 놀아 주기도 하고. 이곳 사람들의 목숨을 앗아 가고 있는 존재라니, 용서할 수 없어요."

요 며칠은 자연 속에서 동물과 함께 뛰어다니거나 마을을 산책하며 온화하게 보낸 듯했다. 주민들에게 은혜를 갚겠다고 생각할 만큼 충실하게 보낸 모양이었다.

"다행이다. 바캉스 중인데, 미안."

흔쾌히 승낙해 줘서 티아는 가슴을 쓸어내렸다.

"천만에요. 저를 의지해 주셨잖아요. 거절할 수 없죠."

기쁘게 미소 짓는 사라에게 티아는 한층 큰 웃음으로 화답했다.

"당연히 의지하지. 저번 임무 때 대활약했잖아."

"음. 에헤헤, 가, 감사합니다."

"그 힘을 빌리고 싶어. 『회신』 모니카의 애제자이자, 세기의 테러리스트 『흰거미』를 타도한 자. 각국이 주목하는 스파이 아닐까?"

"그, 그렇게 칭찬해 주시니……! 이, 이번에도 힘내겠습니다."

"정말? 온 힘을 다해 협력해 줄 거야?"

"네, 물론이죠! 『초원』 사라, 마음껏 힘을 발휘하겠습니다."

"고마워. —그럼 호스티스가 되어 줘."

"네! 그 정도는 쉬운…… 어…… 음?"

언질은 받았다.

절대 도망치지 못하도록 양손을 단단히 잡았다.

"……호스티스……?"

순식간에 얼굴이 하얗게 질린 사라는 이윽고 창백해져서 굳었다.

티아는 아랑곳없이 악수하듯 손을 흔들었다. 그리고 옷장을 열어 미리 준비해 둔 현란한 나이트 드레스를 보여 줬다.

"자, 화려한 밤의 세계로 가자. 괜찮아. 사라라면 금방 떼돈을 벌 거야."

"~~!!"

티아의 수사는 소리 지르는 사라를 강제로 제압하는 것부터 시작됐다.

나이트클럽에 잠복하는 이유는 물론 정보 수집을 위해서였다.

섬에는 해군을 타깃으로 한, 본국 못지않게 설비가 호화로운 나이트클럽이 지어져 있었다. 본국의 경영자가 출장 영업 감각으로 시작한 가게인 것 같았다.

어둑한 점내에 U자형 소파가 여러 개 놓여 있었다. 찾아오는 남성객을 여성 몇 명이 응대하는 시스템이었다.

많은 간접 조명이 푸르스름한 빛으로 공간을 비추고 있었다.

티아의 경험상, 이런 가게에서 남성의 입이 가장 가벼워졌다.

가게의 마담에게는 미리 얘기를 해 뒀다. 티아의 명성은 이미 자자하여 당일에 바로 고용해 줬고, 사라의 존재도 허락해 줬다.

"자, 사라. 술을 만들어 줘. 손님이 담배를 물면 바로 라이터를 내밀고. 재떨이는 늘 깨끗한 상태로. 손님이 꽁초를 버리면 즉시 교체를—."

"알 바 아님다아아아아아아아아아!!"

그런 가게 안에서 사라가 얼굴을 새빨갛게 물들인 채 몸부림치고 있었다.

그녀는 하얀 블라우스에 짧은 타이트스커트를 입고 있었다. 너무 현란한 복장은 어울리지 않는다고 판단하여 배색은 수수하게 했지만, 어깨는 완전히 드러나 있었고, 치마는 무릎을 덮지 않았다.

"속았슴다! 처음부터 알았으면 무조건 거절했을 검다아아!"

사라가 한탄했다.

"으으. 왜 제가 이런 역할을……."

그녀는 소파 끄트머리에서 부들부들 떨며 유리잔에 얼음을 넣고 있었다. 얼음통에서 얼음을 옮길 뿐이지만, 손끝이 떨려서 계속 실패하고 있었다.

티아와 사라 옆에는 이미 남성객이 세 명 배정되어 있었다.

다들 티아의 푹 파인 검은 드레스에 홀렸다가, 그 직후 뻣뻣하게 굳어 있는 사라를 보고 고개를 갸웃했다.

"티아, 이 아이 괜찮은 거야? 땀을 엄청 흘리는데."

"괜찮아. 남자가 익숙하지 않아서 그래."

"이, 일단 묻겠는데 성인 맞지? 애초에 취업 비자는—."

"후후, 자잘한 건 신경 쓰지 마."

물론 법률적으로도 윤리적으로도 여러모로 아웃이지만, 그걸 따지면 스파이 활동도 할 수 없다. 신분증명서와 취업 비자는 물론 위조했다.

티아는 남자들을 보며 타이르듯 미소 지었다.

"하지만 이렇게 어수룩해서 패닉에 빠져 있는 신입을 예뻐하는 것도 재미있지 않아?"

세 남자는 납득한 듯 고개를 끄덕이고 다시 사라를 보았다.

사라는 여전히 새빨간 얼굴로 얼음 한 개를 옮기느라 고전하고 있었다. 집게로 일순 집었다가 바로 떨어뜨렸다.

그들도 금방 눈치챘을 것이다. —난처하게 만들면 귀여운 타입이라는 것을.

"사라! 술 만들어 줘!" "나도!" "저도!"

세 남자가 사라에게 우르르 요구했다.

갑자기 지목받은 사라는 「히엑!」 하고 어깨를 움찔했다.

"앗, 네. 잠시만 기다려 주세요……."

"이상형이 어떻게 돼?" "남성 경험은?" "첫사랑은?"

"그, 그렇게 갑자기 물어보셔도……."

"포즈 취해 줘!" "더블 피스!" "좀 더 허리를 비틀고. 양쪽 겨드랑이를 보이는 느낌으로."

"예? 아, 그…… 이, 이렇게요……?!"

"욕해 줘!" "때려 줘!" "밟아 줘!"

"변태들뿐이잖아요! 변태! 변태입다!!"

손님에게 놀림당하면서도 사라는 열심히 접객하려고 했다.

이 직업이 적성에 맞지 않는다는 건 명백했으나, 타고난 성실함으로 일단은 손님이 불쾌해하지 않도록 노력하고 있었다.

티아는 내심 흡족하게 웃었다.

'남자들의 긴장이 적당히 풀렸어…….'

이게 바로 티아의 노림수였다. 남성 경험이 너무 많고 이미 이름이 알려져 있는 티아가 대놓고 움직이면 괜히 경계받을 수도 있었다.

'자, 그럼—.'

묘하게 흥이 많은 이 군인들은 사실 지역 경찰과 연계하여 이번 의문사 사건을 수사하는 군인들이었다. 수사팀의 리더를 맡은 체격 좋은 남성 군인과 조금 소심해 보이는 호리호리한 남자, 그리고 비만 체형의 남자.

미리 클럽의 마담에게 말해서, 그들이 오면 티아의 자리로 보내 달라고 부탁해 뒀다.

"있잖아, 언뜻 들은 얘기인데."

세 사람이 적당히 취했을 무렵에 말을 꺼냈다.

"예의 그 사건, 이미 눈여겨보고 있는 용의자가 있다는 게 정말이야? 어제 해군 쪽 사람이 자랑하는 걸 들었는데……."

"응응? 티아, 그건 헛소문이야. 전혀 없어."

수사팀의 리더가 바로 반응했다. 곧장 비만남이 「수사 정보를 외부인에게 말하는 건 역시 좀……」 하고 나무랐지만, 들을 생각은 없어 보였다.

"멍청아! 누군지는 모르겠지만, 티아의 관심을 끌려고 허세를 부린 거야. 그런 허풍을 내버려 둘 수 있겠냐!"

일부러 전혀 다른 이야기를 꺼내면 사람은 무심코 부정하고 싶어져서 입을 연다.

리더는 부하에게 호통친 후, 다정한 얼굴로 티아를 보았다.

"솔직히 사건은 전혀 진전이 없어. 물론 이 섬에서 일어나는 연속 의문사 사건과 관련이 있다고 보고는 있지만. 단서가 전혀 없는 상태야."

짜증스레 술을 들이켰다.

"모든 사건이 목격자가 없고. 시신이 심하게 훼손돼서 피해자를 특정하는 것에도 시간이 걸려. 하물며 가해자라니……. 어제 발견된 시신도 토막 나 있었어. 시신이 발견됐을 때부터 동료들이 해안을 줄곧 수색하고 있지만, 아직 발견되지 않은 부위도 있어."
"……단서를 없애기 위해 토막 냈다는 거야?"
"그럴 가능성은 있어. 하지만 대체 어떤 도구를 썼는지 짐작도 안 가. 적어도 이런 영세한 섬의 경찰은 감당 못 할 일이야. 우리가 나설 수밖에 없어."
"알 수 없는 도구가 범행에 쓰였다는 거네."
리더가 술을 단숨에 들이켰다.
"미친 흉기 마니아가 있어. 최악의 경우에는 민가를 하나하나 다 뒤져 봐야 할 것 같아."
역시 그건 너무 과한 것 아닌가 싶지만, 따로 조사할 방법도 없는 것이리라. 리더의 초췌한 얼굴을 보면 알 수 있었다.
그러나 이대로 가면 주민과 해군의 골은 더 깊어질 뿐이다.
"……저주라는 게 진짜 있을지도 몰라."
줄곧 입을 다물고 있던 호리호리한 군인이 중얼거렸다.
꽤 취했는지 얼굴이 상당히 붉었다. 울상이 되어 어리광 부리듯 사라를 힐끔힐끔 보고 있었다.
"……섬사람들이 말하잖아. 기지 확대 같은 걸 꾀해서 그렇다고."
다른 군인들은 「야야」 「너까지 무슨 소릴 하는 거야」라며 어이없다는 시선을 보냈다.
호리호리한 군인의 푸념은 멈추지 않았다. 취하면 우는 게 주사인 듯한 그는 그대로 울음을 터뜨리며 「사라아아, 나 무서워어」 하고 엉겨 붙었다.

사라는 곤란한 듯 「이, 일단 물 좀 드세요……」 하고 달랬다.

티아는 그의 대응을 사라에게 맡기고 다시 리더를 보았다.

"애초에 해군은 왜 기지를 확대하려는 거야?"

"—전부 중장의 뜻이야."

이 질문에는 확실한 대답이 돌아왔다.

"하지만 이유는 몰라. 본국에도 대체 어떻게 설명한 건지. 그 사람이 무슨 생각을 하는지 아무도 몰라."

정보는 가지고 있었다.

—그라니에 중장.

이 마르뇨스섬의 해군 기지를 지휘하는 총괄 책임자다. 세계 대전 이래 줄곧 이 땅에 눌러앉아 주민들에게 미움받고 있었다.

"살해당한 메르셰 소위는 중장이 아끼던 자잖아? 역시 저주받아 죽은 거야아."

호리호리한 남자는 아직도 사라에게 어리광 부리고 있었다.

주민들도 얘기했었다. 대해적 자칼이 보물을 지키기 위해 건 저주. 비현실적인 얘기지만, 실제로 석 달에 한 번, 섬에 있는 누군가가 참살당하고 있었다.

"—섬을 해치는 자는 저주받는 거야……."

호리호리한 남자의 우는소리가 묘하게 생생히 귓가에 남았다.

얼추 정보를 손에 넣고, 바로 호스티스 일을 끝냈다.

숙소가 있는 섬의 서쪽으로 둘이서 나란히 걸어갔다. 사라와는 숙소가 다르지만 가는 길은 같았다. 완전히 뭉쳐 버린 어깨를 주물럭거리며 해안길을 걸어갔다.

"역시 좀 더 지위가 높은 사람을 만나야 갈피를 잡을 수 있겠어."

"저는 이제 지쳤습다……."

사라는 녹초가 되어 있었다. 구부정한 자세로 어깨를 축 떨구고서 힘없이 걷고 있었다.

"사라, 재미있는 얘기 해 줘!"

"티아 선배까지 요구하지 말아 주세요!"

일단 무리한 요구를 해 봤는데, 역시 이제 대응해 주지 않으려는 듯했다.

많은 기억이 떠올랐는지 「아아아아아아아아」 하고 갑자기 외치더니 「티아 선배와의 수사는 지긋지긋함다아아아아아!」라면서 자신의 숙소 쪽으로 달려갔다.

순식간에 사라의 모습이 안 보이게 됐다.

"……역시 너무 무리시켰나."

하루 정도는 쉬게 해야 할 것 같았다.

'……하지만 수사는 이제 막 시작됐어. 바캉스가 끝나기 전에 해결해야 해.'

앞으로의 수사 계획을 생각하며 자신의 숙소에 도착했다.

티아가 빌린 방은 2층에 있었다. 같은 펜션을 쓰는 모니카, 지비아, 릴리는 아직 돌아오지 않은 듯했다.

문을 열자 이상한 광경이 눈에 날아들었다.

—티아의 방은, 침수되어 있었다.

"……………………어?"

사고가 정지했다.

갑작스러운 일이라 인식이 쫓아가지 못했다.

천장에서 물이 뚝뚝 떨어졌고, 바닥에는 커다란 물웅덩이가 생겨나 있었다. 벽은 양동이로 물을 끼얹은 것처럼 축축하게 젖어 있었다. 침대는 엎어져 있고, 옷장은 활짝 열려 있고, 안에 있는 의류에서 물이 떨어지고 있었다.

"뭐—."

저도 모르게 비명을 질렀다.

"뭐야, 이거?! 왜 갑자기……!"

전혀 이해할 수 없었다.

다만 코를 자극하는 냄새가 신경 쓰였다. 무심코 코를 막았다.

'……바닷물?'

비린내가 났다.

방에 뿌려진 것은 바닷물이었다. 벽에는 해조가 붙어 있었다.

—마치 바다에서 올라온 뭔가가 난동을 부린 것처럼.

"기분 나빠……. 뭐야, 이거……!"

문은 틀림없이 잠겨 있었다. 창문은 깨져 있지 않았다. 그런데 실내의 이 참상은 무엇인가?

"—저주……인 거야……?"

상황을 전혀 파악하지 못한 채 멍하니 서 있을 수밖에 없었다.

티아의 섬 생활에 뭔가 이변이 발생한 것은 명백했다.

◇◇◇

—바캉스 7일째.

다른 방에서 잔 티아는 이튿날 아침에 현장을 확인했다. 어젯밤에는 확인할 기력이 남아 있지 않았었다. 물론 펜션의 주인에게도 보고했지만, 그는 고령이라서 그런지 「하아」 하고 맥 빠지는 반응을 보일 뿐이라서 별로 의지가 되지 않았다.

티아는 다른 주민의 도움을 받기로 했다.

"어때? 라프타니아 씨. 이 섬에 방을 어지럽히는 동물이 있어?"

조력자로 라프타니아를 불렀다. 그녀는 묘하게 지친 얼굴이었지만 부름에 응해 줬고, 방의 참상을 보더니 「우오?!」 하고 비명을 질렀다.

그렇게 현장을 확인하고서 유감스럽다는 듯 고개를 가로저었다.

"아니, 물론 원숭이나 멧돼지 정도는 산에 있지만…… 잠겨 있던 2층 방이 바닷물로 엉망이 됐다는 피해는 들은 적도 없어."

"그래. 그럼 틀림없이 인간이 한 짓이겠네."

"도둑맞은 건 없어?"

"전혀 없어."

귀중품은 전부 금고에 남아 있었으니, 절도 목적으로 벌인 짓은 아닌 듯했다. 참고로 대부분의 장신구는 어젯밤 착용하고 나이트 클럽에 출근했기에 피해가 없었다.

"경찰에 상담할 수밖에 없겠어."

라프타니아가 침음을 흘렸다.

"그건 이곳 주인의 판단에 맡기겠어. 경찰이 조사해도 모를 것 같지만."

라프타니아가 납득하지 못한 얼굴로 옷이 든 서랍장을 열었다.

안에 들어 있던 바닷물이 출렁이며 그녀의 얼굴에 튀었다. 「헉」 하는 소리를 내며 엉덩방아를 찧었다.

"……이건."

라프타니아가 쉰 목소리로 중얼거렸다.

"너무 섬뜩한데."

"의류는 전부 버릴 거야. 꺼림칙해서 세탁해도 못 입어."

말하자면 피해는 그 정도였다.

정보를 다 모아도 전혀 후련하지 않았다.

'도통 이해할 수가 없네. 이 2층 방까지 왜 해조와 바닷물을 날랐지?'

괴롭힘일 수도 있다. 누군가가 방탕하게 노는 티아에게 질투했을 가능성. 하지만 2층까지 대량의 바닷물을 나르는 건 아무리 생각해도 수고가 너무 많이 든다.

고개를 갸웃거리며 고민하다가 라프타니아의 이변을 알아차렸다.

"……."

그녀는 엉덩방아를 찧은 채 멍하니 있었다. 얼굴에 튄 바닷물을 닦지도 않고 굳어 있었다. 핏기가 가신 얼굴이 창백했다.

"라프타니아 씨?"

"……아니, 괜찮아."

라프타니아는 천천히 일어났다.

"살짝 떠올렸을 뿐이야. 우리 엄마를. 그때도 얼굴에, 피가—."

"……엄마?"

"아무것도 아니야. 잊어버려……. 근데 마치 해적이 난동을 부린 것 같네."

엄마에 관한 건 모르겠지만, 해적이 한 짓이라는 인상은 티아도 받았다.

해저에서 기어 올라온 무언가가 휘저은 듯한 참상. 자연스럽게 저주가 연상되었다. 보물을 지키기 위한 해적의 원념. 석 달에 한 번, 섬의 누군가가 참살당한다.

입술을 꽉 다물고서 고개를 가로저었다.

"아니, 그런 비현실적인 일은 있을 수 없어!"

자신을 고무하듯 단언했다.

"사건의 뒤에 있는 것은 인간일 터. 이 섬에는 살인귀가 있어. 사건을 수사하는 게 싫어서 나를 위협하러 온 게 틀림없어."

그렇다면 상대는 악수를 뒀다.

티아의 마음은 한층 더 분기했다. 싸움을 걸어왔다고 단념하는 여자가 아니었다.

◇◇◇

—바캉스 8일째.

티아는 지금까지 쌓아 올린 인맥을 사용하여 대담한 책략을 쓰기로 했다.

해군 기지 잠입.

결국 그게 가장 빠른 수단이었다. 연속 의문사 사건의 범인을 해군으로 의심하는 주민도 있었다. 연속 의문사 사건과 해군의 기지 확대가 정말로 관련이 있는지도 신경 쓰였다. 역시 문제의 근원에 뛰어들어야 했다.

정신적 피로 때문에 일시적으로 이탈했던 사라도 다행히 부활했다.

"이, 이제 그런 일은 신물이 납다! 부탁드립다……!"

부끄러운 듯 얼굴을 붉히고서 호소했다.

그리고 또 한 명, 사라에게 이야기를 들은 조력자가 따라왔다.

"나님! 해군 기지라는 곳에 관심이 있어요!"

아네트였다. 보통은 들어갈 수 없는 시설에 가게 되어 눈을 빛내고 있었다.

"……너, 듣자 하니 라프타니아 씨의 결혼식을 돕고 있다던데?"

"해군 기지가 더 재미있을 것 같아요!"

"변덕스럽네……."

아무튼 이렇게 셋이서 해군 기지에 숨어들기로 했다.

비번인 군인은 금방 찾을 수 있었다.

30대 중반의 원숭이처럼 생긴 남성 군인이었다. 이 섬에 부임한 지 벌써 5년이라고 했다. 중위 계급인 것 같았는데, 티아가 말을 꺼내자 바로 받아들여 줬다.

"이야~ 티아 양이 해군 기지에 와 주다니. 안내해 줄게요. 친구인 사라 양과 아네트 양도 즐겁게 구경해 주세요."

헤벌쭉 풀어진 표정으로 해군 기지를 안내해 줬다.

틀림없이 군율 위반이겠지만, 그래도 티아의 관심을 끌고 싶은 듯했다. 그 솔직함에 어떤 의미로는 호감을 느끼며 기지를 나아갔다.

해군 기지는 중앙 본부와 운동장, 숙소, 감시탑, 정비 공장 등 많은 시설로 이루어져 있었다. 물론 티아가 숨어들고 싶은 곳은 중앙 본부였다. 어리광 부리듯 군인의 팔을 끌어안고서 「저쪽도 보여 주면 안 돼?」라고 유도하자, 그는 「특별히 보여 주는 거예요」라고 속삭이며 안내해 줬다.

중앙 본부는 커다란 5층 건물이었다. 이곳에 총사령부 등 굵직한 부서가 배치되어 있을 터다.

내부는 상당히 복잡했다. 비상시에 대비하여 움직이기 쉽고 기억하기 쉽게 만드는 것이 군사 기지의 기본이다. 그런데 묘하게 모퉁이가 많았고, 방의 형태도 알기 어려웠다.

「미로 같네요」라고 아네트가 중얼거렸고, 티아도 동의했다.

역시 이 해군 기지는 뭔가 이상하다.

그 사실을 확인하고 있으니, 원숭이상의 군인이 거칠게 숨을 내쉬며 말했다.

“아, 안내는 이 정도면 됐으려나? 티아 양, 슬슬 내 숙소로 가지 않을래요?”

“그러네. 당신 먼저 가 있을래? 우리는 이따가 갈게.”

“어? 하지만 역시 너희만 둘 수는…….”

티아는 얼굴을 찌푸린 군인의 귓가에 속삭였다.

“살짝 말이지, 미리 준비하고 싶은 게 있어. —속옷, 이라든가.”

“아, 어, 그래요. 그럼 저쪽이 화장실이니까. 나는, 먼저 갈게요!”

그는 패닉에 빠진 것처럼 눈을 동그랗게 뜨고서 허둥지둥 달려갔다. 나이에 비해 여성 경험은 별로 없는 듯했다. 그런 상대를 티아가 고른 거지만.

역시 나중에 상이라도 줄까, 하고 생각했다가 사고를 전환했다.

“사라, 아네트, 일단은—.”

“자료실이죠. 가요.” “나님, 배치는 기억했어요!”

동시에 뛰기 시작했다. 자료실로 가는 길은 아까 안내받았다.

다른 군인들이 경비 때문에 나가 있는 시간대를 골랐기에 누구와도 만나지 않고 3층의 자료실에 도착할 수 있었다. 이중으로 잠겨 있었으나, 아네트가 간단히 잠금을 풀었다.

들어감과 동시에 자료실의 문을 닫았다.

바닥과 천장을 잇는 듯한 키 큰 선반이 늘어서 있었다. 과거에 본국 군부와 주고받은 자료 등이 이곳에 보관된다고 했다.

"그럴싸한 자료를 닥치는 대로 촬영하는 거야. 아무리 길어도 15분. 그 안에 결판을 내자."

"알겠습니다." "나님! 알겠습니다!"

읽고 있을 시간은 없었다.

딘 공화국의 대외정보실이 만든 소형 카메라를 꺼내, 중요해 보이는 자료를 차례차례 촬영해 나갔다. 현상하면 해군의 음모를 알 수 있을 터다.

'자료 어딘가에 기지를 증설하는 이유가—.'

어쩌면 그게 의문점이 많은 연속 의문사 사건을 해결할 열쇠가 될지도 모른다. 그렇게 기대하며 착착 셔터를 눌렀다.

"나님, 비밀 금고를 찾았어요!"

도중에 아네트가 선반을 밀어 금고를 발견했다.

멋진 발견이었다. 사라가 「대단합다」라며 칭찬하자, 아네트가 「먼지가 이상하게 쌓여 있었어요」 하고 알려 줬다. 중요 기밀은 분명 이 안에 잠들어 있을 것이다.

금고 안에는 다 합쳐서 여덟 개의 파일이 있었다.

티아는 먼저 앞에 있는 파일 하나를 들고 펼쳤다.

"——!!"

그건 설계도였다.

아마 해군 기지에서 제작되고 있는 새로운 도구. 하지만 경악한 것은 그 형상 때문이었다.

'이게 뭐야……?!'

옆에서 사라와 아네트도 비슷한 파일을 펼치고 「음」 하는 소리를 냈다.

'이건 어떻게 생각해도 평범한 병기가 아니야. 그보다는, 마치—.'

적어도 티아에게는 친숙한 물건이었다.

손목시계 모양의 권총. 일정한 비밀번호를 입력하면 폭발하도록 폭탄이 설치된 여행 가방. 입 안에 수납할 수 있는 소형 단검. 손잡이 부분에서 바늘을 발사할 수 있는 장우산. 뒤꿈치에 코드북을 수납할 수 있는 하이힐.

그랬다. 이건 티아도 사용하는—.

"스파이 활동을 위한 첩보 도구—. 그렇게 말하고 싶은 눈이군?"

답은 자료실 입구에서 들렸다.

어느새 자료실 문이 열려 있고, 체구가 작은 중년 남성이 서 있었다.

불룩한 배 때문에 군복의 단추가 터질 것 같았다. 키도 작아서 전체적으로 공처럼 둥근 체형이었다. 두피에는 머리카락이 한 가닥도 남아 있지 않았으나 수염만큼은 풍성하여 불균형한 분위기를 풍겼다.

그가 누군지는 알았다. 이번에 수사하면서 가장 먼저 이름을 외운 인물이었다.

"그라니에 중장……?!"

이 해군 기지의 총사령관이 자료실 입구에 서 있었다.

그는 「흐흥」 하고 재미있다는 듯 웃고서 자신의 수염을 쓸었다.

"소문은 들었어. 자네가 바로 『검은 머리 서큐버스』인가."

굉장히 친근하게 말을 걸어왔다.

나이는 50대 중반이라고 들었는데, 위엄다운 위엄은 느껴지지 않았다. 하지만 그 사실이 오히려 더 꺼림칙했다.

'뭐지? 이 사람.'

이 자료실에는 창문이 없었다. 유일한 출입구가 막혔다.

티아는 일단 상대가 어떻게 나오는지 관찰할 수밖에 없었다.

'우리의 잠입 조사를 어떻게 알았지……?'

그가 해군 기지에 남아 있던 것은 이해가 간다. 총사령관이 함부로 기지를 떠나지는 않을 것이다.

하지만 누구에게도 들키지 않고 이동한 소녀들의 행동을 어떻게 간파한 걸까.

아니, 하고 입술을 깨물었다.

'**—우리의 잠입 조사를 눈치챘으면서 왜 혼자 왔지**?'

침입자를 잡을 거라면 부하에게 시키면 된다.

뭔가 자신들과 접촉하고 싶은 사정이 있는 것이다. 부하 몰래.

"……흐트러지지 않는군. 역시 대단해."

그라니에 중장이 나직이 중얼거렸다.

티아는 여유롭게 미소 지었다.

"맞아. 멋진 분을 보고 잠시 넋이 나갔을 뿐이야."

"―따라오게. 파일은 원래 있던 곳에 두고."

의도를 알 수 없어서 마주 보고 있으니, 그가 가볍게 웃었다.

"우리의 비밀을 알고 싶은 거겠지? 내가 직접 기지를 안내해 주겠네. 불만인가?"

티아 일행은 그라니에 중장을 따라 기지 내를 걸었다.

원래 같으면 침입자로 즉시 총살당해도 이상하지 않은 상황인데, 상대방은 그럴 기미를 보이지 않았다. 괜한 저항은 하지 않고 따르기로 했다.

세 사람은 모퉁이가 많은 해군 기지의 복도를 나아갔다.

다른 사람을 만나지는 않았다. 그라니에 중장이 그런 루트를 선택하고 있는 것 같았다.

"자네들의 수완은 보았네."

도중에 칭찬을 들었다.

"스파이 강국, 딘 공화국인가. 고작 며칠 만에 내 부하를 차례차례 매료하여 꼭두각시로 삼다니. 아주 놀라워."

수염을 쓸며 감탄한 듯 고개를 끄덕였다.

소녀들이 딘 공화국의 스파이라는 것도 들킨 듯했다. 이상했다. 적어도 이 섬에 온 뒤로는 기본적으로 관광객으로서 행동했는데.

"……이쪽 사정을 아주 잘 아네."

티아는 상대의 등을 지그시 바라보았다.

그라니에 중장은 소녀들을 보지 않았지만, 빈틈 같은 것은 느껴지지 않았다.

"어째서? 당신들이 맡은 건 근해의 경비일 터. 첩보 활동은 다른 부대의 일이야. 그 설계도는—."

"스파이라면 자력으로 정보를 얻어야 하지 않겠나?"

단호하게 차단당했다.

입을 다물 수밖에 없었다. 지금 상대와 다투는 것은 득책이 아닐 것 같았다.

사라는 아까부터 조용히 사태를 지켜보고 있었다. 땀을 흘리면서 출구를 찾듯 끊임없이 눈을 움직이고 있었다. 아네트도 침묵하고 있었다.

이윽고 그라니에 중장은 벽 앞에서 멈춰 섰다. 복도의 막다른 곳이었다. 선반밖에 없었다. 그는 경계하듯 좌우를 살피더니, 품에서 꺼낸 단검을 벽의 갈라진 틈에 꽂았다.

둔탁한 소리를 내며 벽이 옆으로 이동했다.

벽 너머로 어두운 복도가 이어져 있었다. 재촉하는 대로 걸어갔다.

"이곳을 아는 건 내 부하 몇 명과 과학자뿐이네."

복도가 끝나고 시야가 트이자 그라니에 중장이 말했다.

"—마르뇨스섬 해군 기지의 비밀 연구소지."

상당히 큰 방이었다. 면적은 축구장의 절반쯤 될까. 연구소라기보다는 공장이라는 표현이 더 잘 어울렸다. 금속을 가공하기 위한 대형 기계가 나열되어 있고, 도료 냄새가 감돌았다.

그리고 과학자로 보이는 사람들이 바쁘게 돌아다니고 있었다.

연구소의 테이블에는 자료실에서 본 설계도대로 만든 스파이 도구들이 놓여 있었다.

아네트가 「이건 굉~~장해요!」라며 눈을 빛냈다.

"당신들은 진짜 무슨 짓을……."

아무리 생각해도 본국에는 비밀리에 움직이고 있는 것 같았다. 감시가 미치지 않는 이 마르뇨스섬에서 뭔가를 준비하고 있는 걸까.

"어떤가? 어디, 현역 스파이들에게 하나 보여드리기로 하지."

그라니에 중장은 자랑하듯 고개를 끄덕이고서 「개발국장!」 하고 작업 중인 과학자를 불렀다. 하지만 과학자들은 아무도 작업을 중단하지 않았다. 한 박자 늦게 「음…… 네!」라며 한 남자가 반응하여 그라니에 중장에게 달려왔다.

"기술자들은 발명에 몰두하는 경향이 있어서 문제라니까."

중장은 어깨를 으쓱이며, 개발국장으로부터 작은 금속 막대를 받았다.

"예를 들어 이 녀석은 어떤가? 이름은 《전괴석(電壞石)》(시니스트 피에제). 얼핏 보면 평범한 금속 막대지만, 일단 작동시키면—."

"으아!"

그라니에 중장이 금속 막대를 휘두른 순간, 사라와 아네트의 몸이 휙 당겨졌다. 균형을 잃을 뻔했으나 어떻게든 버텼다.

그라니에 중장이 다시 금속 막대를 휘둘러 전원을 껐다.

"이렇게 사람이 휘청일 만한 전자석이 되는 거지. 여기에 칼 같은 걸 조합하면 뭐든 벨 수 있는 강력한 무기가 돼. 죽인 인간의 몸은 토막이 나서 신원 확인을 늦출 수 있다네."

"어, 엄청난 기술력입다……!" "나님, 매우 관심 있어요!"

사라와 아네트가 경탄했다.

그녀들이 착용한 벨트를 자력으로 당긴 듯했다. 거리가 3미터쯤 되는데도 불구하고 엄청난 자력이었다.

하지만 티아는 곧장 다른 사실에 생각이 이르러 전율했다.

"……연속 의문사 사건."

"예?"

사라가 얼떨떨해했다.

그라니에 중장은 무거운 표정으로 「그렇게 된 것이네」라고 말하며 고개를 끄덕였다.

"—예의 그 연쇄 살인은 이 비밀 연구소에서 훔친 발명품으로 저지른 거야."

그의 말을 들으니 이것저것 납득이 됐다.

주민과 군인이 이야기했던, 통상적인 흉기로는 저지를 수 없는 살인들. 그건 해군 기지의 비밀 연구소에서 비밀리에 만들어진 발명품을 사용한 것이다. 무참한 시신이 만들어진 것은 『시신을 훼손하여 신원 확인을 늦추기 위해』 제작된 흉기가 쓰인 결과였다.

그라니에 중장은 작게 한숨을 쉬었다.

"범인은 대체 어떻게 보안 시스템을 돌파한 건지……."

확실히 그것도 의문이긴 했다. 보아하니 이 비밀 연구소에 들어오려면 아까 그라니에 중장이 사용한 단검 모양의 열쇠가 있어야 하는 것 같았다.

하지만 그 이상으로 무시할 수 없는 큰 의문이 있었다.

"……이런 흉기를 만들다니, 당신들은 뭘 꾸미고 있는 거야?"

"궁금하다면 교섭하지 않겠나."

그라니에 중장은 발명품을 다시 테이블에 내려놓았다.

"메르셰 소위를 죽인 범인을 잡아 줬으면 하네. 우리의 스파이가 되어서 주민들의 신원을 조사하는 데에 자네들만 한 적임자는 없어."

그게 이유였나, 하고 내심 혀를 내둘렀다.

현재 군인들만으로는 범인을 잡지 못할 것 같은 상황이었다. 제대로 된 증거도 없어서 마구잡이로 신문을 이어 갈 뿐이다.

그런 와중에 제 발로 해군 기지를 찾아온 소녀들을 발견하고 이용하기로 한 모양이었다.

의뢰 자체는 문제없었다. 원래부터 그럴 예정이었다. 하지만 간단히 수락하려니 배알이 꼴렸다.

"……당신을 따르면 무슨 이점이 있는데?"

"범인을 잡는다면 우리의 목적을 알려 주지. 스파이로서 이렇게 솔깃한 얘기도 없을 것 같은데."

그라니에 중장은 태연하게 말했다.

거절할 이유가 떠오르지 않을 만큼 파격적인 조건이었다.

이야기를 다 듣고 나니 섬에 또 폭풍이 치고 있었다.

억수같이 비가 쏟아져서, 기지에서 묵고 가도 좋다며 그라니에 중장이 여성용 숙소의 방을 하나 빌려줬다. 기묘하리만큼 자상한 그의 태도는 수상했지만, 호의를 받아들일 수밖에 없었다.

여러 남성 군인이 숙소를 찾아왔으나 다른 여성 군인이 잘 쫓아내 줬다. 다행이었다. 생각해야 할 문제가 산더미처럼 쌓여 있었다.

하루 빌리게 된 3인실에서 티아는 미간을 짚었다.

'일이 귀찮아졌어…….'

설마 해군 중장과 직접 만나게 될 줄은 몰랐다.

전혀 예상치 못한 사태라 아직도 심장이 빠르게 뛰는 것 같았다.

'그리고 그 비밀 연구소. 아마도 그건—.'

본국에도 알리지 않고 극비리에 개발 중인 스파이 도구. 매우 미심쩍다.

"아네트, 너는 그 비밀 연구소의 발명품을 어떻게 생각해?"

"나님은 만들 수 없는 것들뿐이었어요!"

아네트는 침대에 드러누워 있었다.

"틀림없이 위험한 물건이에요!"

아네트조차 극찬할 만한 발명품인 듯했다.

"어쩔까요?"

사라가 말했다.

"이대로 해군의 끄나풀이 되어 주민들을 의심해 나가나요?"

"……기분은 이해해. 하지만 범인을 잡아야 한다는 건 틀림없어."

일단 클라우스에게 상담하는 걸 검토해야 하지 않을까. 그게 안전하다. 멋대로 손을 댄 문제에 그의 도움을 받자니 마음이 괴롭지만, 그게 가장 적절한 대응이라는 생각이 들었다.

내일 전부 밝힐 수밖에 없나—.

풍압 때문에 창문이 소리를 내며 흔들렸다. 날씨는 계속 나빠지기만 했다.

커튼 틈으로 으스스한 어둠이 보였다. 창문을 때리는 빗소리가 시끄러울 정도로 컸다.

일단 차라도 마시고서 생각하려고 고개를 든 순간— 방의 조명이 꺼졌다.

"어라?" "오?"

"음…… 정전됐나 보네."

휘몰아치는 바람 때문에 전선이 끊어졌을지도 모른다.

하지만 해군 기지에는 비상시에 대비한 예비 전원이 있을 터다. 곧 켜질 것이다.

"꺄아아아아아아아아아아아아아아아아아아아아아악!!"

갑자기 복도에서 여성의 비명이 들렸다.

티아는 바로 움직였다. 방을 뛰쳐나가 복도로 향했다. 어두워도 움직일 수 있는 훈련은 받았다.

복도에서 여성 군인이 떨고 있었다. 다리에 힘이 풀린 것 같았다. 바닥에 주저앉아 있었다.

"뭐야! 이거 뭐냐고오오오오오오오오오오오오오오!!"

불온한 분위기를 느끼고 티아는 그녀에게 접근했다.

"괜찮아?! 무슨 일이야?!"

즉시 말을 걸었다.

"모, 모르겠어……."

군인은 눈물을 흘리고 있었다.

"이상해……. 몸이 안 움직여……. 다들, 저것과 맞닥뜨린 뒤로……."

복도를 보니, 그녀 말고도 움직이지 못하는 여성 군인이 많았다.

티아는 복도에 굴러다니는 손전등을 들고 곧장 식당을 비췄다.

식당에서는— 무수한 그림자가 꿈틀거리고 있었다.

뭔가가 날듯이 빠르게 움직이고 있었다. 티아가 움직이는 손전등의 불빛을 교묘하게 빠져나갔다. 하지만 한순간 그 그림자를 포착했다.

—남루한 검은 망토.

몇백 년은 방치된 듯 너덜너덜하게 풍화된 옷을 입은 자들이 움직이고 있었다. 식당에서 바다 냄새가 풍겼다.

마치 해저에 가라앉아 있던 해적이 몇백 년 만에 되살아난 것처럼.

"……!"

「뭐야, 이거」라며 신음하고 말았다.

손전등으로 확실하게 모습을 확인하려고 했지만, 갑자기 뭔가가 날아와서 손전등이 깨져 버렸다. 뭔가로 공격받은 것 같았다.

'이상해. 대체 이게—.'

전혀 예상치 못한 일이라 티아는 움직이지 못했다. 다른 여성 군인들도 모두 가위에 눌린 것처럼 쓰러져 있었다. 총은 가지고 있지 않았다. 어떻게 대응하면 좋을지 알 수 없었다.

그때, 한 소녀가 용감하게 뛰쳐나갔다.

"코드 네임 『초원』— 뛰어다닐 시간임다!"

그녀를 뒤따르듯 비둘기와 개가 꿈틀거리는 그림자를 덮쳤다.

사라도 청소용 빗자루를 들고 달려들었다.

"에, 에잇!"

조금 전까지 민첩하게 움직이던 해적들의 그림자가 곤혹스러워하는 것처럼 멈췄다.

사라는 빗자루로 그림자를 때린 후, 재빨리 몸을 돌려 멋진 돌려차기를 날렸다.

"저리 가아아아아아아아아아아아아!"

수상한 그림자들은 도망치듯이 식당 창문으로 나갔다. 폭풍 속으로 사라져 그대로 어둠에 잠겼다.

추격타를 가하려는 듯 커다란 매가 창밖으로 날아갔다.

이윽고 전력이 돌아왔는지 식당에 불이 켜졌다.

그렇게 어질러진 식당만이 남았다. 해적 같은 그림자가 나간 창문으로 거센 비바람이 들이쳤다.

여전히 빗자루를 쥔 사라가 식당의 중앙에서 크게 한숨을 쉬었다.

"다들 괜찮으세요?"

뒤돌아본 그녀의 얼굴에서 이전의 그녀에게는 없었던 자신감이 넘쳐흘렀다.

그 표정이 티아의 마음에 강한 충격을 줬다.

◇◇◇

—바캉스 9일째.

어젯밤 알 수 없는 그림자에게 습격받았던 여성 군인들은 바로 회복됐다. 외상은 없었다. 다만 숙소가 정전되고 그 해적 같은 그림자들이 나타나자마자 몸에서 힘이 빠졌다고 했다.

—폭풍과 함께 나타나서 난동을 피우고 바로 떠난 해적의 그림자.

군인도 오컬트 존재는 무서운 모양이었다. 「해적의 유령 아닐까」라며 겁먹은 얼굴로 속닥거렸다. 아네트는 이에 흥미를 느꼈는지 「나님! 좀 더 기지에 있을래요!」라고 선언했다.

티아와 사라는 완전히 지쳐서 일단 펜션에 돌아가기로 했다.

폭풍은 거짓말처럼 사라져서 쾌청한 하늘이 펼쳐져 있었다. 잔잔한 푸른 바다를 시야에 담으며, 펜션으로 가는 완만한 언덕길을 올랐다.

“그 그림자는 대체……. 티아 선배의 방을 어지른 누군가와 동일 인물일까요……?”

사라가 이상하다는 듯 중얼거렸다.

“버나드 씨는 그 그림자를 쫓아가 버렸습다. 아마 괜찮을 거라고 생각하지만, 아직 돌아오지 않은 게 불안하네요…….”

파트너인 매를 걱정하는 사라.

그녀의 등을 바라보며, 티아는 전혀 다른 얘기를 꺼낼 타이밍을 노리고 있었다.

“있잖아, 사라.”

“네?”

“어젯밤 수완은 정말 훌륭했어. 어떻게 된 거야?”

“앗, 아뇨. 비상시의 대처법은 모니카 선배가 잘 가르쳐 주셨으니까요.”

뒤돌아본 사라는 쑥스러운 듯 뒤통수를 매만졌다.

“…….”

역시 의외였다.

맨 처음 『등불』에서 만났을 때의 사라라면 분명 『그, 그렇지 않습다』라며 겸손하게 말했을 것이다.

하지만 지금의 사라는 티아의 찬사를 받아들이고 솔직하게 기뻐하는 도량이 있었다.

‘—사라가 성장하기 시작했어. 내 인식보다도 급속도로.’

펜드 연방에서 종반에 사라가 공헌했다는 것은 물론 티아도 알고 있었다. 거기서 뭔가를 붙잡은 걸까.

보이지 않게 혀를 깨물었다.

나이트클럽에서 곤혹스러워하는 사라를 보고 우월감을 느꼈던 자신이 부끄러웠다. 얼마나 어리석었는지. 어젯밤에 자신이 아연해하며 움직이지 못하는 동안, 사라는 의연하게 맞섰다.

그 사실을 곱씹고 있으니, 사라가 다정하게 미소 지었다.

“제게는 최근 꿈이 생겼습다.”

“응?”

“언젠가 『등불』의 멤버가 모두 무사히 은퇴하는 것. 그러려면 겁만 내는 자신에서 탈피해야 하니까요.”

사라는 바다를 지그시 바라보며 힘 있게 말했다.

“『등불』의 수호자. 그게 제 역할입다.”

“——.”

이전에는 없었던 사라의 강한 향상심과 사명감.

환영해야 할 일이다. 머리로는 이해했다. 하지만 직후 치솟는 분노로 몸이 확 뜨거워졌다.

“그게 뭐야.”

“예?”

“웃기지 마……! 나는 은퇴 따위 안 해. 『홍로』 씨의 유지를 이어받아 스파이로서 목숨을 바칠 거야. 너의 이상에 날 끌어들이지 마.”

티아가 언성을 높이자 사라는 숨을 삼켰다.

이런 말을 들을 거라고는 생각도 못 한 것 같았다. 그녀의 꿈이 티아의 목표와 상반된다는 자각이 없었던 모양이다.

"죄송해요. 그렇죠. 멋대로 정했습니다. 다른 사람의 의견도 듣지 않고."

사라는 일순 미안해하며 고개를 숙였다.

하지만 곧장 결심한 듯 얼굴을 들었다.

"하지만 저도 양보할 마음은 없습니다……! 이 이상만큼은."

간단히 뜻을 굽히지 않았다. 입술은 굳게 다물려 있었다.

사라가 이토록 고집스러운 자세를 보이는 것에서 역시 그녀의 성장이 느껴졌다. 흠칫거리며 주장을 삼가던 그녀는 이제 없었다.

화가 나긴 했다. 하지만 불쾌하지는 않았다.

오히려 이게 좋다며 티아의 투쟁심이 타올랐다.

"내 목표를 말해 줄게."

티아는 사라의 눈을 응시했다.

지금까지 동료에게 확실히 밝힌 적 없는 야망.

"—나는 언젠가 『등불』의 보스가 될 거야. 너희를 이끌고 세계를 구하는 영웅이 될 거야."

동경하는 존재— 『홍로』 페로니카.

그것이 티아의 목표이자, 지향해야 할 이상이었다.

언젠가 클라우스에게서 보스 자리를 뺏겠다. 몇 년이 걸릴지 모르겠지만, 자신이 보스가 되어 『등불』의 소녀들을 이끌고 세계와 싸울 것이다.

미안하지만 『등불』의 동료를 간단히 은퇴시킬 마음은 없었다. 그녀들은 티아가 신뢰하는 소중한 동료니까.

그러니 **사라의 이상과는 상반된다.**

하지만 상관없다. 의식의 차이야말로 팀에 필요한 것이니까.

"인정해 줄게, 사라. 내 라이벌로."

"……바라는 바입다."

사라도 물러나지 않고 티아를 마주 보았다. 이마에 땀이 맺혀 있는 것이 보였지만, 이 정도는 귀여운 수준이리라.

티아는 희미하게 미소 짓고, 긴장을 풀듯 사라의 팔을 가볍게 두드렸다.

"후후, 이로써 내 라이벌은 네 명이야. 모니카, 그레테, 팔마 씨에 이어서 네 번째지."

"아, 아주 호화로운 멤버네요."

"……뭐, 모니카는 아마 나를 조금도 의식하지 않겠지만."

"글쎄요, 어떨까요……. 의외로 그렇지는 않을, 지도……?"

"어? 정말?!"

"아, 아뇨, 알 수 없지만요. 그저 제 감입다, 감."

"응, 고마워. 네 덕분에 다시 생각하게 됐어."

티아는 불어오는 바닷바람을 맞으며 눈을 가늘게 떴다.

"—둘이서 결판을 내자. 이 섬에서 일어나고 있는 모든 사건을."

그 제안에 사라는 「그렇죠」라며 힘차게 고개를 끄덕였다.

역시 이 정도 트러블로 클라우스를 귀찮게 할 수는 없다. 언젠가 『등불』의 보스가 될 인간에게 그런 유약함은 허락되지 않는다.

◇◇◇

—바캉스 10일째.

티아는 어떤 인물에게 『너의 행동을 알고 있다』라고 편지를 보냈다.

불러낸 곳은 바캉스 첫날에 놀았던 캄페더 비치였다.

보는 눈이 적은 것이 좋겠다고 판단하여 시각은 밤 여덟 시로 잡았다.

해변이 밤의 어둠에 덮이기 시작했을 때, 불러낸 인물— 라프타니아가 왔다.

"갑자기 왜 불러낸 거야? 내일은 아침에 결혼식 때 쓸 식자재를 사러 가야 하는데."

일하는 펜션에서 빠져나와 바로 왔는지, 러프한 셔츠와 반바지 차림이었다. 기다리고 있는 티아를 불만스럽게 바라보았다.

티아는 해변에서 좀 더 걸어 눈에 띄지 않는 바위 쪽으로 유도했다. 라프타니아가 도망치지 못하도록 사라가 후방에서 긴장한 얼굴로 감시했다.

큰 바위가 양쪽에 자리한 곳에 도착하자 티아는 움직였다.

여기라면 해변 옆 도로에서도 보이지 않는다.
"빠른 방식으로 가자."
티아는 라프타니아의 팔을 잡았다.

"코드 네임 『몽어』— 매료해 부술 시간이야."

상대의 균형을 무너뜨리고 라프타니아를 바위로 밀어붙였다.
그녀는 당황한 듯 「하, 하아아아아아?!」라며 허둥댔지만, 강제로 봉쇄했다. 코앞에서 티아와 마주 보았다.
이윽고 라프타니아가 몸을 비틀고 티아를 밀쳤다.
"가, 갑자기 무슨—."
"라프타니아 씨. 예의 그 의문사 사건에 관해 물어보고 싶은 게 있어."
이로써 사전 준비는 끝났다.
어제 해군 기지에서 펜션으로 돌아온 티아와 사라는 자신들이 보고 들은 정보를 전부 꺼내 연속 의문사 사건을 정리했다.
그 끝에 부상한 것은— 한 소녀의 위화감이었다.
티아는 숨을 고르고 다시 눈앞의 소녀를 응시했다.
"있지, 라프타니아 씨. 메르셰 소위의 시신, 아직 일부가 발견되지 않았대."
"뭐?"
"당연하지. 시신은 자잘하게 토막 나서 바다에 뿌려졌으니까. 결손이 생겨도 이상하지 않아. 범인은 왜 굳이 시신에 그런 짓을 했을까."

다정하게 말을 걸듯이 「왠지 알겠어?」 하고 묻자, 라프타니아는 불쾌한 듯 「……그걸 내가 어떻게 알아」라고 말하며 노려보았다.

"용도가 안 맞았던 거야."

티아는 고했다.

"연구소에서 도둑맞은 건 확실히 암살에 쓰기 위한 도구야. 하지만 사용된 건 신원 특정을 늦추기 위한 흉기였어."

그게 바로 그 비밀 연구소에서 개발된 《전괴석(시니스트 피에제)》의 콘셉트였다.

다른 연속 의문사 사건에 쓰인 흉기도 마찬가지일 것이다. 시신은 전부 심하게 훼손되어 신원이 판명되기까지 시간이 걸렸다고 했다. 섬이라면 행방불명자와 대조하기 쉽지만, 도시에서 쓰인다면 신원 판명에 상당한 수고가 들 것이다.

그러나 이번에 쓰인 흉기에는 어떤 단점도 있었다.

"이 도구는 시신을 옮기는 경우에는 적절치 않아."

"뭐?"

"너무 자잘하게 썰어 버리면 시체 토막을 모으기 힘들어져. 죽인 시신을 굳이 바다에 버릴 거라면 다른 도구를 쓰는 게 나아."

기분 좋은 얘기는 아니지만, 만약 시신을 운반할 생각이라면 머리와 사지를 절단하는 선에서 그쳐야 했다.

—메르셰 소위를 살해할 때, 《전괴석》은 본래와는 다른 용도로 쓰였다.

거기까지 추측하고 티아와 사라는 생각했다.

다른 용도로 사용하여 일어날 수 있는 트러블은 무엇인가.

"범행을 저지른 밤에는 눈치채지 못했다가, 다음 날 아침, 살인 현장에서 미처 처리하지 못한 시체 토막을 발견하는 일도 있을 수 있겠지."

그렇다면 범인은 크게 당황했을 것이다.

아마 사건은 용의자를 바로 특정할 수 있는 장소에서 일어났다. 그래서 시신을 바다에 버려야 했다. 시체 토막이 남았다면 당장 처리해야 했다.

티아는 규탄했다.

"메르셰 소위가 죽은 다음 날 아침, 너 사실은 뭘 옮기고 있었던 거야?"

"—윽."

티아에게는 바캉스 5일째의 아침, 그녀는 라프타니아와 조우했다. 메르셰 소위가 살해당해서 군인들이 강제적인 수사에 나섰던 날이다.

"그, 그때도 말했잖아."

라프타니아는 얼버무리듯이 목소리를 높였다.

"시장에서 산 고기와 채소였어. 신선한 섬의 식자재를 클라우스님에게 대접하고 싶어서."

"거짓말. 너는 메르셰 소위의 시체 토막을 운반하고 있었어."

일부러 단언했다.

근거는 아직 말하지 않고 라프타니아의 반응을 살폈다. 그녀는 확연하게 낭패라는 기색을 보였다.

"처리하기 곤란했겠지. 사실은 바다에 버릴 생각이었지? 하지만 아침에 해안 일대는 아직 군인이 조사하고 있었어. 그래서 너는 포기했어."

이른 아침부터 많은 군인이 해변을 수색했다는 정보는 나이트클럽에서 들었다.

아마 라프타니아는 바다에 버리는 것을 포기했으리라. 하지만 당장 처분해야 했다. 땅에 묻으면 파헤쳐질 위험이 있었다.

그녀는 최악의 수단을 생각해 냈다.

"—대신 너는 시체 토막을 햄버그스테이크로 만들어서 손님에게 대접하기로 했어."

"어, 억측이야! 그런 거!"

라프타니아가 얼굴을 붉히고 외쳤다.

"무슨 근거로 그런 소리를—!"

"사라한테 들었어. 그날 너는 『숙성육으로 만든 햄버그스테이크』를 손님에게 대접하려고 했다며."

어떤 의미에서 완벽한 시체 처리였다. 태워도 묻어도 결국 물증이 남는다. 하지만 타인의 배 속에 넣어 버리면 찾을 방법이 없다.

결과적으로 다행히 요리는 아무도 먹지 않고 버렸다고 했다.

하지만 문제는 라프타니아가 이걸 『숙성육』이라고 속였다는 점이었다.
“왜 그런 거짓말을 했을까? 아침에 일부러 수고를 들여서 신선한 고기를 사 왔는데 『숙성육』이라고 속인 이유. 인육의 위화감을 없애려고 그런 거지?”
시장에서 돌아가는 길에 갑자기 말을 걸어와서 티아한테만큼은 무심코 솔직하게 말해 버렸을 것이다. 나중에 사라에게 거짓말을 한 것은 치명적인 실수였다.
최후의 일격을 가하듯이 티아는 물었다.
“메르셰 소위를 죽인 건, 너지?”
“……큭.”
라프타니아의 표정이 현저하게 달라졌다. 역시 그녀는 거짓말이 서툴렀다.
아직 발뺌할 수 있는 여지는 많았으나, 티아의 허세가 잘 먹혀든 것 같았다. 어깨를 떨며 확실하게 분노를 내보이고 말았다.
“어째서……!”
그녀는 외쳤다.
“그 남자는 죽어 마땅해……! 어째서 내 죄를 일부러—.”
“인정하는 거구나, 자신의 잘못을.”
“——!”
“이해해. 너에게는 **동정할 만한 이유**도 있어. 다만 진위는 확실하게 밝히고 싶어.”

감정을 억누르고 담담히 질문을 계속했다.

지금 해야 하는 것은 규탄이 아니다. 사건 규명이다.

조금 전까지만 해도 티아의 멱살을 잡을 기세였던 라프타니아는 그걸 부끄러워하듯이 한 걸음 물러났다.

이윽고 쥐어짠 듯한 목소리로 「……결정적인 증거는 없겠지」라고 말했다.

"냉정함을 되찾은 모양이네."

분하지만 맞는 말이었다. 죄를 입증하기에는 무리가 있었다.

물론 티아는 특기를 사용하여 그녀의 본심을 꿰뚫어 봤다. 해군에 대한 강한 증오와 일말의 죄악감. 조금 전의 반응만 봐도 라프타니아는 거의 범인이나 마찬가지였다.

"반대로 말하면, 이제 증거를 잡기만 하면 돼. 내키지는 않지만."

짧게 지시를 내렸다.

"사라, 라프타니아의 집을 수색해. 아마 흉기는 아직 남아 있을 거야. 거기에 지문이 남아 있다면 더는 발뺌할 수—"

없다고 말하려고 했을 때였다.

"……소용없어."

라프타니아가 낮은 목소리로 중얼거렸다.

퍼뜩 놀라 숨을 삼키자, 라프타니아가 빛을 잃은 눈으로 엷게 웃었다.

"사용한 흉기는— 이미 그레테에게 넘겼어."

""……!""

티아와 사라가 동시에 전율했다.

있어서는 안 되는 일이었다. 티아는 저도 모르게 그녀의 멱살을 잡았다.

"너, 혹시……."

"물론 내 지문은 전부 지웠어. 그리고 섬의 경찰은 주민 편이야. 관광객일 뿐인 너희의 증언보다도 내 증언을 중시하겠지."

라프타니아는 결연하게 잘라 말했다.

"나를 경찰에 넘기면— 살인죄는 그레테에게 뒤집어씌우겠어……!"

때렸다.

참지 못하고 오른손이 움직였다.

사라가 「티아 선배……!」 하고 타이르듯 외쳤다.

라프타니아는 맞은 뺨을 누르고서 즐겁게 고개를 끄덕였다.

"좋은데? 맞은 자국이 있는 게 불쌍한 여자를 연출할 수 있겠지. 군인에게 맞았다고 하고 클라우스 님의 관심이라도 끌어 볼까."

"너 진짜……."

"나는 반드시 탈출할 거야……! 클라우스 님의 아내가 되어서 나가 줄 거야! 이딴 **썩어 빠진 섬**에서 스러질 바에야 몇 번이고 맞아 주겠어……!"

눈물을 글썽거리며 강하게 호소했다.

아무래도 그녀는 탈출할 준비까지 갖춘 듯했다. 그게 얼마나 엉성한 계획이든지 간에, 그 행동 자체에 화가 났다.

"너, 엉망진창이야……!"

티아는 이를 갈았다.

"확실히 너의 처지에는 동정해. 하지만 내 방을 바닷물 천지로 만들고, 해적 같은 옷을 입고서 해군 숙소를 습격하고, 어떻게 생각해도 그런 건—."

"뭐? 무슨 소릴 하는 거야?"

"어……?"

"—나는 모르는 일이야."

라프타니아가 얼떨떨해하며 고개를 갸웃했다. 연기하는 것 같지는 않았다. 이 상황에서 둘러댈 만한 기술은 그녀에게 없었다. 정말 이상하다는 듯 입을 벌리고 있었다.

이번에는 티아가 놀랄 차례였다.

그것도 라프타니아의 범행이라고 생각했었다. 어떤 인맥을 이용했는지는 모르겠지만, 아마 티아의 수사를 막기 위해 그랬을 거라고—.

"네가 아니야……? 거짓말……."

아연히 되묻자, 라프타니아의 입가가 추악하게 일그러졌다.

티아의 낭패를 즐기듯이 「크큭」 하고 웃기 시작했다. 환희에 떠는 것처럼 몸을 감싸 안고서 「아아!」 하고 외치며 하늘을 올려다보았다.

"마침내 나도 이해했어……!"

부어오르는 뺨을 유쾌하다는 듯 누르고 눈물을 글썽거리며 그녀는 소리쳤다.

"저주는 있는 거야! 저주받아라……! 모두 대해적의 원념에 저주받아 죽어라!"

사나운 목소리에 티아와 사라는 아무런 대꾸도 하지 못했다.

◇◇◇

—바캉스 11일째, 티아와 사라는 휴식했다.

펜션 근처에 있는 카페의 테라스석에 앉아, 갓 짠 과일 주스를 마셨다. 사라는 주민에게 받은 소고기 육포를 애완동물들에게 나눠 주고 있었다.

들려오는 파도 소리에 귀를 기울이는 시간이 이어졌다.

사라가 불쑥 중얼거렸다.

"어쩔 검까? 라프타니아 씨."

"어쩌고 자시고, 방치할 수밖에 없어. 클라우스 선생님이 그 아이에게 속을 리도 없고, 해군 중장이 어떻게 판단하느냐에 달렸지."

결국 그 후 라프타니아를 풀어 줄 수밖에 없었다.

원래부터 약속이 그랬다. 티아가 자력으로 체포하여 아무 해군한테 넘기면 비밀 연구소가 드러날지도 모른다. 조만간 해군 중장이 비밀리에 라프타니아를 잡을 것이다.

어차피 라프타니아는 도망칠 수 없다. 기다리고 있는 것은 파멸이다.

한숨을 쉬고 있으니, 가게 앞을 걷는 낯익은 소녀가 보였다.

"음, 아네트 선배……?"

사라가 반응했다.

오른손에는 노트, 왼손에는 연필을 든 아네트가 길을 걷고 있었다. 뭐라고 중얼거리고 있지만, 거리가 있는 탓에 내용까지 알아들을 수는 없었다.

사라가 부르자, 아네트가 두 사람 쪽을 힐끔 보았다.

"나님! 대연구 타임이에요! 이 주변의 해류를 탐문 조사하고 있으니 방해하지 말아 주세요!"

"과자 줄게요."

"나님! 그건 받을래요!"

카페로 달려온 아네트는 쿠키 두 개를 입에 넣고서 바로 떠났다.

마치 폭풍처럼 정신 사나웠다.

"충실하게 바캉스를 보내고 있나 보네. 아네트."

"그러게요. 하지만 평소와 좀 분위기가 다른 것 같은데……."

"……어? 어디가?"

"초조해하고 있는 것처럼 보였습다."

티아는 전혀 이해할 수 없어서 고개를 갸웃할 수밖에 없었다.

잠시 후, 편히 쉬고 있는 두 사람에게 해군이 편지를 들고 찾아왔다. 「그라니에 중장이 보냈습니다」라고 단적으로 전하고서 바로 떠났다.

"응, 약속이 잡혔어."

편지에는 내일 해군 기지를 방문할 수 있는 시각이 적혀 있었다.

이때 그라니에 중장에게 전부 보고하면 일단은 마무리가 될 터다.

◇◇◇

—바캉스 12일째.

저녁 무렵, 지정받은 비밀 루트를 통해 해군 기지의 총사령실로 갔다.

기지의 중앙 본부 최상층에 있는 방에서는 섬의 바다가 멀리까지 내다보였다. 천천히 해가 지기 시작질 무렵, 바다에 안개가 끼기 시작했다.

방에는 그라니에 중장과 티아와 사라뿐이었다.

그라니에 중장은 테이블 너머에서 살찐 배를 어루만지며 기쁘게 웃었다.

"자, 딘 공화국의 스파이들. 해군의 원수는 찾았는가?"

"응, 전부 이해했어. 이 섬을 좀먹고 있는 병리도."

티아의 말을 듣고 그라니에 중장이 한쪽 눈썹을 올렸다.

미심쩍어하는 태도에 아랑곳하지 않고 솔직하게 전했다.

"연속 의문사 사건의 범인. 살인귀의 정체는 메르셰 소위지?"

"……."

그라니에 중장은 표정을 무너뜨리지 않았다.

—라프타니아에게 살해당한 해군.

티아가 도출한 답은, 그가 바로 섬의 인간을 의문사시키던 살인귀라는 것이었다.

"전제가 틀렸던 거야. 다들 메르셰 소위가 살인귀에게 습격당했다고 생각했어. 하지만 진상은 반대야. 살인귀는 메르셰 소위야."

"……호오, 그렇군."

"뭘 감탄하는 척이야. 당신은 알고 있었지?"

관계없는 척하는 중장을, 티아는 강하게 노려보았다.

"비밀 연구소 개발국장— 그게 메르셰 소위의 비밀 직함이지?"

그는 이미 죽었으니 「전」 개발국장인가.

추측한 이유는 세 가지다. 첫째, 역시 그 연구소에서 발명품을 훔치려면 내부 사람의 협력이 불가결하다. 둘째, 그라니에 중장이 메르셰 소위를 아꼈다는 증언이 있었다. 셋째, 비밀 연구소를 찾아갔을 때, 「개발국장」이라고 불린 남자의 반응이 둔했다. 그는 임명된 지 며칠 안 되었을 것이다.

냉정히 생각하면 바로 알 수 있는 답이었다.

"다 안다는 거군."

중장은 감탄하듯 얇게 웃었다.

"그 남자는 우수했으나 윤리관이 결여되어 있었다네. 자신의 발명품을 실제로 시험해 봐야 직성이 풀리는 성격이었지. 하여간 과학자는 이해할 수가 없다니까."

"그걸 막지 않은 당신도 동죄야!"

크게 고함쳤다.

해적의 저주라는 말을 들은 연속 의문사 사건— 그 진상은 메르셰 개발국장의 실험이었다.

개발한 스파이 도구가 실전에서 쓸 만한지 주민과 관광객으로 실험했을 것이다. 이미 메르셰 소위에 의해 열 명 넘게 살해당했다.

그 참극의 피해자를 생각하니 격정이 치솟았다.

사라에게 들었다. 3년 전, 라프타니아의 모친도 의문사했다고 했다.

"메르셰 소위를 죽인 범인의 동기는— 복수야."

라프타니아의 비통한 얼굴을 떠올리고 강하게 호소했다.

"그날 밤 무슨 일이 있었는지는 몰라. 다만 그 아이는 엄마를 죽인 범인의 숨통을 끊었어! 그 아이가 왜 흉행을 저질렀는지 알 수 있잖아?!"

무심코 상체를 앞으로 내밀었다.

"이 섬에서 의문사 사건은 제대로 수사되지 않았고, 당신에 의해 은폐됐기 때문이야!"

구체적인 경위는 불명이다. 다만 라프타니아는 어찌어찌하여 메르셰 소위가 엄마를 죽인 살인귀임을 알았다. 그리고 발명품을 빼앗어서 반대로 죽였다.

평범한 소녀에게 그건 얼마나 무거운 결단이었을지.

사라가 말하길, 라프타니아는 엄마의 시신을 가장 먼저 발견한 최초 발견자라고 했다. 어질러진 티아의 방에서 바닷물이 얼굴에 튀었을 때 그렇게나 겁을 먹었던 것은 당시 사건을 떠올렸기 때문이지 않을까.

—엄마를 죽인 자에게 복수하고, 클라우스와 결혼하여 섬에서 탈출하길 원하는 소녀.

티아는 그런 라프타니아의 각오를 싫어할 수 없었다.

"아주 용맹하군."

그라니에 중장은 여전히 엷게 미소 짓고 있었다.

"이게 딘 공화국의 스파이인가. 역시 나쁘지 않아."

티아는 소파에 깊이 앉아 다리를 꼬았다.

"……당신의 의미심장한 언동에 어울려 주는 것에도 질렸어."

"음?"

"보나 마나 『화톳불』 클라우스와 내통하고 있겠지. 선생님과 교류가 있다고 해서 나한테까지 거들먹거리지 마."

이것도 바로 알 수 있는 수수께끼였다.

그라니에 중장은 소녀들을 너무 믿고 있었다. 기지에 숨어든 소녀들을 처형하지 않았고, 지금도 이렇게 부하조차 곁에 두지 않고 대화하고 있었다.

애초에 클라우스는 과거에 이 섬에 왔다고 하지 않았던가.

"정답이네. 요 며칠 줄곧 얼굴을 보고 있지. 『화염』 시절부터 면식이 있어서 말이야. 자네들에 관해서도 미리 들었네."

그라니에 중장은 간단히 인정했다.

마르뇨스섬을 바캉스 장소로 정한 사람은 클라우스였다. 그라니에 중장과 만나는 것도 이 바캉스의 목적 중 하나였으리라.

"……당신의 목적은 뭐야? 말하지 않는다면 범인을 밝히지 않겠어."

줄곧 품고 있는 의문을 던졌다.

—비밀리에 해군 기지에서 스파이 도구를 개발하는 의미.

—주민의 목숨을 가지고 노는 실험마저 묵인하는 이유.

"쿠데타라네."

그라니에 중장의 대답을 듣고 사라가 「예……?」 하는 소리를 냈다.

하지만 티아는 예상한 내용이었다. 딘 공화국의 스파이인 클라우스가 라일라트 왕국의 해군 중장과 친하게 지낼 이유는 그리 많지 않다.

그라니에 중장은 라일라트 왕국의 기반을 흔들 작정이다. 클라우스는 그것이 딘 공화국의 이익이 된다고 판단하여 지원하고 있다.

그라니에 중장은 얼굴이 파래진 사라에게 설명하기 시작했다.

"자네들은 당연히 알고 있겠지? ―라일라트 왕국의 실정을."

티아와 사라는 고개를 끄덕였다.

대강의 지식은 스파이 양성 학교에서 습득했다.

"―시민 혁명이 실패한 나라."

티아가 대답했다.

"한 세기 전, 무수한 서중앙 나라가 시민 혁명에 의해 군주제·귀족제 폐지에 몰린 가운데, 라일라트 왕국은 **실패로 끝났어**. 형식상으로는 입헌 군주제지만, 실태는 절대 왕정 시절과 다르지 않아. 일부 귀족만이 살을 찌우며 시민에게서 자유를 뺏고 착취를 이어가고 있어."

그것이 이웃 나라인 라일라트 왕국의 진실이었다.

역사적으로 왕권이 강한 펜드 연방조차 현재 왕족은 단순한 상징이 되어 입헌 군주제를 채용하고 있었다. 보통 선거가 도입되어,

선출된 의원이 정치를 했다.

하지만 라일라트 왕국은 다르다.

—귀족의, 귀족에 의한, 귀족을 위한 정치.

100년간 대규모 시민운동이 여러 번 일어났으나, 왕국군과 정치 부대에 의해 진압되었다. 수천, 수만 명의 활동가가 단두대에서 처형당해 수도의 광장을 붉게 물들였다.

딘 공화국과 가르가드 제국이 이룬 민주화는 이 나라에 찾아오지 않았다.

"나는 이 왕국을 전복시킬 것이네. 그걸 위해 오랫동안 준비를 거듭하고 있다네."

기름진 몸 어디에 그런 야망이 있는 걸까.

눈에서는 대의의 불꽃이 타오르고 있는 것 같았다.

"일부 귀족의 생활을 지탱하기 위해 시민이 희생되고 있네. 높은 상속세로 시민에게서 재산을 빼앗고, 빼앗은 돈은 전쟁에 쏟아붓지. 공중위생 같은 것은 뒷전이야. 기근과 역병이 만연한 참상에 이의를 제기한 자는 즉시 구속당하고 단두대에서 처형돼. 이토록 구제 불능인 나라가 또 있을까?"

"……윽, 당신의 주장은 이해했어."

상대의 열량에 지지 않도록 티아도 목소리를 높였다.

"하지만! 주민이 희생되어서는—."

"쿠데타를 성공시키려면 더러운 일도 해야 하는 법이네. 설령 내가 지옥에 떨어지더라도 완수해야만 하는 사명이 있어!!"

완강한 의지 표명에 티아는 입을 다물 수밖에 없었다.

그라니에 중장은 자신의 죄를 자각하면서도 수라의 길을 가고자 한다. 바캉스를 즐기러 온 소녀의 설득을 들을 리 없었다.

하지만 그래도 라프타니아 같은 주민들의 생활을 생각하면 가슴이 괴로웠다.

"……해군 기지는 왜 확대하려는 거야?"

다음 질문으로 넘어가기로 했다.

"쿠데타를 꾀하고 있다면 얌전히 지내는 게 좋잖아?"

"어떤 것을 찾아내기 위해서라네. 그 수색에 주민이 방해되니까."

그라니에 중장은 크게 한숨을 쉬었다.

「찾아내기 위해? 뭘?」 하고 반문하자, 그라니에 중장은 「쿠데타에는 막대한 돈이 필요하다네」라고 운을 떼고서, 생각지 못한 말을 꺼냈다.

"—대해적 자칼의 보물이야."

""……뭐?""

티아와 사라는 동시에 얼빠진 소리를 내고 말았다.

하지만 그의 눈은 진지했다. 농담하고 있는 것은 아닌 듯했다.

"자칼의 보물은 국가 예산에 필적할 만한 가치가 있다고 하지. 그 정도 돈이 있으면 펜드 연방이나 무자이아 합중국으로부터도 협력을 얻을 수 있을 거야."

사라가 아연해하며 「지, 진심임까?」라고 중얼거렸다. 실례였다.

"물론이라네."

그라니에 중장의 태도에서 부끄러워하는 모습은 보이지 않았다.

"뒷받침하는 전승은 여럿 발견되었어. 이것이 바로 쿠데타를 성공시킬 열쇠라네. 비밀 연구소에서 도구와 병기를 개발하고, 자칼의 보물을 이용하여 우리는 본국을—."

말은 거기서 멈췄다.

지진, 이라고 느낄 정도의 흔들림이 별안간 사령실을 덮쳤기 때문이다.

거의 동시에 굉음이 들렸다. 공기가 깨질 듯한 소리.

사령실의 선반이 일부 쓰러지면서 유리와 자료가 바닥에 쏟아졌다. 티아와 사라는 작게 비명을 지르며 즉시 테이블 밑에 몸을 숨겼다.

그라니에 중장은 잠시 머리를 숙이고 있다가, 진동이 멎자 즉시 일어났다.

"방금 그 진동은 뭐지?!"

돌연 사령실의 스피커가 울리며 당황한 군인의 목소리가 들렸다.

《총사령관님! 누군가가 기지를 포격했습니다……!》

"뭐, 뭐라고—?!"

《국적 불명의 중형선이 접근 중입니다……!》

그라니에 중장은 벽에 걸려 있던 쌍안경을 들고 창문으로 다가갔다.

티아와 사라도 테이블 밑에서 나와 다른 쌍안경을 들고 창밖을 보았다.

한층 짙어진 안개 때문에 전방은 거의 보이지 않았다. 하지만 바다 위에 확실히 커다란 검은 배의 형상이 보였다.

섬에서 100미터도 안 되는 근거리에, 알 수 없는 배가 어렴풋이 떠 있었다.

"저건……."

오래된 화물선처럼 보였다. 돛대 세 개에 너덜너덜한 검은 돛이 펼쳐져 있었다. 하지만 배의 측면에는 무수한 포문이 있어서 흉흉한 분위기를 풍겼다.

선수에는 악마처럼 생긴 꺼림칙한 오브제가 달려 있었다. 보는 이를 모두 떨게 했던 대해적의 상징.

그 말을 꺼낸 사람은 과연 셋 중 누구였을까.

"자칼의 해적선……!"

해군 기지 앞에 전설의 해적선이 나타나 있었다.

"마, 말도 안 됨다!"

"맙소사……!"

사라와 그라니에 중장이 믿을 수 없다는 듯 전율했다. 하지만 아무리 눈을 비벼도 그 배는 시야에서 사라지지 않았다.

티아는 하얗게 질려서 쌍안경을 떨어뜨렸다.

통감했다.

자신은 결국 수수께끼를 전혀 해결하지 못했다. 갑자기 방에 바닷물이 흥건했던 것도, 해군 기지에서 대면했던 정체불명의 그림자도, 무엇도 알아내지 못했다.

라프타니아의 비명 같았던 말이 떠올랐다.

"저주야……!"

바닥에 털썩 무릎을 꿇었다. 시야는 공포에 의한 눈물로 뿌예졌다.

인정할 수밖에 없었다. 아무리 부정해도, 티아의 이성을 초월한 존재가 눈앞에 있었다. 해적의 보물을 손에 넣으려고 한 욕심 많은 해군을 습격하러 왔다는 생각밖에 안 들었다.

"해적의 저주야! 우리는 모두 여기서 죽을 거야아아아아아!!"

히스테릭한 비명을 지르며, 티아는 자신의 실수를 후회할 수밖에 없었다.

3장 해적편

—바캉스 4일째.

섬의 동굴을 탐험하던 릴리, 지비아, 모니카는 대발견을 달성했다.

"찾아, 버렸네요……."

입을 O자로 크게 벌리고서 릴리가 툭 말했다.

양옆에 서 있는 지비아와 모니카도 눈을 비비며 현실을 의심할 수밖에 없었다.

"아니, 설마……."

"거짓말이지……?"

세 사람은 발견한 것에 손전등 빛을 비추었다.

다들 동굴 탐험용 장비를 갖추고 있었다. 잘 미끄러지지 않는 등산화, 피부를 보호하기 위한 타이츠, 보온을 위한 등산복. 커다란 배낭을 메고, 식량과 줄사다리 등의 탐험 도구를 꽉꽉 눌러 담았다.

이날은 온종일 섬의 해안을 탐험했다. 섬의 지도에는 없는, 바다와 연결된 커다란 동굴을 발견하여 척척 들어가니 탁 트인 호수 같은 곳에 도착했고, 이상한 것이 보였다.

소위 말하는 카락선. 고개를 쳐들고 봐야 할 만큼 커다란 범선이었다. 통통한 선체 앞에는 악마를 본뜬 선수가 튀어나와 있었다. 측면에는 무수한 따개비와 이끼가 붙어 있어서 200년의 역사를 이야기했다.

세 사람은 동시에 외쳤다.

“““해적선이다아아아아아아아아아아아아아아아아아!!”””

어두운 동굴에 목소리가 울려 퍼지면서, 자고 있던 박쥐가 날아갔다.

그랬다. 바캉스 4일째에 그녀들은 간단히 해적선에 도달했다.

◇◇◇

정말로 해적선을 발견할 거라고는 아무도 생각하지 않았다.

―섬에 여럿 존재한다는 동굴을 탐험해 보자. 그래서 해적의 보물을 찾는다면 재미있겠지~ 정도의 호기심이었다.

바캉스 첫날의 밤, 라프타니아에게 해적 전설을 듣고 숙소에서 작전 회의를 할 때도 그런 분위기였다.

지비아가 히죽히죽 웃으며 팔꿈치로 모니카를 쿡 찔렀다.

“그보다 의외네. 네가 보물찾기에 동참하다니 말이야.”

“그래? 평범하게 재미있어 보이잖아.”

모니카는 가볍게 어깨를 으쓱였다.

“지금 나는 남들에게 얼굴을 보일 수 없으니까. 상처도 다 낫지 않았고, 바캉스 중에 계속 해수욕하는 것도 좀.”

그녀는 요전번의 임무로 국제적 테러리스트라는 오명을 썼고 얼굴 사진도 나돌고 있었다. 이미 죽은 것으로 처리됐지만, 너무 눈에 띄는 행동은 할 수 없었다.

"뭐, 적당히 같이 놀다가 질리면 그만둘 거야. 일단 수소문이려나?"

그렇게 제안하자, 지도를 노려보던 릴리가 고개를 끄덕였다.

"네, 우선 섬의 전승을 모으고 해안을 한 바퀴 돌아보는 것부터 시작하죠!"

"그렇지. 가장 신경 쓰이는 동굴을 정해서 들어갈까."

"그러면 장비도 사서 갖춰야겠네요. 섬의 가게에서 팔까요?"

"……?"

사이좋게 대화하는 릴리와 모니카를 보고 지비아는 이상하다는 듯 고개를 갸웃했지만, 구태여 추궁하지 않고 「보물을 찾으면 어쩔 거야?」라고 말했다.

그런 느슨한 마음가짐으로 시작한 동굴 탐험이었다.

설마 정말로 대해적 자칼의 해적선과 만날 줄은 생각도 못 했다.

◇◇◇

세 사람은 발견해 버린 해적선을 다시금 올려다보며 입을 쩍 벌렸다.

"설마 이 눈으로 해적선을 보게 될 줄이야……."

"그러게. 엄청 간단히 찾았잖아. 이거 진짜 전설의 해적선 맞아?"

릴리와 지비아는 납득하지 못한 표정으로 팔짱을 꼈다.

너무 간단히 발견해서 곤혹스러웠다. 지도에 없는 거대한 동굴에 들어오니 싱겁게 도달할 수 있었다. 소녀들이 묵는 펜션에서 해안을 따라 걸으면 약 30분. 거주구와도 너무 가깝다.

이 정도면 이미 다른 주민이 발견했을 것 같지만—.

"그제 있었던 산사태 때문이야."

모니카가 동굴의 벽면을 손전등으로 비추며 말했다.

"응?"

"본래 이 배는 완전히 격리된 곳에 있었어. 목숨을 건 함정을 몇십 개나 돌파하고, 구조를 해명하고, 장치를 가동시켜야 겨우 출항할 수 있는— 그런 장치가 그제 있었던 산사태로 전부 망가져서, 바다와 이어진 이 동굴 내 호수까지 배가 떠내려온 거야."

"하아, 그렇군요. 저희가 운이 좋았네요."

확실히 동굴에는 얼마 전에 토사가 붕괴된 듯한 흔적과 망가진 톱니바퀴가 보였다. 본래 이 해적선을 지키고 있었던 벽이 무너져서 배가 호수까지 떠내려온 듯했다. 하마터면 그대로 바다까지 흘러갈 뻔했지만, 벽에 걸려서 멈춘 것 같았다.

즉, 눈앞에 있는 것은 틀림없이 미발견 해적선이었다.

릴리가 헛기침을 하고서 눈앞의 배를 올려다보았다.

"그럼 다시—."

릴리와 지비아는 크게 숨을 들이마셨다.

"해적선이다아아아아아아아아아아아아아아아아!!"

"올라타자아아아아아아아아아아아아아아아아아!!"

두 사람은 배낭을 내던지고 해적선 주위에서 펄쩍 뛰었다. 예상치 못한 대발견에 「우효~이!」 「어떻게 타는 거지?!」라고 외치며 해적선 주위를 빙글빙글 돌기 시작했다.

마치 장난감을 받은 어린아이처럼 기뻐했다.

"……나 참, 바보처럼 신나서는."

모니카는 어이없다는 듯 어깨를 으쓱였다.

해적선의 선측을 쿵쿵 두드린 지비아가 「어엉?」 하며 얼굴을 찌푸렸다.

"뭘 점잔 빼고 있어? 넌 흥분 안 돼?"

"허? 그것참 어리석은 질문이네."

모니카는 크게 숨을 들이쉬고서 눈을 부릅떴다.

"—제아무리 나라도 흥분되지이이이이이이이이이이이이이!"

평소의 쿨한 태도를 내다 버린 모니카가 갑자기 내달렸다.

그녀는 알맞게 경사진 동굴 벽면을 발견하고 뛰어 올라가 거기서 갑판으로 넘어갔다.

"내가 1등이다아아!" "아, 치사해!" "릴리의 역할이!"

지비아와 릴리도 동굴의 벽면을 타고 갑판으로 이동했다.

그리고 곧바로 전설의 해적선을 모험하기 시작했다.

갑판에 내려서자 먼저 눈에 들어온 것은 200년의 세월이 느껴지지 않을 만큼 든든하게 선 돛대 세 개였다.

"엄청 훌륭한 돛대네! 전혀 부러지지 않았어."
"생각보다 보존 상태는 좋네요. 당장에라도 출항할 수 있을 것 같아요."
"이거, 진짜 세기의 대발견 아니야……?"

이번에는 해적선 안에 들어갔다. 선실로 들어가는 문은 부식되어 있었지만 힘으로 열 수 있었다. 평소보다 50%는 더 큰 소리로 떠들며 손전등으로 내부를 탐색했다.
선장실인 것 같은 커다란 방의 중앙에는 훌륭한 의자가 있고, 뭔가가 진좌해 있었다.
"해, 해골!"
"지, 진짜 해골이네요……. 대해적 자칼일까요?"
"그럴지도. 보석을 움켜쥐고 있고……."
벌레 먹어서 원형을 거의 잃은 망토를 걸친 해골이었다.
세 사람은 그 송장 앞에서 기도를 올리고 다른 방으로 이동했다.

기도를 마친 후, 해골의 발치에 있던 계단을 내려갔다.
바다 냄새를 몇 배나 농축시킨 비린내에 코를 막았지만, 손전등으로 방 안쪽을 비추자 악취 따위는 날아가 버렸다.
"보물방이다아아아아아!"
"보물이다아아아아아아아아아!"
"어?! 진짜 대단하지 않아?! 우리 억만장자잖아?!"

방에는 세 사람이서 다 들 수 없을 만큼 많은 금화와 보석이 쌓여 있었다. 전 세계의 어느 보석 가게에서도 볼 수 없을 듯한 특대 다이아몬드와 에메랄드, 황금이 여러 상자에 가득 담겨 있었다. 손전등의 빛을 받자 그것들은 거룩하게 반짝였다.

그야말로 전설 그대로의 해적선이었다.

침실 같은 곳에는 해먹의 잔해가 매달려 있고, 술병이 흩어져 있었다. 당시 선원들의 생활까지 보이는 것 같았다. 옆에는 박력 넘치는 포실이 있었고, 포탄과 화약까지 있었다. 주방은 식자재가 썩어 있긴 했으나, 와인셀러에 있는 나무통과 병에는 아직 와인이 들어 있었고, 뚜껑을 따니 200년 발효된 감미로운 향이 풍겼다.

—지금 자신들은 전설의 해적선에 있다!

환희에 몸을 떤 릴리는 갑판으로 돌아가 선수에 올라갔다. 악마를 본뜬 오브제에 발을 올리고 크게 외쳤다.

"내가 바로 대해적 릴리다!"

"선장님! 명령을 내려 주십쇼!" "선장님! 뭐든 분부해 주십쇼!"

지비아와 모니카도 해적 놀이에 동참했다.

고양감이 마약처럼 세 사람의 이성을 녹이고 있었다. 다들 마치 진짜 해적이 된 것처럼 몽상하며 외쳤다.

"뱃머리를 오른쪽으로 꺾어라아아아아아! 적선을 공격한다아아아아아!"

""알겠습니다!!""

남은 것은 로망을 손에 넣은 광희(狂喜)뿐이었다.

세 사람의 머릿속에서는 이미 망상이 완성되어 있었다. 망망대해, 눈앞에는 자신들의 보물을 빼앗으려 하는 적선 무리. 악랄한 귀족들이 노예를 부려서 만든, 최신 기술이 집약된 목조선. 그러나 해적이 이딴 녀석들에게 굴복할 수는 없다.

"우리의 영역을 침해하는 펜드 왕국 무역 회사에게 지옥을 보여줘라! 이 총성이 개전의 신호다아아아아!"

""총성을 울려라아아아아아아아아아!""

세 사람은 가지고 있던 권총을 꺼내고 위로 발포했다.

하지만 망상과 달리 이곳은 해상이 아니라 동굴 내였다.

발사된 총탄은 동굴의 천장을 직격. 원래부터 산사태로 불안정해졌던 천장은 충격을 받고 일부 붕괴. 갑판에 떨어졌다.

—거대한 낙석이 해적선의 갑판에 구멍을 뚫었다.

"""아아아아아아아아아아아아아아아아아아아아아!!"""

세 사람은 순식간에 정신을 차렸다.

다행히 세 사람에게 떨어진 낙석은 없었으나 해적선은 무사하지 못했다. 갑판 중앙에 지름 2미터쯤 되는 거대한 구멍이 뚫렸다. 선저까지 관통되지는 않은 것 같지만, 갑판 밑에 있던 침실은 파괴되었다.

선수 부근에서 몸을 숙이고 있던 세 사람은 그 파손을 보고 숨을 삼켰다.

눈 깜짝할 사이에 현실로 돌아왔다.

“주, 중요 문화재에 구멍이…….”

“……어, 어쩔 수 없지. 처음부터 뚫려 있었다고 하자.”

식은땀을 흘리는 릴리를 진정시키듯 지비아가 말했다.

또 돌이 떨어질지도 모르기에 돛대 밑으로 이동했다. 찬물을 뒤집어쓴 것처럼 흥분은 가신 상태였다.

“진짜 어떡하죠? 어쩌면 좋을까요?”

“일단 주민에게 알리자. 현실적으로 우리의 습득물로 삼기에는 스케일이 너무 크니까. 사례로 아주 약간 보물을 받을 수 있을지도 몰라.”

“그렇죠~ 아, 그럼 처음부터 괜찮은 보물은 슬쩍해 둘까요?”

“으음~ 그건 윤리적으로 좀 그렇지 않나?”

“에이~ 발견자로서 당연한 권리예요~.”

릴리와 지비아는 향후에 관해 냉정하게 이야기를 나눴다.

아무리 그녀들이 발견했다지만, 차마 소유권을 주장할 수는 없었다. 어쨌든 인류사에 남을 만한 대발견이니까. 해적선은 주민에게 양도하여 새로운 관광 명소로 쓰든, 박물관에 기증하든, 자유롭게 활용하라고 하는 게 도리일 것이다.

그렇게 신나게 얘기하다가, 지비아는 모니카가 시종 말이 없다는 것을 깨달았다.

“—응? 모니카, 왜 그래?”

모니카는 얼굴이 파래져서 머리를 감싸고 있었다.

"주민에게는…… 좀 나중에 알리는 게 좋겠어……."

쉰 목소리였다. 생기가 전혀 없었다.

"아니, 언젠가 발견될 테고, 시간문제겠지만…… 지금은 기다려 줘……."

"응? 왜?"

"……우리, 망가뜨렸잖아? 이 해적선…… 역사적 문화재……."

"아니, 그러니까 벌어진 일은 어쩔 수 없대도. 들키면 국제 문제겠지만. 우리가 모두 말을 맞추면—."

안 들키겠지, 하고 지비아가 말을 잇기 전에 모니카가 입술을 떨었다.

그것은 너무 낙관적이었던 릴리와 지비아를 지옥에 떨어뜨리는 사실이었고, 어떤 의미에서는 보물찾기보다도 어려운 미션의 개막이었다.

"총알, 회수해야 해."

◇◇◇

—바캉스 6일째 낮.

바보 3인방은 해적선이 진좌한 동굴에 쓰러져 있었다. 가져온 식량과 물도 다 떨어져서, 천장을 보고 누운 채 현실에서 도피하듯 멍하니 있었다.

릴리와 지비아가 완전히 피폐해진 목소리로 말했다.

"……총알, 안 보이네요."

"……무리겠지. 이런 동굴에서 총알을 찾다니."

이틀간, 세 사람은 잠도 자지 않고 밤낮으로 계속 총알을 찾았다.

천장을 향해 쏜 총알은 세 발. 그것은 천장에 맞고 튕긴 후 이 동굴 어딘가에 떨어졌을 터다. 물속에 가라앉았나, 바위틈에 끼었나. 눈을 크게 뜨고 손전등의 불빛만으로 찾았지만 발견되지 않았다.

바캉스 4일째 밤에는 사라에게 강아지 조니를 빌렸으나 개의 후각으로도 찾지 못했다. 초연 냄새는 동굴 내에 진동하는 바다 냄새에 지워져 버린 듯했다.

세 사람이 이렇게 열심히 찾는 이유는 하나였다.

—총알 세 발은 소녀들이 해적선을 파손시켰다는 증거이기 때문이다.

세 사람이 사용한 것은 딘 공화국제 권총이다. 총알도 마찬가지. 최근에 제조된 것이다. 만약 해적선 내에서 나온다면, 발견자인 세 사람이 총을 쐈다는 게 명백해진다.

그리고 갑판의 구멍은 부서진 나무의 부식 상태로 최근에 뚫린 것임을 알 수 있었다.

물론 안 들킬지도 모른다. 총알이 발견되지 않을 수도 있고, 발견되더라도 갑판의 구멍과 연결하기는 어렵다. 오히려 들키지 않을 가능성이 훨씬 더 크다.

하지만— 들켰을 때의 위험성은 이루 헤아릴 수 없다!

각국의 미디어가 다음과 같은 보도를 하는 것이 세 사람의 머릿속에 스쳤다.

—『딘 공화국의 관광객이 대해적 자칼의 해적선을 발견 & 파괴. 추정 가치 300억 덴트 상당의 피해로 추정됨. 관광객은 어째선지 권총을 소지하고 있었으며, 발포한 흔적이 발견되었음. 더없이 악질적인 이 민폐 행위에 전 세계의 역사학자는 물론이고 라일라트 왕국의 문화부가 격노했으며, 국민들은 딘 공화국에 대한 항의 운동까지—.』

"사과한다고 용서받을 수 있는 일이 아니야!"

지비아가 소리쳤다.

수없이 망상을 되풀이하여 마음이 바스러져 버릴 것 같았다. 몸을 일으킨 지비아는 눈 밑이 새까매진 모니카에게 말했다.

"한시라도 빨리 찾아야 해! 안 그러면 엄청난 사태가 벌어질 거야!"

"응. 그건 알지만……."

"어쩌지? 이대로 계속 찾아봤자 끝이 안 나. 사람을 늘릴까?"

"아니, 그건 그만두자. 정보가 누설될 위험이 있어."

모니카가 고개를 가로저었다.

현재 사람의 접근은 철저히 막고 있었다. 주변에는『통행금지』간판들을 세워 뒀고, 해적선이 또 바다에 떠내려가지 않도록 여러 개의 밧줄로 묶어 뒀다.

하지만 이것도 시간 벌기에 불과했다.

주거구와 가까운 이 동굴이 주민이나 해군에게 발견되는 것도 시간문제다.

“장비를 증강할 수밖에 없어요.”

릴리가 몸을 일으켰다.

“조명과 발전기가 필요해요. 있는 대로 장비를 갖춰야 해요.”

“그렇지.”

모니카가 고개를 끄덕였다.

“이런 하찮은 손전등으로는 못 찾아.”

세 사람이 사용 중인 것은 동굴 탐험용 손전등이었다. 진행 방향은 비출 수 있지만, 공간 전체를 밝힐 광량은 못 됐다. 총알이 물속에 있다면 회수하기에는 너무 어둡다.

“마을에 가서 최고의 물건을 갖추기로 하죠. 다들 소지금 오픈!”

호령하에 세 사람은 서로에게 지갑을 보여 줬다.

릴리, 지폐 네 장. 지비아, 지폐 여덟 장. 모니카, 동전 여섯 개.

즉, 체재 중의 식비만으로 끝날 금액이었다.

모니카가 한숨을 쉬었다.

“……뭐, 이 정도겠지.”

숙박비는 이미 지불했고, 탐험 도구를 전부 현지에서 갖추며 소지금을 거의 다 써 버렸다. 이 이국의 외딴섬에서는 자국 은행에서 돈을 인출할 수도 없었다.

“우선 돈부터 마련해야 하나. 셋이서 알바라도 할까?”

"그럼 후딱 벌어야 해요. 시간이 없어요."

지비아와 릴리는 사면초가 상태에 머리를 싸맸다.

남은 시간은 앞으로 일주일. 돈을 버는 데 쓸 수 있는 날짜는 기껏해야 사흘이다.

모니카가 괴롭게 중얼거렸다.

"—한 가지 아이디어가 있어. 지금 이 섬에서 가장 간단히 거금을 벌 수 있는 방법이."

""오?""

릴리와 지비아가 흥미롭다는 시선을 보냈다.

다만 모니카는 어째선지 괴로운 듯 입술을 깨물고 있었다.

"하지만 솔직히 내키지 않아. 최악의 수단이거든."

"이, 일단 말해 봐."

지비아가 손을 흔들었다.

"그래도 해야 하잖아. 비상사태야. 다소 참아야지."

"……지금 티아는 아주 인기가 많은 것 같아. 남자들에게 조공받고 있어. 남성 군인이 많고 여자가 부족한 섬이야. 젊은 여자는 그것만으로도 가치가 있어."

정보를 듣고 릴리와 지비아는 「헉」 하고 동시에 숨을 삼켰다.

모니카는 담담히 말을 이었다.

"성 서비스의 시장 가치가 높아. —이 이상의 설명은 필요 없지?"

릴리와 지비아는 얼굴을 붉히며 입술을 깨물었다. 두 사람 다 올바르게 이해했다. 확실히 빠르게 돈을 벌 다른 방법은 떠오르지 않았다.

"아, 아니, 역시 그건……."

지비아가 눈을 굴렸다.

"나도 이런 수단은 쓰기 싫어! 하지만 어쩔 수 없잖아. 상황이 상황인걸."

강한 각오가 담긴 말에 무거운 침묵이 동굴을 채웠다.

소녀들은 5분간 침묵하다가 다른 아이디어를 모색했다. 그러나 아무리 머리를 굴려도 다른 답은 나오지 않았다. 릴리는 뺨을 붉히고서 「으으으으, 그런 건……」 하며 떨었으나, 결국 좋은 생각을 떠올리지 못했다.

모니카는 한숨을 쉬듯 말했다.

"각오를 다지자. ―우리도 깨끗한 채로 있을 수는 없는 거야."

◇◇◇

―바캉스 6일째 밤 & 7일째.

릴리, 지비아, 모니카는 동굴에서의 총알 수색을 포기하고 일단 마을로 돌아갔다. 우선 펜션에서 숙면한 후, 해가 지고 나서 움직이기 시작했다.

릴리와 지비아, 모니카의 숙소에는 티아도 묵고 있었다.

티아는 저녁 무렵에 외출한 듯했다. 호스티스 같은 옷을 입고 있었다고 펜션 주인이 가르쳐 줬다. 목적은 모르겠지만, 지금은 그걸 따질 때가 아니었다.

모니카가 펜션 주인과 교섭했다.

"방을 조금 어지르고 싶어요. 반드시 변상할게요."

『서프라이즈다』, 『종교상의 이유다』 등등 교묘하게 말을 늘어놓아 펜션 주인으로부터 허락을 받고 함구하겠다는 약속도 얻어 냈다.

세 사람은 각각 양동이에 바닷물을 가득 퍼 왔다.

"테에~이." "소오~이." "호오~이."

티아의 방에 바닷물을 뿌렸다.

겸사겸사 해조와 바다 생물도 뿌려서, 마치 초자연적 현상이 일어난 것처럼 방을 꾸몄다.

공작의 효과는 이튿날 아침에 발휘되었다.

복도 쪽에서 티아의 지친 목소리가 들려왔다.

"의류는 전부 버릴 거야. 꺼림칙해서 세탁해도 못 입어."

예상대로 꺼림칙하게 여긴 것 같았다.

해적의 저주, 라는 전승이 남아 있는 섬에서 이런 심령 현상 같은 일이 일어났으니 그야 그럴 것이다. 예상대로 티아는 개인 물건을 쓰레기로 버리기 시작했다.

그 모습을 모니카가 몰래 도촬했다.

"촬영 완료."

티아가 옷을 버리는 모습은 확실하게 필름에 담겼다.

바캉스 7일째 밤, 세 사람은 발라클라바를 쓰고 이동을 개시했다.

목적지는 해군 기지 근처의 술집이었다. 가격은 저렴하지만, 자리도 좁고 인테리어도 누추했다. 남성을 타깃으로 한 기름진 메뉴밖에 없는 가게였다.

가게에는 남성 손님밖에 없었다. 가게가 가장 붐빌 시간을 노렸기에, 40명쯤 되는 군인이 어깨가 맞닿을 듯한 거리에서 잔에 가득 따른 맥주를 위에 흘려 넣고 있었다. 담배 냄새가 가게에 진동했다.

세 사람은 주눅 들지 않고 들어갔다.

"아, 너흰 뭐야?"

가게에 있던 손님이 세 사람을 알아차렸다.

강도 같은 차림새의 인간이 나타나자 곧장 이목이 쏠렸다. 가게는 순식간에 고요해지고 이상한 긴장감에 휩싸였다.

지비아가 한 발짝 앞으로 나섰다.

"오늘 아침, 『검은 머리 서큐버스』가 소지품을 정리했어. 이건 그녀가 많은 의류를 버리는 현장 사진이야."

막 현상한 사진을 지비아가 들었다.

여러 장 뽑았기에 근처에 있는 손님들에게 뿌렸다. 그들은 사진을 보더니 「아, 정말이네」「그 아름다운 소녀야」라며 들뜬 목소리를 냈다.

그랬다. 이 반응을 얻으려고 일부러 티아가 옷을 버리도록 꾸민 것이었다.

다시 모두의 시선이 모이자, 지비아가 목소리를 높였다.

"『검은 머리 서큐버스』 중고 의류 옥션, 개·최·다아아아아아!!"

""""""""우오오오오오오오오오오오오오오오오오오오!!""""""""

가게에 있던 땀내 나는 남자들이 단숨에 들끓었다. 손님뿐만 아니라 남성 점원까지 두 팔을 번쩍 들고 함성을 질렀다. 여자에 굶주린 남자들의 열광은 식을 줄을 몰랐다.

티아의 중고 의류는 예상보다 다섯 배는 더 비싸게 팔렸다.

【지비아는 양심상 팔지 않은 티아의 속옷을 얻었다!】

【릴리 일행은 선박용 조명을 얻었다!】

◇◇◇

―바캉스 8일째.

바보 3인방의 바보짓은 멈추지 않았다.

"돈은 생겼지만, 애초에 섬에 발전기를 파는 가게가 없었어."

"확인을 못 했네요. 하하~."

"멍청한 대화 나누지 말고 얼른 준비해."

지비아, 릴리, 모니카순으로 말하고서 해적선에 들어갔다.

중고 의류 옥션으로 충분한 금전을 얻고, 그 일부를 티아의 방을 어지른 청소비로 펜션 주인에게 주고 나서도 충분한 금액이 남았다. 그걸로 거대한 선박용 조명을 산 것은 좋았지만, 발전기는 공교롭게도 매진되어 있었다.

동굴 안에서 조명을 쓰려면 어디선가 발전기를 입수해야 했다.

모니카가 해적선의 선내를 뒤지며 말했다.

"정신 바짝 차려야 해. 발전기를 얻을 수 있는 장소는 한정되어 있으니까."

"그래서 해군 기지에 가는 건가."

"기지 어딘가에 발전기 정도는 있겠지. 그걸 잠깐 빌리자."

모니카는 해적선의 창고에 쌓여 있던 의류를 발견했다.

200년의 세월을 거친 옷은 도저히 청결하다고 말할 수 없었다. 거의 다 곰팡이와 벌레에 침식되어 무수히 구멍이 뚫려 있었다.

릴리가 싫다는 듯 얼굴을 찡그렸다.

"근데 왜 이 넝마를 입는 거예요? 으으, 비린내……."

"우리가 가져온 사복이나 섬에서 파는 옷을 입고 숨어들 수는 없잖아."

만에 하나 발각되면 곤란하다.

도시에서의 스파이 활동과는 달리, 인구가 적은 이 섬에서는 복장으로 개인을 특정하기 쉽다. 평소에 입는 임무용 옷은 이 바캉스에 들고 오지 않았다.

해적의 옷 중에서 최대한 깨끗한 셔츠와 망토를 3인분 골랐지만 냄새는 심했다.

"뭐, 대책은 이 정도면 되겠지. 밤에 샤샤샥 숨어들어서 회수할 뿐이니까."

그렇게 낙관적인 말을 하고서 세 사람은 준비에 착수했다.

모니카의 예상은 옳았다. 밤중에 해군 기지에 숨어든 소녀들은 창고에 잠들어 있던 발전기를 간단히 발견했다. 경비 시스템 등은 완벽히 해제하여, 누구에게도 들키지 않고 목표물을 회수. 지비아가 짊어지고 즉시 철수하려고 했다.

많은 수라장을 거친 소녀들에게 이 정도는 손쉬웠다.

문제는 그녀들이 창고에서 나온 직후에 발생했다.

""""……돌아갈 수가 없어.""""

섬에 갑자기 폭풍이 찾아왔다.

바람이 휘몰아치고 비가 후려치듯 거세게 내렸다. 나뭇가지와 쓰레기가 날아다녀서 밖을 걷는 것도 위험했다.

소녀들은 한동안 창고에 숨어 있었지만, 폭풍은 잠잠해질 기미가 전혀 없었다.

오히려 시간이 지날수록 거세졌다.

“어? 이거 어쩌지? 발전기를 짊어지고 해안을 걸을까?”

“아니, 무리겠지. 발전기가 망가질지도 몰라.”

“추워여. 흐에취!”

지비아, 모니카순으로 중얼거리고, 릴리가 호쾌하게 재채기를 했다.

예전에 해적이 입었던 넝마를 걸치고 있는 탓에 방한 성능은 전무했다. 저기압 때문인지 기온이 확 떨어져 있었다.

모니카가 릴리를 힐끗 보고서 한숨을 쉬었다.

“따뜻한 물 정도는 빌리자. 이래서야 감기 걸리겠어.”

창고에서 나가 군인 숙소 쪽으로 걷기 시작했다.

지비아와 릴리도 「어?」 하고 놀리긴 했지만, 곧장 모니카의 뒤를 쫓았다. 지금은 몸을 녹이는 게 우선이었다.

여성용 숙소는 커튼이 쳐져 있고 고요했다. 이미 다들 취침하고 있는 것 같았다. 4층 건물이었고, 1층은 식당이었다. 창문으로 들여다보니 온수기도 보였다.

뒷문을 발견하여 피킹 도구로 문을 따고 소리 없이 잠입했다.

모니카는 의기양양하게 어깨를 으쓱였다.

“흥. 이런 촌구석의 해군 기지에 내 잠입을 눈치챌 자가 있을 리 없지.”

그건 명백한 방심이었다.

그녀들은 식당에 한 걸음 발을 들이고서 실책을 깨달았다.

—실은 해군 숙소에 세 사람의 잠입을 알아차릴 수 있는 자가 있었다.

음? 하고 세 사람이 기척을 눈치챔과 동시에, 그자는 현관 쪽에서 소리를 들은 것처럼 날갯짓하여 식당 중앙의 테이블에 내려앉았다.

"——?!"

그리고 깜짝 놀란 것처럼 몸을 움찔했다.

세 사람은 그자—라기보다 그 매의 이름을 알고 있었다.

"……버나드?"

모니카가 고개를 갸웃했다.

사라의 애완동물인 매였다. 이제는 『형안』이라는 코드 네임을 받은 『등불』의 일원. 왜 이 해군 숙소에 그가 있는 것일까.

잘못 본 건가 싶었다.

"버나드네요." "버나드네." "버나드지."

하지만 역시 몇 번을 봐도 똑같았다.

뒷문의 상야등 불빛을 받은 매는 침입자들을 지그시 바라보고 있었다.

"……."

"엄청 노려보고 있지 않아요?" "왜지?" "수상한 인물이라서 그렇겠지."

매는 밤에도 사람만큼 눈이 보인다고 한다.

갑자기 날개를 활짝 펼쳤다. 아무래도 수상한 인물로 인식한 듯했다.

식당을 날아 구석에 쌓여 있던 의자에 몸을 부딪쳐 무너뜨렸다.

커다란 소리가 났고, 식당 밖에서 「뭐야?!」「도둑?!」 하고 외치는 여성의 목소리와 발소리가 들렸다.

"큭, 이 바보새……!!"

"버나드 대선생님에 대한 무례한 발언은 용서할 수 없어요!"

"차단기를 내려. 몸을 녹일 수 있는 걸 얼른 확보하고 내빼자."

이후의 솜씨는 훌륭했다.

모니카는 동전을 던져서 식당에 있던 차단기를 내려 숙소 전체를 정전시켰다. 지비아는 재빨리 찬장에서 성냥과 양초를 찾았다.

여성 군인은 혼란스러워하는 것 같았지만 용감하게 식당 쪽으로 왔다.

그리로 릴리가 달려가 복도 앞을 막아섰다.

"에잇, 될 대로 되라죠!"

그녀는 일단 휴대하고 있었던 애용품, 마비 가스를 작동시켰다.

"코드 네임 『화원』— 미쳐 만발할 시간이에요!"

실내에서라면 압도적인 제압력을 자랑하는 그녀의 특기.

복도에 살포된 가스는 여성 군인들의 몸을 움직이지 못하게 했고 혼란에 빠뜨렸다.

그 후 소녀들은 시간을 벌며 성냥과 양초를 찾다가, 어째선지 도중에 등장한 사라에게 걷어차이고 해군 기지에서 도망쳤다.

【모니카는 해군 기지에서 훔친 발전기를 얻었다!】

【릴리는 매 버나드에게 쫓기게 되었다!】

◇◇◇

—바캉스 9일째.

우여곡절을 거쳐 조명과 발전기를 확보한 세 사람은 해군 기지 구석에서 성냥과 양초만으로 몸을 녹이며 하룻밤을 보내고서 이른 아침 귀로에 올랐다.

펜션으로 돌아갈 기력조차 남아 있지 않았기에, 도중에 숨겨 뒀던 사복으로 갈아입고 모래밭에 쓰러졌다. 언제 폭풍이 왔었냐는 듯 모래밭은 건조했다. 해변은 어떤 깃털 이불보다도 포근하게 세 사람을 감쌌다.

"우리는 왜 굳이 외딴섬에서 이렇게 피폐해져 있는 걸까."

"몰라. 아무튼 오늘은 쉬고, 내일부터 사흘간이 승부처야."

"저기, 버나드 대선생님이 아직도 상공에서 쫓아오는데요……."

모처럼 생긴 휴가를 시궁창에 버리는 바보짓이라서 소녀들도 어이가 없었지만, 돌이킬 수 없는 사태이니 어쩔 수 없었다. 폭풍이 지나간 푸른 하늘에서 매가 놓치지 않겠다는 듯 빙글빙글 선회하고 있었다.

세 사람이 모래밭에서 푸르른 하늘을 올려다보고 있으니 그레테가 다가왔다.

"여러분, 어떻게 된 건가요……?"

걱정스럽다는 듯 바라보았다.

솔직히 밝힐 마음은 들지 않았기에 대충 둘러대고, 지비아가 「그레테는 어때? 바캉스 만끽하고 있어?」 하고 얘기를 꺼냈다.

"……글쎄요, 어떨까요?"

그레테는 씁쓸하게 웃었다.

"응?" "오요?" "어?"

세 사람은 그 반응을 보고 고개를 갸웃했다.

가만히 시선을 주자, 그레테는 체념한 듯 밝혔다.

"질 수 없는 싸움에 임하려고 합니다. 늘 그렇듯이요……."

아무래도 클라우스 때문에 고민 중인 것 같았다. 그녀의 가라앉은 얼굴에서 심각함이 보였다. 혹시 약혼자라는 여자가 나타난 탓일까.

"그레테."

모니카가 일어나서 그레테의 어깨에 손을 얹었다. 정면으로 그녀를 응시했다.

"자세한 사정은 모르지만, 내가 주는 조언은 하나려나."

모니카는 죽은 물고기 같은 눈으로 말했다.

"—중요한 것을 놓쳐선 안 돼."

중요한 것(총탄)을 놓친 여자의 말은 무게가 달랐다.

이어서 릴리와 지비아도 웃었다.

"맞아요. 놓치고 나서 깨닫는 것만큼 슬픈 일은 없어요. 후회만 남아서 밤마다 울고—."

"하지만 아무리 원해도 시간은 돌아오지 않아. 그레테 너는 그런 실수 하지 마."

다들 눈에 빛이 없었고, 목소리에는 절실한 감정이 담겨 있었다.

중요한 것을 놓친 여자들의 실감이 담긴 조언에 그레테는 「여러분……!」 하고 감격한 듯 반응했다.

세 사람은 눈빛으로 《우리는 무슨 자격으로 이런 말을 하는 걸까》 《어? 릴리 울었어?》 《매일 밤 3데시리터씩이요》라고 대화했다.

하도 어이가 없다 보니 이제는 후련한 마음도 들었다.

지비아는 벌떡 일어나서 「그럼 그레테의 승리를 기원하며 놀고 갈까!」라고 말하며 그레테에게 어깨동무를 했다.

모니카와 릴리는 「뭐? 지금?!」 「더 쉬고 싶어요오……」라며 곤혹스러워했지만, 지비아가 「뭐 어때!! 바캉스잖아」라고 주장하자 그녀들도 어이없다는 듯 웃으며 그레테에게 몸을 날렸다.

「예에?!」 하고 당황하는 그레테를 바다로 끌고 갔다.

「에라 모르겠다!」 「자포자기다!」 하고 신나게 외치며 그날은 밤까지 내리 놀았다.

스트레스가 한계에 도달했기에 나온 폭주였다.

【지비아는 격려의 답례로 그레테로부터 하얀 천을 받았다!】

해가 저물어 그레테가 펜션으로 돌아가고, 릴리 일행은 해변의 레스토랑으로 향했다.

손님이 별로 없는 차분한 분위기의 가게였다. 창문은 활짝 열려 있어서 바닷바람이 들어왔다.

오랜만에 먹는 제대로 된 저녁 식사라 릴리는 처음에 활기차게 해산물 요리를 먹었지만, 이윽고 테이블에 엎어져 평온한 숨소리를 내며 잠들었다. 피로가 정점에 달한 듯했다.

오징어 파에야가 나왔음에도 불구하고 릴리는 「더는 못 먹어요오」라며 잠꼬대를 했다. 평소의 릴리라면 있을 수 없는 일이었다. 천재지변이 일어날 조짐일까.

"숙소에 돌아가서 자. 하여간……."

모니카가 파에야를 나누면서 한숨을 쉬었다.

"……."

지비아는 모니카의 얼굴을 가만히 관찰하다가, 기름이 번들거리는 스푼의 오목한 부분으로 릴리의 코를 찰싹찰싹 때렸다. 그래도 전혀 일어날 기미가 없었다.

릴리는 깊은 잠에 빠진 것 같았다.

그걸 확인하고서 지비아는 모니카 쪽으로 의자를 틀었다.

"있잖아, 모니카. 줄곧 신경 쓰이는 게 있는데 물어봐도 돼?"

"뭔데?"

"—결국 릴리와의 사랑은 어떻게 됐어?"

파에야를 먹던 모니카가 콜록거렸다. 지비아가 내민 물잔을 잡고 황급히 생수를 마신 후 크게 심호흡했다.

"그걸 파고드는 거야?"

모니카가 비난하듯 노려보았다.

하지만 지비아로서는 당연한 의문이었다.

펜드 연방에서의 임무 직후, 릴리와 모니카 사이가 서먹서먹하던 기간이 있었다. 모니카가 『너를 좋아해』라고 솔직하게 전한 것 때문에 릴리가 곤혹스러워한 것이다. 그 후 아지랑이 팰리스에서 서로 대화를 나눈 것 같은데, 결론은 두 사람만 알고 있었다.

손바닥이 위를 향하도록 오른손을 들고서 지비아가 말했다.

"아니, 사이에 낀 내 입장을 생각해 봐. 엄청 불편하다고."

"그건 그럴지도 모르지만……."

"최소한의 정보만이라도 가르쳐 주면 안 돼? 어떻게 행동해야 할지 모르겠어."

사실 지비아는 줄곧 신경 쓰고 있었다.

어째선지 예전 같은 관계로 돌아온 릴리와 모니카 사이에 끼어서, 분위기를 띄워야 할지, 단둘이 있도록 만들어 주는 게 좋을지, 내내 골머리를 썩였다.

모니카는 파에야의 홍합 껍데기를 곯아떨어진 릴리의 머리에 슬쩍 올렸다. 하지만 릴리가 일어날 것 같지는 않았다.

"신경 쓰지 말자. 예전 같은 관계로 있자. ―그렇게 결론 났어."

"흐응…… 누가 말한 거야?"

"내가 희망했어. 그게 가장 안락하니까. 릴리도 승낙해 줬어."

즉, 현상 유지인 모양이다.

식후 홍차를 주문한 모니카는 테이블에 팔꿈치를 올리고서 눈을 피하듯 창밖을 보았다. 자세히 말할 생각은 없는 듯했다.

"더 설명 안 해도 되지?"

"응. 다만 무슨 일 있으면 혼자 끌어안지 말고 얘기해 줘."

"……글쎄, 어쩔까."

"티아보다는 낫잖아."

"그건 맞아."

지비아는 릴리가 먹지 않은 파에야를 자신의 접시에 담고 먹어 치웠다. 왠지 맛있게 느껴졌다.

바닷바람이 불 뿐인 조용한 시간이 한동안 이어졌다.

홍차가 나올 무렵에 모니카가 불쑥 중얼거렸다.

"클라우스 씨 말이야, 우리 전원이 집합하는 걸 금했잖아?"

"응? 아아, 그랬지."

바캉스 첫날 말했던 알 수 없는 규칙이었다. 1일째, 13일째, 14일째 외에는 전원이 집합해선 안 된다. 지비아는 그 의도를 아직 이해하지 못하고 있었다.

"그거, 일종의 훈련이지 않을까. 클라우스 씨가 꺼낸 말이니까."

모니카는 정신없이 자는 릴리의 정수리를 바라보았다.

"—아마, 우리 『등불』은 뿔뿔이 흩어질 거야."

"뭐—?"

지비아가 숨을 삼켰다.

"클라우스 씨의 심각한 얼굴을 보면 그렇지 않을까 해. 그레테도 눈치챈 것 같았어."

"아…… 그래서 보스와의 관계를 고민한 건가?"

모니카가 홍차를 마시고 작게 한숨을 쉬었다.

"이 바캉스는 그 예행연습인 거지. 몇 달, 반년, 혹은 1년, 우리는 뿔뿔이 흩어져서 연락조차 못 하게 될 거야."

"……."

"세계의 위기는 다가오고 있어. 정보 수집의 효율을 높일 거라면 당연한 판단이야."

모니카의 설명을 듣고 지비아는 납득하지 않을 수 없었다.

지금까지 『등불』은 다 같이 한 도시에 장기간 체재하는 일이 많았는데, 그건 아마 소녀들을 지키기 위한 클라우스의 판단이었을 것이다.

—그러나 만약 『등불』이 흩어진다면?

클라우스는 전 세계를 종횡무진할 수 있다. 세계 각지에 있는 『등불』 멤버에게 정보를 받아 어려운 일을 수행하고 또 다른 나라에 갈 수 있다.

효율만을 생각하면 틀림없이 옳은 선택이다.

"물론 어느 정도의 규모로 언제까지 『등불』을 이산시킬 건지는 몰라. 다만 클라우스 씨가 고민하는 걸 보면 상당한 거겠지."

"……그렇지."

"쓸쓸하지 않다고 하면 거짓말이야."

지비아는 고개를 끄덕였다.

이전에도 『등불』은 단기간이라면 따로따로 생활한 적이 있었다. 가르가드 제국과 룽청에서는 한 달 가까이 팀을 둘 내지 셋으로 나누어 임무를 수행했었다.

하지만 그때도 같은 도시에 체재하고 있었고, 정보 교환 등으로 얼굴을 마주했었다. 한두 달 후에는 아지랑이 팰리스에 돌아가 다 같이 야단법석을 떨 수 있었다.

—『등불』의 이산.

싫다고 난리 치는 건 간단하지만, 다가오는 세계의 위기를 생각하면 받아들일 수밖에 없었다.

모니카는 다시 릴리의 정수리를 보고 있었다. 그 표정 안쪽에 있는 감정은 알 수 없었으나, 매우 따뜻한 시선인 것은 틀림없었다.

지비아는 할 말을 고르는 데 시간이 걸렸다.

"……대해적 자칼은 고향에 두 번 다시 돌아가지 않았대."

"뭐야, 그게."

모니카가 희미하게 웃었다.

지비아는 어깨를 으쓱였다.

"자칼은 어떤 마음이었을까."

"그야 모르지."

"만나 보고 싶다, 대해적."

스스로도 무슨 말을 하고 싶은 건지 알 수 없어져서 지비아는 입을 다물었다.

다만 그 동굴에 있는 해적선과 선장실에서 숨져 있던 해골을 떠올리고, 망망대해로 용감하게 뛰쳐나온 자칼을 몽상했다.

◇◇◇

—바캉스 10일째.

바다에서 놀고 펜션에서 취침하여 기운을 회복한 세 사람은 다시 해적선이 잠든 동굴로 돌아갔다. 다행히 누가 침범한 흔적은 없었다. 어떻게든 들키지 않고 있었다.

해적선이 있는 동굴은 역시 어둠에 휩싸여 있었으나 이번에는 장비가 달랐다.

“자! 총알을 순식간에 찾아내고 바캉스를 만끽하는 거예요오!”

릴리의 호령하에 지비아와 모니카가 가져온 장치를 가동시켰다.

“발전기 작동!!” “조명 점등!!”

원래는 어선에서 오징어나 물고기를 유인하는 데 쓰는 조명이라고 했다. 해적선의 갑판과 동굴에 총 다섯 개를 놓고 기동시켰다. 지름 50센티쯤 되는 거대한 조명이 동굴을 비췄고, 같이 준비한 거울에 반사시켜서 동굴 전체를 밝혔다.

효과는 확실했다. 지금까지 손전등으로 일일이 비추던 수고를 덜게 되면서 시야가 현격히 넓어졌다. 수중에 조명을 비추니 바닥까지 보였다.

두 시간쯤 지나자 성과가 있었다.

"오, 하나 찾았어."

"나도 하나 찾았어."

모니카와 지비아가 각자 하나씩 총알을 발견했다. 둘 다 동굴의 물속에 떨어져 있었다. 조명이 없었다면 발견하지 못했을 장소였다.

이 결과에 릴리는 만족스러운 듯 고개를 끄덕였다.

"후후, 하나 남았네요. 역시 효율이 전혀 달라요. 순식간이에요."

"긴장을 늦춰선 안 돼."

모니카는 손을 움직이며 질책했다.

"지금 이 순간에도 누군가에게 들키면 아웃이니까."

"아, 알고 있어요~ 하지만 동굴 입구에 『출입 금지』 간판도 세워 뒀는걸요."

"그렇게 방심하다가 큰코다치게—."

모니카의 말이 도중에 막혔다.

거대한 그림자가 동굴에 생겨났기 때문이다. 동굴에 둔 조명 앞에 누군가가 서 있었다. 동굴 벽에 생겨난, 우뚝 선 트윈테일 소녀의 그림자.

세 사람은 거의 동시에 조명으로 달려갔다.

"나님! 어어어어어어어엄청난 걸 발견했어요!!"

동굴에 나타난 것은— 아네트였다.

회분홍색 트윈테일을 흔들며 폴짝대고 눈을 반짝반짝 빛내고 있었다.

처음에 릴리 일행이 해적선을 발견했을 때처럼 「굉장해~」「굉장해~」라며 어휘력을 잃고 온갖 각도에서 구경하고 있었다.

“나님! 완벽해요! 해군 기지에서 이상한 옷을 입은 누님들을 발견하고 줄곧 미행한 보람이 있었어요! 버나드도 상공에 있었기에 추적하기 쉬웠어요!”

그 해군 기지에는 아네트도 있었던 모양이다. 기척을 죽이는 데 뛰어난 소녀였다. 미행을 전혀 눈치채지 못했다.

아네트는 자랑스러운 듯 내막을 밝힌 후 몸을 휙 돌렸다.

“나님, 당장 다른 주민에게 알리고 올래요!”

세 사람은 즉시 아네트의 치맛자락을 붙잡고 늘어졌다.

릴리가 필사적으로 외쳤다.

“아네트, 그건 안 돼요! 좋지 않아요! 까딱하면 국제 문제가 발생해서 클라우스 선생님이 저희를 초주검으로 만들 거예요.”

“나님! 그런 자잘한 일은 알 바 아니에요!”

“이 악마아아아아아아아아아아아!”

생각할 수 있는 최악의 침입자였다.

아네트는 보통 사람과 사고방식이 다르다. 무엇보다도 자신이 최우선이다. 심지어 때로는 타인을 기꺼이 괴롭히기도 한다. 정상적인 설득은 통하지 않는다.

“—교섭하자, 아네트!”

지비아가 외쳤다.

"뭘 원해? 함구해 준다면 원하는 걸 뭐든 들어줄게!"

체면 따위 차리지 않는 전면 항복이었다.

교섭으로서는 하책 중의 하책이었다. 모니카가 「바보야! 아네트 상대로 그건……!」 하고 끼어들었지만, 지비아는 「어쩔 수 없잖아!」 라며 일갈했다.

그러자 아네트는 몸에서 힘을 뺐다. 애원하는 세 사람을 표정 없이 바라보더니—.

"으히."

—하고 처음 보는 수준으로 입꼬리를 올렸다.

불길한 예감밖에 안 들었다.

"그럼 태도로 보여 주세요!"

치마에서 손을 뗀 세 사람은 「「「예! 아네트 님」」」 하고 말하며 동굴에 무릎을 꿇었다.

"우선 선내를 안내해 주세요! 그리고—."

아네트는 세 사람을 거느리고서 드높이 선언했다.

"—나님이 희망하는 재료를 모아 온다면 함구해 줄게요!"

◇◇◇

—바캉스 11일째 & 12일째.

아네트는 이틀간 릴리 일행을 부려 먹었다. 그녀는 철을 가져오

라는 둥 주석을 가져오라는 둥 은을 가져오라는 둥 대량의 재료를 요구했고, 그 요망에 부응하기 위해 세 사람은 섬 전체를 뛰어다녀야 했다.

그리고 아네트는 해적선 자체에도 흥미를 보였다.

"나님, 보물의 내용도 궁금하니까 전부 내려 주세요! 대해적 자칼의 모자도 검도 전부요!"

"네에에에에에에에엡!"

선실을 가득 채운 보물을 전부 배에서 내리게 되었다. 일반 시민보다는 힘이 센 소녀 셋이 반나절쯤 걸려서 하역을 끝냈다. 그 정도로 보물이 많았다. 배의 구석까지 쌓여 있었다.

도중에 세 사람은 동굴을 떠나 「아네트를 덮치자」 「묶어 버리자」라며 계획을 짰지만, 건드렸다가 만에 하나 실패하면 끝장이었다. 거스를 수 없었다.

결국 해방된 것은 12일째 저녁이었다.

"나님! 이로써 재료를 잔뜩 모았어요!"

동굴에 산더미처럼 쌓인 금속을 보고, 아네트는 만족한 듯 고개를 끄덕였다.

"대, 대체 뭘 만들려는 건가요……?"

이마에 땀이 맺힌 릴리가 물었지만 대답은 없었다.

아네트는 양손을 허리에 얹고서 「이제 해방해 줄게요!」라고 선언했다.

세 사람은 힘없이 고개를 숙였다.

"""네, 아네트 님……."""

"아, 그리고 누님들!"

폴짝 뛴 아네트가 세 사람에게 얼굴을 쑥 내밀었다.

"이거, 갑판에 떨어져 있었는데 줄게요!"

"""어……?"""

그건 릴리가 쏜 총알이었다. 아네트가 주웠던 모양이다.

세 사람이 말을 잇지 못하고 아연히 있는 사이에 아네트는 이동했다.

크게 한숨을 쉰 세 사람은 해적선 옆에 주저앉았다. 다 같이 등을 맞대고 서로에게 체중을 실어서 균형을 잡았다.

모니카, 지비아, 릴리순으로 미소 지었다.

"뭐, 이런저런 일이 있었지만—."

"이로써 미션 컴플리트인 거네."

"긴 여정이었지만 어떻게든 정리됐네요."

주먹을 맞부딪치며 서로를 치하했다.

시간이 아슬아슬했지만, 마침내 총알 세 개를 찾았다. 내일 아침까지 자더라도 바캉스를 즐길 시간은 충분히 남았다.

세 사람은 멍하니 해적선을 올려다보았다.

일부 파손됐다고는 하나, 해적선은 여전히 늠름하게 동굴에 진좌해 있었다. 몇 번을 봐도 익숙해지지 않는 기적 같은 광경이었다.

"슬슬 이 대발견을 보고해야겠죠."

그게 최후의 일이었다. 경찰이나 해군에게 말하면 분명 바로 달려올 것이다.

릴리의 중얼거림에 지비아가 동의했다.

"분명 다들 깜짝 놀라겠지. 섬 전체가, 아니 전 세계가 들썩일 거야."

"……."

모니카는 두 사람의 대화에 끼지 않고 천천히 일어났다.

받쳐 주던 한 사람이 갑자기 빠지면서 균형을 잃은 릴리와 지비아는 「『어이쿠』」 하는 소리를 내며 넘어졌다.

이에 아랑곳하지 않고 모니카는 해적선으로 다가갔다.

"마지막으로 한 번 더 타기로 할까."

""어?""

"이제 해적선은 못 볼 거야. 분명 다시는 접근할 수 없겠지. 연구자가 우르르 몰려들고, 이 동굴은 출입 금지 구역이 되지 않을까."

맞는 말이라며 다른 두 사람도 동의했다.

역사 유산 그 자체인 이 해적선의 존재가 알려지면 제일 먼저 이루어지는 것은 보전이다. 동굴은 즉시 봉쇄될 거고, 해적선에 오를 수도 없게 된다.

릴리도 「그것도 그러네요」라고 외치며 일어났다.

"추억 삼아 오르기로 할까요! 마지막으로 또 해적 놀이 할래요?"

"총은 절대 쓰지 마."

달려가는 릴리를 보며 모니카가 눈을 가늘게 뜨고 못을 막았다.

그대로 뒤를 쫓으려는 모니카에게, 지비아가 끌어안듯 목에 팔을 두르고서 귓가에 속삭였다.

"야, 모니카. 릴리와 단둘이 있게 해 줄까?"

"뭐? 그러니까 그런 건—."

"뭐, 어때. 바캉스의 추억이야. 나는 떨어져 있을게."

지비아는 히죽 웃고 모니카의 등을 쳤다.

모니카는 항의하듯 입술을 깨물었지만, 멀어지는 지비아의 등을 한동안 바라보다가 크게 한숨을 한 번 쉬고서 해적선의 갑판으로 올라갔다.

먼저 올라와 있던 릴리는 선수에 한쪽 발을 올리고서 거들먹거리는 포즈를 취하고 있었다. 머리를 쓸어 올려 올백으로 만들고 용맹한 표정을 짓고 있었다.

"선장 릴리예요."

"갑자기 뭐야?"

"모니카랑 지비아한테 용기를 주려고요. 뭔가 불안해 보이는 얼굴이길래."

"……!"

생각지 못한 곳을 찔려서 모니카는 숨을 삼켰다.

두 사람의 불안— 9일째에 이야기했던, 앞으로 『등불』이 뿔뿔이 흩어질 가능성.

모니카와 지비아는 일부러 그걸 릴리에게 말하지 않았으나 눈치챈 모양이다. 동료의 감정에는 민감한 소녀였다.

"그 정도는 알아차려요. 이래 봬도 『등불』의 리더거든요."

릴리는 선수 너머를 바라보며 중얼거렸다.

“분명 저희는 앞으로 망망대해에 나가겠죠. 정확한 지도도 없이, 거센 파도에 휩쓸리는 격동의 시대에.”

“그렇겠지…….”

“하지만 두려워하지 않아도 돼요. 왜냐하면 우리는 대해적 자칼의 해적선을 발견한 스파이니까요. 세계의 비밀 따위 껌이지 않겠어요?”

릴리는 용맹하게 단검을 전방으로 들고서 말했다.

“이 긴 항해, 반드시 성공할 수 있을 거예요! 저희 『등불』이라면!”

“……그렇지. 응, 그럴지도.”

해적선에서 선언하는 릴리.

어이없다는 듯 한숨을 쉬면서도 눈은 웃고 있는 모니카.

그리고 그런 두 사람의 대화를 밑에서 듣고, 팔짱을 낀 채 고개를 끄덕이는 지비아.

어떤 역경에도 릴리의 목소리는 용맹하다. 스파이로서의 능력은 높지 않아도, 그녀가 선언하면 어떤 임무든 달성할 수 있을 것 같은 신기한 에너지가 샘솟는다.

—이 바캉스 끝에 있는 임무도 극복할 수 있을 것 같다는 희망이 들었다.

릴리가 명랑한 목소리로 선언했다.

“배를 띄워라아아아아아! 『등불』 해적단의 출항이다아아!”

“예이예이, 릴리 선장님.”

두 번째 해적 놀이가 시작되어 모니카는 쓴웃음을 지었다.

물론 그건 비유였다. 다음 임무를 망망대해에 빗댔을 뿐이다. 배를 띄우라는 것도 그저 임무에 도전하자고 고무한 것이었다.

—하지만 해적선은 스르르 움직이기 시작했다.

"""어?"""

세 사람은 살면서 가장 얼빠진 소리를 냈다.

모니카가 즉시 갑판 끝으로 이동하여 밑에 있는 지비아에게 외쳤다.

"지비아?! 뭐 하는 거야?!"

"아니, 나도 몰라! 난 아무것도 안 했어. 밧줄이 끊어져 있어!"

지비아는 배를 동굴에 묶어 뒀던 밧줄로 달려갔다. 다섯 개 모두 잘려져 있었다. 지비아는 그 밧줄을 잡고 황급히 해적선을 향해 던졌으나, 해적선은 이미 바다로 흘러가서 밧줄은 물속에 잠겨 버렸다.

왜 이런 사태가 벌어졌는지 의문스럽기만 했으나.

"—나님! 시키는 대로 배를 띄웠어요!"

엉뚱한 목소리가 동굴 내에 울렸다.

모두가 그곳으로 시선을 돌리니, 대해적 자칼의 모자를 쓴 아네트가 척 경례하고 있었다. 아직 동굴에 남아 있었던 모양이다.

전부 그녀가 벌인 짓인 듯했다. 배를 움직이는 장치라도 해 둔 걸까.

"""하아아아아아아아아아아아아아아아아아아아아?!"""

절규하는 세 사람의 저항이 무색하게, 해적선은 조금씩 바다 쪽으로 이동했다.

해적선은 모니카와 릴리를 태운 채 호수에서 바다로 이어진 동굴 내의 강을 나아갔다. 중간중간 벽에 부딪히면서도 확실하게 동굴의 출구로 향했다.

지비아는 배를 쫓으며 열심히 해적선을 멈추려고 했으나 방법이 없었다. 절단된 밧줄은 짧아서 쓸모가 없었다. 지비아 한 명의 힘으로 멈출 수 있는 사이즈는 아니었다.

이대로 가면 해적선은 동굴 밖으로 나가서 바다를 표류할 것이다.

'—아무튼 큰일 났어!!'

망설이고 있을 때는 아니었다.

"사람을 불러올게! 너희는 해적선을 잘 지켜 줘!"

"아, 알겠어요……!"

지비아는 고함치듯 말을 전하고서 마을을 향해 달렸다. 아네트에게 뭔가 지시할 여유는 없었다. 그녀를 두고 해안을 최고 속도로 달려, 일반인이 도보로 30분 이상 걸리는 길을 10분도 안 되어 주파했다.

익숙한 해변에 도달했을 때, 바닷가에 앉아 있는 소녀의 모습이 보였다.

다행히 지비아도 아는 사람이었고, 지금 필요한 인물이었다.

"라프타니아 씨!!"

"응? 뭐야……?"

지비아가 첫날 만난 펜션의 외동딸 라프타니아는 의아해하는 시선을 보냈다. 엉덩이에 묻은 모래를 털며 일어났다.

"아, 클라우스 님의 제자인가. 무슨 일이길래 그렇게 허둥지둥—."

"모터보트를 꺼내 줘! 배가 있다고 했었지?!"

"어?"

"설명하자면 길어! 아무튼 조난자가 생겼어. 지금 먼바다로 떠내려가고 있어서—."

이야기하며 지비아는 눈썹을 찌푸렸다.

라프타니아의 눈은 부어 있었고, 커다란 눈물방울이 뺨을 타고 흐르고 있었기 때문이다.

'허? 왜 울고 있었던 거지?'

지비아는 전혀 이해할 수 없었다.

다만 그녀는 해변에서 혼자 울고 있었던 것 같았다. 옷깃까지 젖어 있었다. 눈물이 거기까지 도달할 만큼 긴 시간을 여기에 있었던 듯했다. 손에는 호화로운 웨딩 부케를 들고 있었는데, 세게 끌어안은 탓인지 꽃은 뭉개져 있었다.

"……조난자?"

라프타니아가 이상하다는 듯 고개를 갸웃했다.

그 말을 듣고 퍼뜩 정신을 차렸다. 지금은 왜 울었는지 묻고 있을 때가 아니었다.

「예상을 뛰어넘은 기적이 있었어」라고 말하며 그녀의 손을 잡고, 라프타니아를 강제로 끌고 갔다.

한편, 해적선에 남은 릴리와 모니카는 열심히 배를 지키고자 했다.

자신들의 생존만 생각한다면 배에서 뛰어내리면 그만이었다. 하지만 그러면 해적선은 선원 없이 바다를 헤매게 되고, 조만간 침몰해 버릴 것이다.

어떻게든 둘이서 해적선을 섬으로 돌려보낼 수밖에 없었다.

하지만 너무나도 무모한 도전이었다. 배는 해류를 따라 점점 섬에서 멀어졌다. 하얀 안개가 끼기 시작하며 섬이 어디 있는지도 알 수 없어졌다. 방향키를 돌리려고 해도 그런 건 진즉에 고장 나 있었다. 아무튼 200년 전의 배였다. 떠 있는 것만으로도 기적이었다.

모니카는 선내에서 열심히 도구를 찾으며 외쳤다.

"릴리, 그냥 바다에 뛰어들자! 이런 커다란 배를 둘이서 조종하는 건 무리야!"

"저희가 포기하면 이 해적선은 어떻게 되겠어요!"

"그건 그렇지만……!"

"일단 돛을 펴죠! 섬 쪽으로 부는 바람을 받아서 어떻게 잘 돌아가면……!"

"너무 무모해. 무엇보다 바람도 안 불고 있어!"

"안 하는 것보다는 나아요! 이 해적선은 섬의 보물이에요! 저희가 지켜야 해요!!"

두 사람은 돛대에 올라, 돛을 묶어 둔 밧줄을 단검으로 잘랐다. 역시 둘이서 올바른 순서로 돛을 펴기는 어려웠다. 돛은 펴졌으나 곳곳이 찢어져 있었다. 이걸로 바람을 받는 건 어려울 것 같았다.

두 사람이 발견한 종을 울리고 있으니, 해적선 밑에서 모터 소리가 들렸다.

"릴리! 모니카! 무사해?!"

"서, 설마 진짜 해적선—. 그, 그 얘기는 정말이었나……."

지비아가 크게 손을 흔들었고, 라프타니아가 경악하고 있었다.

릴리는 해적선에 있던 밧줄을 던졌고, 지비아가 멀어지지 않도록 단단히 밧줄을 묶었다. 그 후 줄사다리를 이용하여 지비아와 라프타니아를 갑판으로 올렸다.

"이런 안개 속에서 용케 찾았네."

모니카가 감탄하며 중얼거리자 라프타니아가 고개를 끄덕였다.

"섬사람이라면 누구나 이 주변의 해류는 파악하고 있으니까. 대략적인 위치는 짐작이 가. 종소리도 들렸고."

"덕분에 살았어. 이대로 떠내려가면 어떻게 돼?"

"아마, 보아하니……."

라프타니아는 험악한 표정을 지었다.

"……이대로 가면 해군 기지 쪽으로 접근할 거야. 지금도 그렇게 멀지 않아."

"뭐야, 그랬어? 안개 때문에 몰랐네."

모니카가 안도의 한숨을 쉬는데, 갑자기 라프타니아가 선내를 향해 달려갔다. 뭔가 생각난 게 있는 것 같았다.

"라프타니아 씨?! 갑자기 왜 그래?!"

지바아가 황급히 만류했으나 라프타니아는 돌아오지 않았다.

「해적선을 보고 흥분한 거겠지」라고 코멘트한 모니카가 작전을 세웠다.

"지금 당장 해군에 연락해서 보호해 달라고 하자. 보트에 무전기가 있으려나? 없다면 SOS 신호를 보낼 수 있는 다른 수단을 찾자."

아무튼 지금은 해적선을 지키는 것이 최우선이었다.

이 문화유산이 난파하는 것은 인류사에도 큰 손실이다.

결론을 정리하자 안개 너머로 어렴풋이 육지가 보이기 시작했다. 해안에 늘어선 커다란 건축물의 형태를 보건대 해군 기지였다.

"정말로 기지 앞이었네. 서두르자. 당장 구조를—."

해적선에서 요동치는 듯한 굉음이 울렸다.

선체가 크게 기울어 소녀들은 갑판 위를 굴렀다.

""""하아?!""""

원인이 뭘까 싶었는데, 생각할 수 있는 원인은 사라진 라프타니아뿐이었다.

세 사람이 즉시 선실로 달려가니, 라프타니아는 대포가 늘어선 방에서 엉덩방아를 찧은 채 앉아 있었다. 대포에서는 연기가 났고,

초연 냄새가 진동했다.

아무래도 라프타니아가 대포를 쏜 것 같았다.

"……어? 어떻게?"

모니카가 멍하니 입을 열었다.

"200년 전의 화약과 대포를 쓸 수 있을 리가 없잖아……? 무엇보다 어떻게 대포 쏘는 법을……."

"무…… 무슨 짓이야. 바보야!!"

굳어 버린 모니카 옆을 지나친 지비아가 라프타니아를 제압하려 들었다.

"누가 맞았으면 어쩔 거야?! 해도 되는 일이 있고 해선 안 되는 일이—."

"이제 전부 어찌 되든 좋아!!"

라프타니아는 지비아의 손을 세게 뿌리쳤다.

그녀의 눈에 눈물이 맺혀 있는 것을 보고 지비아는 입을 다물었다. 아까 혼자 울고 있던 것도 그렇고, 그녀는 뭔가 큰 슬픔을 안고 있는 것 같았다.

"이 배로 나를 이끌어 줘서 고마워, 지비아. 이토록 죽기 좋은 곳도 없지."

초연이 자욱한 선내에서 그녀가 말했다.

"—나는 사람을 죽였어."

""""뭐?""""

"엄마의 원수였어. 그거 알아? 그 남자— 메르셰 소위라는 악마는 해변에서 노는 너희를 품평했던 모양이야. 다음번에 죽일 타깃을 찾기 위해."

세 사람은 바캉스 첫날에 봤던 수상한 남자를 떠올렸다.

그게 메르셰 소위라는 인물이었던 모양이다. 거의 동굴에 틀어박혀 있었던 그녀들도 섬에서 일어난 살인 사건과 피해자의 이름 정도는 알았다.

라프타니아는 계속 호소했다.

"나는 전부 알게 됐어. 그 남자가 엄마를 참살한 것도. 지금까지 주민과 관광객의 목숨을 갖고 놀았다는 것도— 그리고 어떻게 하면 그 살인귀를 죽일 수 있는지도! 나는 망설이지 않고 실행에 옮겼어. 엄마의 원통함을 풀기 위해!"

라프타니아가 근처의 벽을 짜증스레 후려쳤다.

벽은 오랜 부식으로 열화되어 있어서 간단히 갈라졌다.

"이제 클라우스 님과 결혼하면 끝이었어. 그분이라면 내 죄가 드러나기 전에 섬에서 데리고 나가 주겠지. 설령 사건의 진상을 알게 되더라도……! 그렇게 생각했는데……."

라프타니아가 세게 깨문 입술에서 피가 났다.

"하지만 무리였어. 아까 나한테 말했어. —『이 살인자』라고."

""""…………."""""

세 사람은 이야기를 전혀 이해할 수 없었다.

갑자기 살인을 자백했는데, 전제가 되는 정보를 모르기에 아무것도 이해할 수 없었다. 작은 목소리로 「지비아, 너 엄청난 녀석을 데려온 거 아니야?!」「나도 몰라! 살인? 무슨 얘기야?!」「……하지만 진심으로 고민하고 있는 것 같아요」라고 속닥거렸다.

곤혹스럽긴 하지만, 라프타니아의 통곡에 담긴 절실함만큼은 느껴졌다.

라프타니아는 여러 가지 가혹한 체험을 하고 이곳에 있는 듯했다.

그런 그녀가 웃듯이 한숨을 쉬었다.

"봐, 해군 기지의 포대가 움직이고 있어."

"뭐?"

"이 배는 이제 끝이야."

세 사람은 대포가 튀어나와 있는 창문으로 해군 기지 쪽을 보았다. 아직 안개가 껴 있어서 잘 보이지 않았지만, 기지 연안에 늘어서 있는 포대가 천천히 이쪽을 조준하는 것을 확인할 수 있었다.

틀림없이 이 해적선을 노리고 있었다.

포탄을 한 방 맞았는데 해군 기지가 반격하지 않을 리 없었다.

"나는 이 배와 함께 가라앉겠어. 섬에 돌아가도 해군에게 구속당할 뿐이니까."

창백해지는 세 사람을 보며 라프타니아는 미소 지었다.

"고마워. 죽기 전에 재미있는 체험을 할 수 있었어. 짜증 나는 해군에게 한 방 먹여 줄 수 있었으니까."

그렇게 감사를 표하고, 라프타니아는 세 사람을 향해 모터보트의 열쇠를 던졌다.

이미 삶을 포기한 듯한 명랑한 웃음을 짓고 있었다.

남은 시간은 촉박했다. 갑작스러운 포격에 해군은 혼란에 빠졌겠지만, 일단 호령이 떨어지면 배는 눈 깜짝할 사이에 집중포화를 받을 것이다. 그렇게 되면 이 낡은 해적선은 순식간에 침몰할 터다.

"얼른 가."

라프타니아는 손을 흔들었다.

"나한테 상관하면 너희의 목숨이—."

"—시끄러워."

지비아가 목소리로 막았다.

응? 하고 눈을 크게 뜨는 라프타니아 앞에서, 지비아는 짜증스레 머리를 벅벅 긁었다.

"……아니, 진짜 아까부터 무슨 소릴 하는 거야? 네가 하는 말, 하나도 모르겠어. 대화 서툴러?"

"아니, 그러니까 이대로 있으면 해적선은—."

"단정 짓지 마."

"뭐?"

"우리는 아직 포기하지 않았어."

지비아의 말을 이어받듯 모니카와 릴리도 「맞아. 멋대로 이야기를 진행하지 마」「그러니까 말이에요. 저희가 이 정도에 겁먹을 것 같나요?」라며 동의했다.

이해할 수가 없는지 라프타니아가 눈을 깜빡였다.

그런 소녀의 어깨를 지비아가 두드렸다.

"라프타니아 씨, 그쪽 사정은 몰라. 솔직히 이야기를 절반도 이해

못 했어.”

힘 있게 말했다.

“하지만 보여 줄게. 이 세계에는 말이지, 기적이란 게 있어.”

움직이기 시작한 소녀들은 빨랐다.

모처럼 발견한 해적선을 해저에 가라앉힌다는 선택지는 그녀들에게 없었다. 또한 해적선과 함께 죽으려 하는 소녀의 행위를 인정할 리도 없었다.

—해군 기지의 포격을 막아야 한다.

여유는 없었다. 릴리가 기책을 제안하자 모니카가 「진심이야?」라며 어이없어했고, 지비아가 「하지만 다른 방법이 없어. 이 궁지를 뒤집자」라며 웃었다.

그리고 소녀들은 뿔뿔이 흩어졌다. 필요한 아이템을 긁어모았다.

가장 먼저 달려 나간 지비아가 「좋은 거 찾았다」라며 대포 옆에 놓여 있던 웨딩 부케를 집어 들었다. 라프타니아가 미련을 버리지 못하고 여기까지 가져온 것 같았다.

갑판에 재집합하니 많은 아이템이 나열되어 있었다.

—첫날 에르나가 낚은 장화.

—티아의 방에서 훔친, 양심상 팔지 않은 속옷.

—여기까지 확실하게 추적해 온 사라의 애완동물. 매 버나드.

—그레테를 격려하고 답례로 받은 하얀 천.

—클라우스가 라프타니아에게 되돌려 준 거대한 웨딩 부케.

—그리고 세 사람이 협력해서 손에 넣은 발전기와 조명.

말할 것도 없이, 이 바캉스 중에 모인 물건들이었다.

"뭐, 뭐 하려고?"

일단 갑판에 온 라프타니아가 당황한 표정을 지었다.

릴리가 히죽 웃고서 「해적선을 지키려면 선장을 불러낼 수밖에 없잖아요」라고 말했다.

그건 기책 중의 기책이었다.

하지만 본인들은 진심이었다. 지비아가 「시간이 없어. 도 아니면 모다……!」라며 분기시켰고, 모니카가 쓴웃음을 지으며 「이런 웃기는 아이템밖에 없는 게 분하지만……!」이라며 입술을 깨물었고, 릴리가 「이 섬에서 모은 추억을 믿기로 해요!」라고 소리쳤다.

세 사람은 긁어모은 아이템을 둘러싸고 외쳤다.

"""강림하라! 대해적 자칼!!"""

◇◇◇

―같은 시각, 해군 기지 인근의 거주구.

기지 주변에 사는 주민들은 갑작스러운 진동이 엄습하여 패닉에 빠져 있었다.

해군 기지에서 폭발 사고가 일어났다고 착각한 그들은 즉시 건물에서 나와 굉음이 들린 바다 쪽을 보았다.

그리고 목격했다. 안개 낀 바다에 흐릿하게 떠 있는 해적선의 실루엣을.

"저, 저건 뭐야……?!"

"싸, 쌍안경을 가져와! 지, 진짜인가……?!"

주민들은 사람을 불렀고, 다들 해안에 모여들었다.

—역시 같은 시각, 해군 기지.

기지에서는 알 수 없는 적선을 포격할 준비가 진행되고 있었다.

해적선을 목격한 그라니에 중장은 처음엔 당황했으나, 곧장 총사령실에서 소녀들을 내쫓고 냉정한 판단을 내렸다.

오랫동안 추구한 해적선이 갑자기 눈앞에 나타날 리가 없다고.

그것은 상식적인 판단이었다. 테러리스트 혹은 어떤 미친 나라의 군대가 벌인 짓이라고 인식할 수밖에 없었다. 기발한 생김새로 적을 곤혹스럽게 하고, 그 틈에 해군 기지를 덮칠 생각인 것이다.

이미 포격당했다.

부하가 죽도록 가만히 보고 있을 수는 없었다.

포격 명령을 내려야 한다는 생각에 입을 열었을 때, 갑자기 해적선에 변화가 생겼다.

"사령관님, 선수 쪽에 사람이 있습니다……!"

해적선에서 강한 빛이 터졌다. 그 빛은 선수에 서 있는 사람을 향하고 있었고, 안개가 스크린이 된 것처럼 커다란 그림자를 투영했다.

그라니에 중장은 쌍안경을 들고 선수에 선 자를 보았다.

역광 때문에 모습은 보이지 않았으나, 입가가 움직이고 있는 것 같았다.

“뭔가를 말하고 있다! 독순술을 익힌 자는 기록하라!!”

그라니에 중장이 호통쳤다.

하지만 총사령실에 온 부하는 다들 넋이 나가 있을 뿐이었다.

“아, 아니, 하지만 저 실루엣…… 설마—!!”

그들은 몸을 떨며, 해적선의 선수에 선 인물을 바라보았다.

◇◇◇

해적선의 선수에 선 것은 한 해적이었다.

대해적 자칼과 완전히 똑같은 차림을 한, 눈매가 사나운 백발 소녀였다.

“나는 대해적 자칼의 후계자, 대해적 지비앙!!”

선수에 용맹하게 선 지비아는 해군 기지를 향해 드높이 선언했다.

“이 섬을 해치려 하는 썩을 해군들에게 경고한다! 이 이상 우리의 섬을 침해하고, 그리고! 이 배를 파괴하려고 한다면, 몇십 배의 저주로 보복해 주겠다!”

이때, 확실히 기적은 일어났다.

용맹한 지비아의 모습은 그야말로 전설의 대해적 자칼을 상기시켰다.

수천 명의 해적을 썰었던 곡도『베르문』은 웨딩 부케. 거역하는 부하에게 가차 없이 꽂았던 클로는 장화. 죽은 자의 눈알을 즐겨 먹었던 잔인한 앵무새는 커다란 매. 보는 이 모두를 떨게 했던 삼각모는 티아의 브래지어와 팬티로 재현. 피로 새빨갛게 물들었다는 망토는 그레테에게 받은 하얀 천을 와인으로 물들여서 재현했다.

그가 선수에 선 순간 하늘에서 빛이 비쳤다는 전설도 발전기와 조명으로 연출. 겸사겸사 역광으로 진짜와의 미세한 차이를 지우는 데도 성공했다.

바캉스 중에 모인 아이템이 해적 전설에 딱 들어맞은 것이다.

그런 우연의 대집성— 대해적 지비앙.

해군 기지의 포대는 정말로 **움직임을 멈췄다**.

"하……."

"""멈췄다아아아아아아아아아아아아아아!!"""

한층 더한 기적이 일어났다.

그라니에 중장이 포격 명령을 중단한 것이다. 볼품없어도 전설을 재현한 괴짜의 출현은 역시 이해를 넘어서 있었다. 정말 격침해도 좋을지 망설일 만큼.

라프타니아는 얼떨떨해했고, 모니카, 릴리, 지비아는 소리를 질렀다.

해군 기지 내의 반응은 알 수 없었지만, 지비아 일행은 주먹을 치켜들었다.

“역시 겁먹었나?”

“아니, 그저 도저히 이해가 안 돼서 혼란스러워하고 있는 거겠지.”

“어쨌든 포격이 멈췄다면 우리의 승리예요!”

이대로 해적선은 해류를 따라 해군 기지 바로 옆의 연안에 닿을 것이다. 그리고 해군이 해적선을 보호할 터다. 지켜 내는 데 성공했다.

이제 자신들의 흔적을 지우고 떠나기만 하면 된다.

여전히 믿을 수 없다는 듯 굳어 있는 라프타니아의 어깨를 지비아가 두드렸다.

“자, 일이 귀찮아지기 전에 돌아가자.”

이제 그녀에게 거부할 의지는 없었다. 작게 고개를 끄덕이고, 지비아가 이끄는 대로 해적선에서 탈출했다.

에필로그 13일째(후편)

소녀들 전원이 이야기를 끝냈다.

—도민 라프타니아와 함께 보냈던 그레테·에르나의 이야기.

—해군 기지에 잠입하여 연속 의문사 사건의 수수께끼를 쫓았던 티아·사라의 이야기.

—해적선을 발견하고 총알을 찾느라 분주했던 릴리·지비아·모니카의 이야기.

각자 전혀 다른 바캉스를 보낸 듯했다.

그레테가 말한 도민 이야기를 듣고서 릴리가 감탄하는 반응을 보였다.

"오오. 그레테와 라프타니아 씨와 선생님 사이에 그런 삼각관계가……!"

티아가 말한 해군 이야기를 듣고서 그레테가 깜짝 놀란 듯 숨을 내쉬었다.

"라, 라프타니아 씨에게 그런 일면이 있었다니……!"

릴리가 말한 해적 이야기를 듣고서 티아가 격노했다.

"너희 진짜 무슨 짓을 한 거야!!"

이야기가 모두 끝나자 티아는 릴리, 지비아, 모니카에게 따지기 시작했다.

"내가 무서워했던 해적의 저주가 사실은 너희가 한 짓이었다는 거잖아! 내 옷을 멋대로 판 거야?! 그보다 해적선이라니 대체 어떻게 된 거야아아아아아!"

릴리의 어깨를 잡고 미쳐 날뛰었다.

클라우스도 같은 마음으로 미간을 짚고 있었다.

"……나도 놀랐어. 너희에게 그런 기적이 일어났을 줄이야."

그는 뛰어난 직감을 가졌으나, 전대미문의 사건까지 예측할 수는 없었다. 설마 그녀들이 간단히 해적선에 도달했을 줄은 생각도 못했다.

아무튼 모든 정보가 갖춰졌다.

클라우스가 의논을 지휘하여 다음 단계로 넘어갔다.

"일단 아네트의 행동을 정리할까."

그랬다. 당초의 목적은 13일째에 갑자기 행방을 감춘 아네트를 발견하는 것이었다.

그레테가 노트를 테이블 중앙에 놓고 모두에게 메모를 보여 줬다.

【아네트의 행동 이력

1일째 해변에서 놀았음.

2일째 라프타니아와 결혼식 준비?

3일째 라프타니아와 결혼식 준비?

4일째 라프타니아와 결혼식 준비?

5일째 라프타니아와 결혼식 준비?

6일째 라프타니아와 결혼식 준비?

7일째 라프타니아와 결혼식 준비?

8일째 티아&사라와 해군 기지에 잠입.

9일째 릴리 일행을 스토킹?

10일째 해적선 발견. 릴리 일행을 부려 먹음. 본인은 온천에라도 갔던 것인가?

11일째 릴리 일행을 부려 먹음. 해류 탐문 조사?

12일째 아네트, 해적선을 출항시킴.

13일째 행방불명.】

"……흠, 이렇게 보니까."

가장 먼저 발언한 사람은 릴리였다.

"아네트, 정말로 도중부터 결혼식에 질렸네요."

소녀들 대다수가 고개를 끄덕였다.

그레테의 이야기에서 10일째 시점에 아네트가 「질렸어요!」라고 발언한 것을 봐도 명백했다. 그렇게나 의욕적이었으면서, 후반에는 완전히 흥미를 잃었다.

「릴리 선배 일행에게 뭔가 소재를 모으게 한 거죠?」 하고 사라가 말했다.

「응, 뭔가 발명할 생각인 것 같아. 규모가 크거나, 혹은 대량으로 만들거나」 하고 모니카가 대답했다.

그레테가 뭔가를 알아차린 듯 고개를 기울였다.

"……음. 하지만 그걸 대체 이 섬의 어디서 만들까요? 이 섬에는 제대로 된 기재도 없을 텐데요."

다른 소녀들도 「아아」 하고 침음을 흘렸다.

아네트 전용 공작 공간이 있는 아지랑이 팰리스와는 달랐다. 이 섬의 주요 산업은 관광업과 어업이었다. 공장 같은 것은 극히 적었다.

아무리 재료를 모아도 그걸 가공할 장소가 없으면 공작할 방도가 없다.

티아가 퍼뜩 깨달은 듯 숨을 삼켰다.

"아니, 딱 하나 있어. 나랑 사라가 도달한 장소야."

클라우스도 고개를 끄덕였다.

8일째에 아네트도 그곳에 갔었다.

"답을 찾은 것 같군."

결론을 도출한 클라우스는 즉시 소녀들에게 출발을 명했다.

"해군 기지다."

◇◇◇

—해군 기지로 가는 길에.

모니카가 문득 떠올린 것처럼 물었다.

"있잖아, 그레테. 해적선 소동은 어떻게 됐어?"

"……주민들이 확실하게 목격하면서 꽤 큰 소동이 됐습니다.『대해적 지비앙』전설로 소문이 퍼지고 있어요……."

"큰 문제잖아!"

지비아가 무심코 외쳤다.

""""목소리가 커, 지비앙.""""

"그 이름으로 부르지 마!!"

동료에게 놀림당한 지비아가 고함친 후, 사라와 티아가 고개를 끄덕였다.

"해군 쪽도 꽤 시끄러웠습다."

"정체불명의 해적선이 갑자기 나타났으니 당연하지. 결국 해적선은 해군이 보호해서 조사하고 있는 것 같지만."

참고로 해적선 출현 당시 해군 기지에서 중장과 밀회 중이던 두 사람은 그 후 분주해진 기지에서 도망치듯 돌아왔다고 한다. 밤에 티아는「해적 자칼의 저주야아」라며 신음했고, 사라의 무릎을 베고서 머리를 쓰다듬는 손길을 받으며 잠들었다는 모양이다.

티아는 아무런 정보를 얻지 못한 릴리, 모니카, 지비아를 보았다.

"반대로 너희는 오늘 낮까지 뭐 했어?"

"""피곤해서 잤어."""

"……납득했어."

해적선에서 보트로 탈출한 소녀들은 라프타니아와 함께 푹 잔 것 같았다.

또한, 자고 일어난 라프타니아는 결혼식을 중지한다는 소식을 주위에 알렸다고 한다.

◇◇◇

해군 기지에는 문제없이 들어갈 수 있었다.

접수원에게 클라우스가 얼굴을 보이기만 해도, 낮이든 밤이든 즉시 그라니에 중장에게 연락이 가도록 되어 있었다. 티아가 예상한 대로 클라우스는 빈번히 기지를 드나들고 있었다.

안내받은 총사령실에서 극진한 대접을 받고 있는 아네트를 발견했다.

"아네트, 여기서 뭐 하고 있는 거지?"

"음? 클라우스 형님!"

아네트는 커다란 소파에 앉아 대량의 과자와 함께 접대받고 있었다.

그녀의 정면에는 그라니에 중장도 있었다.

"나님, 교섭 중이에요! 방해하지 말아 주세요!"

"……아아, 자네의 부하가 갑자기 찾아와서 말이네."

아네트는 무단으로 기지에 들어와 일대일로 그라니에 중장을 상대 중인 것 같았다.

의아해하고 있으니 그라니에 중장이 알려 줬다.

"—해적의 보물이 어디 있는지 가르쳐 주는 대신, 비밀 연구소를 자유롭게 이용하고 싶다는군."

릴리, 지비아, 모니카가 「아……!」 하는 소리를 냈다.

보물을 까맣게 잊고 있었던 모양이다. 그녀들의 이야기에 의하면 보물은 이미 배에서 내렸고, 여전히 동굴에 방치되어 있을 터다.

클라우스는 아네트 옆에 앉아 그라니에 중장을 응시했다.

"……어떻게 대답할 생각이지?"

"물론 받아들여야지."

다부진 대답이었다.

"그 해적선과 이 보물 일부를 보면 이 친구의 얘기가 진실인 건 명백해. 주민이 찾기 전에 우리가 회수해야 해."

큼직한 다이아가 박힌 반지가 테이블에 나뒹굴고 있었다. 아네트가 연마했을 보석은 눈부신 빛을 간직하고 있었다.

그라니에 중장은 도취된 듯한 음성으로 말했다.

"이로써 비원이 이루어져. 라일라트 왕국의 권력 구조를 뒤집는 쿠데타가 성취돼……!"

"……."

클라우스는 그의 소망을 이미 들었다.

—압도적인 격차 사회를 만드는 라일라트 왕국 정부를 전복시키는 것.

라일라트 왕국 내의 쿠데타는 이웃 나라인 딘 공화국과 무관할 수 없다. 스파이로서 다양한 의도는 있었다.

하지만 개인적으로 그의 소망에 공감은 갔다.

라일라트 왕국의 백성이 고통에 허덕이는 소리는 클라우스의 귀에도 들리고 있었다.

「나도 지원하지」라고 표면적인 격려를 하면서 「다만」 하고 목소리를 낮췄다.

"……이건 스파이로서가 아니라 단순한 관광객으로서의 바람이야."

"음?"

"이 이상 주민의 생활을 위협하지 마."

그라니에 중장이 해마다 해군 기지 확장을 진행 중인 것은 알고 있었다. 그가 아끼던 연구자의 흉행도 알고 있었다.

"아름다운 자연과 함께 살아가는 주민의 생활을 존중해 줘. 지금의 당신은 당신이 증오하는 라일라트 왕국의 귀족들 그 자체잖아."

"——!"

그라니에 중장은 일순 허를 찔린 것처럼 숨을 삼켰다가 크게 한숨을 쉬었다.

"……물론이지. 자칼의 보물이 손에 들어오는 이상, 섬을 망칠 생각은 없네."

"그런가."

"오히려 변상을 시작해야겠군. 알고 있네."

그라니에 중장은 창밖을 보았다.

"보물은 접수하겠지만, 해적선은 섬의 관광 자원으로 활용해야겠어. 환금하려면 수고가 들 것 같으니 말이야."

그라니에 중장의 말에서 거짓은 느껴지지 않았다.

강한 야심 때문에 간혹 비인도적인 선택도 하지만, 기본적으로 정의심이 강한 남자였다. 『화염』 시절에도 몇 번 만났는데, 고통스러워하는 백성을 위해 행동하는 광경도 보았다.

클라우스는 고개를 끄덕였다.

"그리고 메르셰 소위를 죽인 주민은 눈감아 주는 게 좋을 거야. 구속하려 들면 연쇄 의문사 사건의 진상도 드러날지 몰라. 그가 죽은 건 자업자득이야."

"……그렇지. 선처하겠네."

이로써 클라우스의 교섭은 끝났다.

아네트도 「나님은 연구소를 쓸 수 있다면 뭐든 좋아요!」라며 즐겁게 말했다.

바로 떠나려고 했지만, 일부 소녀가 아직 할 말이 있는 것 같은 표정을 짓고 있었다. 안절부절못하며 바쁘게 어깨를 움직였다.

"이, 이건 언뜻 들은 얘기인데요."

필두인 릴리가 앞으로 나왔다.

"해적선의 갑판에 커다란 구멍이 뚫려 있잖아요?"

"음? 대체 어디서 그 얘기를."

그라니에 중장이 고개를 갸웃했다.

"아마 그건 원래 뚫려 있던 구멍일 거예요. 결단코 누군가가 망가뜨린 흔적이 아니에요."

"하아……."

자신들이 저지른 짓에 대한 보험인 것 같았다.

그라니에 중장은 납득하지 못한 표정으로 한숨을 쉬고서 「아무튼 조사는 이제부터 시작이라네」라고 중얼거렸다.

"……그 해적선은 수수께끼가 많아. 떠내려온 해적선에서 왜 포탄이 날아왔는지. 그리고 해적 지비앙이라던 그 그림자는 대체……."

"해적 유령이겠지. 의외로 저주란 게 진짜 있을지도 몰라."

괜한 추궁을 받기 전에 클라우스는 그렇게 얼버무리기로 했다.

◇◇◇

해군 기지에서 아네트를 회수하고 원래 있던 해변으로 돌아갔다. 지비아는 「다시는 도망치지 못하게 묶어 둘게」라며 아네트를 밧줄로 칭칭 감아 연행했다.

재차 모래사장에 도착하자 릴리가 말했다.

"그런데 선생님은— 그라니에 중장의 쿠데타를 지원하고 있는 건가요?"

해군 기지에서 얘기했던 일을 말하는 것이리라.

쿠데타 야망을 내보인 그라니에 중장에게 클라우스는 협력하겠다고 했다. 의외라고 느낀 소녀들도 있었던 모양이다.

"괜찮은 건가요? 본래 라일라트 왕국과 딘 공화국은 우호적인 관계잖아요."

"맞아. 라일라트 왕국이 없었다면 공화국은 여전히 가르가드 제국의 점령하에 있었을지도 몰라. 전후에도 가르가드 제국의 위협에 대항하기 위해 협력 관계를 맺고 있어."

적어도 명목상으로는 그랬다.

딘 공화국을 침략한 가르가드 제국 육군을 물리칠 수 있었던 것은 무자이아 합중국의 물자 지원과 펜드 연방 및 라일라트 왕국의 군대, 그리고 딘 공화국의 첩보 기관 『화염』의 암약 덕분이었다. 전후에는 첩보 기관끼리 동맹을 맺고 있었다.

"다만— 《효암 계획(노스탤지어 프로젝트)》은 라일라트 왕국에서 시작됐어."

딘 공화국에는 비밀로 하고서 진행된 세계 규모의 계획.

"자세한 사항은 불명이지만, 위험을 내포하고 있는 건 틀림없어."

아직 확실하지 않은 점이 많았다.

하지만 알 수 없다고 해서 방치할 수는 없었다. 클라우스에게는 무엇보다 자신을 다그치는 근거가 있었다.

"그게 아니라면 『화염』이 괴멸할 리가 없어."

기드가 『화염』을 배신하고 『뱀』 편에 붙었다.

—그 동기가 《효암 계획》과 관련이 있다면?

이 가설이 옳다면 딘 공화국과도 무관하지 않을 것이다. 『홍로』 페로니카도, 『거광』 기드도, 클라우스에게 상담하지 못했을 정도의 문제였다.

"타임 리미트는 세계 동시 경제 불황이 시작될 때까지. 그 전에 라일라트 왕국 중추에서 기밀 정보를 입수해야 해."

《게르데의 유산》에 존재했던 서술.

—세계 공황이라고 명명될 만한 금융 위기가 찾아오고 제2차 세계 대전이 발발한다.

전쟁의 기운이 강해지면 라일라트 왕국 정부에 대한 간섭은 자제해야 한다. 만약 라일라트 왕국에 쿠데타가 일어난 와중에 가르가드 제국이 침략 전쟁을 시작한다면 딘 공화국도 전쟁 피해를 입을 수 있기 때문이다.

"선생님의 입으로 말해 주세요."

릴리가 입술을 사리물고 한 걸음 앞으로 나왔다.

"저희 『등불』은 앞으로 어떤 임무를 수행하는 건가요?"

"……이미 눈치챈 자도 있는 것 같군."

고개를 끄덕인 클라우스는 그레테에게서 아까 사용한 노트를 받아 소녀들을 향해 펼쳤다. 그곳에는 전원이 바캉스 중에 어떤 행동을 했는지 메모되어 있었다.

어떤 의미에서 이 노트야말로 클라우스의 목적이었다.

"뿔뿔이 흩어짐으로써 세계를 다면적으로 관찰할 수 있어. 전원이 모여 있어서는 보이지 않는 것도 관측할 수 있지. 이 바캉스를 경험하고 그런 느낌이 들지 않았나?"

바캉스 중에 확인할 수 있었다.

전원이 흩어짐으로써 단기간에 많은 정보를 모을 수 있었다. 라프타니아의 사정, 해군 기지의 음모, 그리고 해적 전설. 그건 클라우스의 예상조차 뛰어넘었다.

"1년간— 우리 『등불』은 흩어진다."

소녀들의 눈은 흔들리지 않았다. 이미 각오하고 있었던 모양이다.

클라우스는 말을 이었다.

"두세 명 단위로 내가 명하는 임무 장소에 가 줘야겠어. 각지에서 정보를 입수하고, 공작을 벌이고, 임무를 완수해서—《효암 계획》의 전모를 파악한다."

이전 같은 집단생활을 할 수 없게 된다. 재집합은 빨라도 1년 뒤다.

—고독에 시달리며 이국땅에서 주위를 계속 속인다.

그것이 『등불』의 소녀들을 기다리는 다음 미션이었다.

릴리가 작게 혀를 내밀었다.

"……뭐, 세계의 변혁 같은 스케일을 쫓아갈 수 있느냐고 묻는다면 미묘하지만."

"어이."

"다만— 저희는 이제 짊어진 것이 있으니까요."

어떤 존재를 말하고자 하는지 짐작이 갔다.

지금의 『등불』은 결성 당시에는 존재하지 않았던 책임을 짊어지고 있었다.

"……『봉황』인가."

펜드 연방에서 한 명을 제외하고 전멸해 버린 엘리트들. 그들의 희생이 없었다면 『등불』은 『뱀』에게 잡아먹혀 괴멸했을지도 모른다.

—『등불』과 『봉황』이 두 축이 되어 이 나라를 지키자.

『봉황』의 보스, 『비금』 빈드가 말했던 약속은 여전히 이어지고 있었다. 릴리뿐만이 아니었다. 다른 소녀들도 표정에 결의가 담겨 있었다.

"저희는 선생님과의 교실에서 단련받았고, 엘리트와의 교실에서 연마됐어요. 그리고 이제 다음 수업인 거네요."

릴리는 강하게 말했다.

"과외 수업이에요. —교실을 떠나 세계로 날아오르겠어요!"

원래는 클라우스가 할 말이었지만, 릴리가 전부 말해 줬다.

그것도 『등불』의 리더인 그녀의 성장일지도 모른다.

"—극상이야."

클라우스가 경의를 담아 고개를 끄덕이자, 릴리가 「그렇게 정해졌으니!」라고 말하며 동료들을 보고서 주먹을 번쩍 들었다.

"지금은 그저 다 같이 신나게 놀기로 해요! 바캉스 마지막 밤이에요오오오오오오오오오!"

숙연해진 분위기를 날려 버리듯 즐겁게 외쳤다.

다른 소녀들도 똑같이 주먹을 들었고, 남은 시간을 아쉬워하는 듯한 바캉스 최후의 만찬이 시작되었다.

요리는 첫날과 마찬가지로 해산물 바비큐였다.

해변에는 발전기와 커다란 조명이 놓였다. 「……이 발전기, 해군기지에서 훔친 거지?」라고 티아가 지적하자, 지비아가 「나중에 반납

할 거야!」라고 변명했다.

조명 옆에는 숯불에 달궈진 바비큐 그릴을 가운데 두고 테이블과 의자가 놓여 있었다. 이제 식재료를 굽기만 하면 되는 단계에, 릴리가 잠시 해변에서 벗어나더니 커다란 바구니를 등에 지고서 새로운 인물과 함께 돌아왔다.

"특별 게스트로 라프타니아 씨를 데려왔어요오오오오오!"

"식재료를 잔뜩 가져왔어! 내가 쏘는 거야!"

라프타니아였다.

그녀는 식재료와 음료가 잔뜩 담긴 수레를 끌면서 새하얀 치아를 보였다. 망집에서 풀려난 것처럼 홀가분하게 웃으며 바비큐 그릴에 호쾌하게 해산물을 쏟았다. 향긋한 냄새가 풍기자 소녀들이 더 크게 환호했다.

이 만찬 중에 클라우스는 세 소녀와 친밀하게 대화를 나눴다.

그 모든 대화가 잊을 수 없는 대화가 되었다.

한 명은 라프타니아였다. 클라우스가 소란의 중심에서 벗어나 있으니 별안간 다가왔다.

"……으, 클라우스 님."

"왜?"

"역시 안 될까? 나랑 결혼하는 거……. 첫 번째 아내가 아니어도 좋은데……."

"거절하지. 네가 제자들에게 인육을 먹이려고 한 것도, 살인의 흉기를 그레테에게 떠넘긴 것도 전부 알고 있어."

"클라우스 님의 햄버그스테이크에는 물론 인육을 넣지 않았어……!"

"그래서 내 것만 호화로웠던 건가……. 그렇다고 해도 용서받을 수 있는 일은 아니지만."

"으으. 반성해. 나중에 제대로 사과할게."

"그래. 그것 외에는 전한 대로야. 중장과 직접 얘기를 끝냈어. 너의 죄는 드러나지 않을 거고, 기지 확대도 그만두겠지. 해적선은 섬의 관광 자원이 될 거야. 너희 펜션도 바빠질 거고. 미래가 있는 이 섬에서 나갈 이유도 없겠지."

"……음, 그렇지. 응. 역시 클라우스 님은 나의 히어로야!"

"글쎄, 어떨까."

"지비아랑 다른 애들한테도 고맙다고 전해 줘. 자포자기하여 어둠 속에 있던 나를 그 아이들이 끌어 올려 줬어. 좋은 제자를 뒀네."

"맞아. 내 자랑이야."

"언젠가 또 다 같이 와 줘. 그때도 내가 대접해 줄게."

"……아니, 설령 섬을 방문하더라도 너희 펜션에는 안 묵을 건데? 귀찮으니까."

"……뭐라고?!"

당연한 대응을 알리자 라프타니아가 울면서 「이번에야말로 약혼해 줄 때까지 안 놓을 거야!」 하고 다리에 매달렸기에 지비아에게 연행해 달라고 했다. 성가셨다.

쫓아내고서 한숨 돌리고 있으니 그레테가 다가왔다.

"……역시 라프타니아 씨와 보스는 사이가 좋은 건가요?"

"어떻게 오해하면 그런 결론이 나오지?"

"농담입니다……."

작게 웃은 그녀는 클라우스 옆에 앉았다.

클라우스는 고개를 끄덕였다. 그녀도 클라우스가 마주해야 하는 상대 중 한 명이었다.

"……그레테."

"네."

"해적선은 있었지. 환상 같은 게 아니었어."

"……! 그랬죠."

"네 말이 맞다는 생각이 들었어. 인생은 예상할 수 없어. 세계도, 그리고 나 자신에 관해서도. 전부 파악하고 있다고 생각하는 건 자만이겠지."

"그렇죠……."

"1년, 생각할 시간을 주겠어?"

"예……?"

"긴 공백을 둬서 미안해. 하지만 어차피 만날 수 없으니까. 천천히 자신의 마음과 마주하고 싶어. 1년 후에 재회했을 때, 다시금 내 마음을 전하면 안 될까?"

"……네! 잘 부탁드립니다……!"

그레테는 당황한 듯 숨을 삼키고서 몇 번이고 고개를 끄덕거렸다.

얼굴이 새빨개진 그레테가 떠나자, 아네트가 모래사장에 드러누워 있는 것이 보였다.

옷과 머리에 모래가 묻는 것도 마다하지 않고 밤하늘을 올려다보고 있었다. 실컷 먹었는지 기분 좋은 얼굴로 배를 문지르고 있었다.

그녀에게 다가가 「아네트」 하고 불렀다.

"무슨 일인가요? 형님!"

벌떡 몸을 일으키고 웃는 그녀에게 클라우스는 말했다.

"—네가 겪은 바캉스의 추억을 들려주지 않을래?"

이로써 마침내 최후의 이야기가 될 터다.

도민, 해군, 해적, 모든 이야기를 확인한 자만이 도달할 수 있는 아네트의 이야기.

◇◇◇

해변을 걸으며 대화하게 되었다. 그편이 아네트도 말하기 쉬울 것이다. 파도가 모래사장에 올라왔다가 다시 물러나는 소리를 들으며 천천히 산책했다. 축축한 모래사장으로 신발 밑창이 푹 들어갔다. 먼바다에서 차가운 바람이 불어왔다.

"왜 라프타니아를 계속 서포트했지?"

가장 먼저 던진 것은 그런 물음이었다.

아네트는 한 걸음씩 감촉을 맛보듯 성큼성큼 걷고 있었다.

"나님, 웨딩 플래너라는 직업에 흥미가—."

"그건 사전 준비였겠지. 라프타니아의 환심을 사기 위한."

진심으로 결혼식에 흥미가 있었을 리 없다.

바캉스 후반에는 싫증이 나 있었고, 애초에 라프타니아를 도와줄 이유가 없었다.

묻고 싶은 것은 다른 쪽이었다.

"네가 라프타니아의 살인을 뒤에서 획책한 이유는 뭐지?"

바캉스 4일째 심야, 도민 라프타니아가 저지른 흉행.

어떻게 생각해도 이 일에는 협력자가 필요하다. 라프타니아는 평범한 소녀다. 그녀 혼자서는 엄마를 죽인 존재에게 도달할 수 없고, 개발된 흉기를 빼어서 죽이는 것을 실현할 수 있을 리 없다.

가장 수상한 사람은 역시 2일째부터 4일째까지 계속 라프타니아와 함께 있으면서『아네트 님』이라고 경애받던 그녀였다.

"메르셰 소위라는 그 남자는."

아네트는 즐겁게 웃었다.

"나님과 비슷한 존재예요. 살인귀라는 걸 나님은 바로 알 수 있었어요! 다음에 죽일 녀석을 품평하려고, 바캉스 첫날 그 해변에 왔던 거예요."

논리는 불명이지만 아네트는 알 수 있었던 것이리라. 소녀들에게

위기가 닥쳤음을.

하지만 아직 납득할 수 없었다.

"그렇다면 나한테 말했으면 됐어."

그랬다면 바로 대응했다.

처음부터 클라우스가 움직였다면 그의 악행을 곧장 소상히 밝힐 수 있었을 것이다.

"하지만 너는 나한테 말하기는커녕 상당히 수고를 들였어. 굳이 결혼식을 돕겠다고 하여 라프타니아의 신뢰를 얻고 복수를 부추겼어. 왜 그런 수고를 들였지?"

"……."

아네트는 발을 멈추고 돌아보았다.

떠드는 소녀들과는 거리가 많이 벌어져 있었다. 아네트는 어깨동무하고서 무의미하게 춤추는 동료들을 보고 있었다.

"나님, 한계를 알았어요! 모니카 누님을 이기지 못해서."

배신한 모니카에게 초주검이 됐던 경험을 말하는 걸까.

그 직후, 아네트의 정신은 크게 흐트러졌었다. 깨어난 뒤로도 병원을 빠져나가 모니카를 죽이려고 했었다.

그녀는 살면서 처음으로 커다란 벽에 부딪혔다.

"사라 누님이 타일러서 나님은 다른 길을 찾았어요. 나님은 이제 직접 죽이지 않을 거예요. 즉— 나님이 아닌 다른 누군가가 죽이게 할 거예요."

그것은 그녀가 찾아낸 답이었다.

성장이라고 하기에는 너무 비틀렸다. 한계를 안 소녀가 그럼에도 소망을 이루는 다음 수단.

"나님, 그래서 실험했어요. 라프타니아 누님을 조사했더니 살인귀를 원망하는 이유가 있었기에, 적당히 말을 늘어놓아서 살인을 저지르게 했어요."

"……."

"결과는 대성공이에요. 살짝 도와줬더니 확실하게 죽여 줬어요!"

"……."

"그리고— 나님은 전혀 마음이 아프지 않았어요."

그렇겠지, 하고 수긍하고 말았다. 아네트가 새삼 이 정도 일에 동요할 리 없었다.

다만 의외라고 느꼈다.

아네트의 목소리에는 희미한 불안 같은 감정도 섞여 있었기 때문이다.

"……형님은, 나님을 어떻게 생각하나요?"

"음?"

아네트가 클라우스 쪽으로 고개를 돌렸다.

"해군 기지에서 개발된 흉기는 살인귀도 자유롭게 사용할 수 있어서 주민들을 죽였어요. 나님이 이제부터 가려는 건 그런 길이에요."

섬에서 일어난 연속 의문사 사건.

그건 메르셰 소위가 비밀 연구소에서 만든 발명품으로 저질렀다. 사용한 사람은 메르셰 소위 자신이지만, 아네트가 하고자 하는 말은 이해할 수 있었다.

흉기를 만드는 것은— 세계에 악의를 뿌리는 것이다.

그녀가 가고자 하는 것은 그녀의 악의를 확산시키는 길이다.

"점점 악해지는 나님을, 형님은 그래도 좋아해 줄 건가요?"

살짝 떨리는 목소리를 듣고 클라우스는 침음을 흘렸다.

이전까지 아네트에게 없었을 터인 감정이 얼핏 보였기 때문이다.

—불안. 걱정. 근심. 우려. 두려움.

그녀가 경험했던 상실이 떠올랐다. 길거리에서 만난 검은 고양이를 보호하려다가 실패했던 일. 생각해 보면 그 비극도 『타락론』이라는 조직이 갱단에 권총을 팔아서 생긴 일이었다.

—패배와 상실이 가져온 아픔은 그녀에게 두려움이라는 감정을 야기한 걸까.

그녀답지 않다고 한다면 그만인 이야기다. 하지만 그 변화를 알아차리자 자연스럽게 고개가 끄덕여졌다.

"원래는."

온화하게 말했다.

"라프타니아를 그대로 죽게 할 계획이었지?"

"네, 이제 필요 없으니까요."

반성하는 기색도 없이 아네트는 대답했다.

—라프타니아는 해적선과 함께 바다에 가라앉고, 아네트의 관여

는 드러나지 않게 된다.

그것이 바캉스 중에 아네트가 그린 각본이었을 터다.

온천에서 유황을 채취하여 흑색 화약을 생성. 해류 조사. 해적선에서 동료들을 떨어뜨려 놓고, 해적선을 출항시키는 장치를 설치. 그리고 소녀가 혼자서 대포를 쏠 수 있게 공작했다.

릴리가 말하길, 처음 해적선을 본 라프타니아는『그 얘기는 정말이었나』라고 말했다고 한다. 아네트에게 미리 들은 것이다. 대포의 존재도.

"하지만 그 계획은 릴리 일행이 깨부쉈어."

"……."

"이게 답이야. 네가 아무리 악해지려고 해도, 우리가 수습하겠어."

클라우스는 아네트의 등에 손을 얹었다.

"바뀌는 걸 두려워하지 마. 아픔으로 가득한 이 세계에는 너의 변화가 필요해."

그렇게 전하자마자 아네트는 기쁜 듯 표정을 풀고서 안겨 들었다.

"역시 좋아해요! 클라우스 형님!"

"알았으니까 떨어져. 무거워."

"그래서 나님이 주려고요! 형님이 이끄는『등불』에, 새로운 힘을!"

"……!"

그녀는 클라우스의 목에서 떨어져 내막을 밝히듯 혀를 내밀었다.

"이미 구상은 있어요. ―《**실낙원**》, 《**악희랑(惡戱娘)**》, 《**몽환극**》, 《**만우절**》, 《**천사귀(天邪鬼)**》, 《**부소인(付燒刃)**》, 《**고천원(高天原)**》.

누님들의 특기를 한 단계 비상시킬 나님의 전력이에요!"

그 힘의 이름은 알고 있다.

펜드 연방 임무의 최종 국면에 릴리가 발동시켜서 『흰거미』를 압도했었다.

—비밀 무기(라스트코드).

아네트가 『타인을 시켜서 살인하기 위해』 만드는, 그녀의 악의가 담긴 흉기.

그녀는 해군의 비밀 연구소에서 이것들을 완성할 생각이리라.

더 바랄 나위가 없는 일이었다.

클라우스는 바캉스 중에 계속 불안했었다. 미숙함이 남은 소녀들 곁을 떠난다는 결단에 망설임이 없을 리가 없었다. 제자가 죽을지도 모른다며 고민했었다.

아네트의 제안은 그 걱정에 대한 완전한 답이었다.

"언제부터지?"

무심코 물었다.

"응?"

"대체 언제부터 너는 『등불』에 정이 든 거지?"

"나님에게 누님들은 장난감이에요."

아네트는 몸을 휙 돌려서, 여전히 바비큐를 즐기고 있는 소녀들 쪽을 보았다. 화력 조정이 잘되지 않아 불길이 확 타오르자 전율하며 시끄럽게 떠들고 있었다.

그 모습을 바라보는 아네트의 오른쪽 눈이 반짝이더니, 입에서

「다만」이라는 말이 흘러나왔다.

“나님이 아주 아끼는 장난감이고—《아락다(我樂多, 잡동사니)》예요!”

클라우스는 북받치는 감정에 말문이 막혔다.

아네트는 가장 애를 먹인 소녀였다. 언동은 전부 엉뚱하고 예측할 수 없었다. 문제 행동이 많은 걸로 따지면 틀림없이 『등불』의 넘버원이었다.

그런 소녀가 지금, 『등불』을 위해 최고의 선물을 주고자 하고 있었다.

‘……이게 교육의 기쁨일지도 모르겠어.’

소녀들과 만나기 전에는 맛보지 못했던 감정을 느끼고 확신을 얻었다.

—분명 『등불』은 어려움을 극복할 수 있다. 설령 뿔뿔이 흩어지게 되더라도.

NEXT MISSION

◆◆◆ 쌍둥이의 이야기 I ◆◆◆

라일라트 왕국 수도 피르카에서 어떤 귀족이 일생일대의 대승부에 나섰다.

후작 지위를 가진 남자는 조부 대부터 이어진 향신료 사업을 하고 있었다.

라일라트 왕국이 원동의 나라를 식민지로 삼았던 당시, 그의 조부는 거액의 뇌물을 써서 광대한 후추 농장의 경영권을 얻었다. 현지인을 소총으로 위협하여 가혹한 노동을 강요해 많은 재물을 쌓았으나, 세계 대전 이후 사업을 이어받은 와토 후작 대에 이르러 경영이 기울기 시작했다. 현지인이 파업을 시작했기 때문이다. 현지에 있는 장남에게 『발포라도 해서 위협해라』라고 명했지만, 장남은 주민의 보복을 두려워하여 소동을 진압하지 못했다.

와토 후작에게 후추 농장은 귀중한 수입원이었다. 귀족의 전통적인 수입원은 땅을 빌려주고 받는 소작료지만, 근래에는 외국에서 많은 곡물이 수입되어 자국의 농가 자체가 줄어들고 있었다. 많은 귀족이 몰락을 두려워하며 자금 마련에 고심했다.

이제 파업 운동을 수습하려면 다른 귀족이나 군인의 도움을 받아야 하는 사태가 되어 있었다. 움직이려면 거액의 돈이 필요했다. 하지만 와토의 재산은 최근 몇 년 사이에 격감했다.

거금을 얻기 위해 와토 후작은 악명 높은 뤼시도르 가문의 불법 카지노에 있었다.

'괜찮아. 이건 무조건 안전해……!'

그 카지노는 수도 중앙에 지어진 빌딩 안에 있었다.

일단 앉기만 해도 일반 국민의 월수입을 웃도는 금액이 오가는 도박장이었다. 있는 것은 룰렛과 바카라. 요란한 음악이 흐르는 홀에서 남자들이 혈안이 되어 서로의 칩을 뺏고 있었다.

와토는 룰렛 테이블 앞에서 양손을 맞잡은 채 기도를 올리고 있었다.

"후작, 슬슬 삼가는 게 좋지 않겠어요?"

"파산할 수는 없지 않겠습니까……?"

주위에서는 많은 귀족이 입가를 일그러뜨리고서 그의 파멸을 지켜보고 있었다. 뤼시도르 가문과 친하게 지내는 자들이었다.

룰렛은 0부터 36까지의 칸 중 어느 곳에 구슬이 들어갈지를 맞히는 심플한 유희였다. 배당은 베팅 방식에 따라 달랐다. 색에 걸어도 됐고, 홀짝에 걸어도 됐다. 특정한 숫자에만 걸 수도 있었다. 물론 확률이 낮을수록 배당은 높았다.

"시끄러워! 이대로 지고서 돌아갈 순 없어!"

와토는 외쳤다.

그가 베팅하고 있는 것은 1부터 12까지의 숫자였다. 맞힐 확률은 대략 3분의 1.

하지만 구슬은 무정하게도 23번 칸에 빨려 들어갔다.

"이런~."

"하늘이 버렸군요."

관중이 조소했다.

그럴 만도 했다. 와토는 이미 여섯 번 연속으로 고액을 베팅했고 패배했다. 그가 가진 자산의 5분의 1 정도가 사라진 상태였다.

짜증스럽다는 듯 와토가 머리를 감쌌다. 땀을 흘리며 고개를 숙였다.

괴로워하는 와토를 보며 구경꾼들은 유쾌한 듯 도발했다.

하지만 떠들썩한 홀의 중앙에서, 사실 그는 환희에 떨고 있었다.

'틀림없어……!'

주위의 구경꾼들이 눈치채지 못하도록 초조해하는 연기를 계속했다.

'저 딜러, 원하는 곳에 구슬을 넣을 수 있어……!'

태연한 얼굴로 휘파람을 분 금발의 딜러가 테이블에서 와토의 칩을 회수하고 있었다.

그 얼굴을 보며, 그와 똑같이 생긴 청년에게 들은 이야기를 떠올렸다.

—대승부에 나서기 이틀 전, 어떤 점술가에게 들었다.

그 점술가는 친구에게 소개받았다. 상대를 본 순간, 가정 환경과 고뇌, 비밀스러운 야망까지 맞히며 조언해 준다고 했다. 그 조언을 따르면 모든 일이 잘 풀려서, 자산을 몇 배로 불렸다는 자도 있고, 생이별한 친구와 재회했다는 자도 있었다.

너무 수상쩍은 이야기였지만 일단 저택에 초대했더니, 점술가는 와토를 보자마자 『돈 때문에 고민이 있으신 모양이네요』 하고 맞혔다. 그 정도는 누구나 맞힐 수 있다고 허세를 부렸지만, 청년은 정확하게 『아내분에게도 말을 못 하고 계시는군요?』 하고 정곡을 찔렀다.

『줄곧 당신과 만나고 싶었어요. ―저희와 손을 잡지 않으실래요?』

한차례 대화를 나눈 후, 갑자기 점술가가 제안해 왔다.

『뤼시도르 가문이 운영하는 불법 카지노. 그곳에서 저희 형이 딜러로 일하고 있습니다. 미리 잠입했죠.』

아연해하는 와토에게 그는 속삭이듯 말했다.

『뤼시도르 가문의 만행은 아시죠? 용서할 수 없습니다.』

당연히 와토는 알고 있었다.

뤼시도르 가문이 손대고 있는 것은 불법 도박만이 아니었다. 노예 매매. 식민지에서 미녀와 미소녀를 유괴하여 귀족에게 파는 악마 같은 녀석들이었다. 마피아와도 손을 잡아, 귀족 사회에서뿐만 아니라 뒷세계에서도 암약하고 있었다.

『벌어들인 돈은 당신이 가지면 됩니다. 저희의 목적은 뤼시도르 가문에게 벌을 내리는 것. 당신처럼 위화감 없이 거금을 걸 수 있는 인물을 찾고 있었어요.』

수상하리만큼 좋은 얘기였다. 와토는 믿을 수 없다고 일축했다. 『무엇보다 네가 거짓말하는 거라면 나는 도박으로 크게 손해만 보는 거잖아』라면서.

청년은 눈썹 하나 까딱하지 않고 말했다.

『저 자신이 인질이 되겠습니다. 감금하시고, 만약 일이 틀어지면 망설임 없이 죽여주세요.』

와토는 점술가의 형이라는 딜러를 보며 다시금 놀랐다.

사전에 부하를 보내서 조사시켰었지만, 직접 봐도 믿을 수 없었다.

'이로써 10연속…….'

구슬은 미리 들었던 칸에 우습게 빨려 들어갔다.

가장 먼저 든 생각은 속임수였지만, 그건 있을 수 없었다.

과거에는 룰렛에 자석을 단 불법 카지노도 있었으나 바로 들켰다. 그 외에 룰렛의 경사를 조절하기도 했는데 이것도 들통났다.

룰렛은 모든 구경꾼이 구슬을 주시하는 유희다. 조금이라도 구슬이 부자연스러운 궤도를 보이면 안목 있는 구경꾼은 바로 눈치챈다. 속임수를 쓰기 어려웠다.

모두가 천명에 맡긴다. ―룰렛이 『카지노의 여왕』이라고 불리는 이유였다.

『그래도 형이라면 원하는 번호에 정확히 넣을 수 있어요. 속임수가 아니라 단순한 기술이죠. 넣을 영역을 다소 조절할 수 있는 딜러는 있지만, 번호까지 정확히 노릴 수 있는 사람은 전 세계를 뒤져도 형뿐이에요. 그리고 이건 카지노의 주인도 모르는 일이죠.』

딜러는 룰렛을 보지 않고 휠을 돌렸다.

이것도 카지노 측의 속임수를 저지하기 위한 조치였다.

—하지만, 핀을 보지 않아도, 구슬을 보지 않아도, 원하는 곳에 구슬을 넣을 수 있는 신과 같은 딜러가 존재한다면?

저 딜러는 룰렛의 근간을 비트는 손을 가졌다.

『최후에 당신은 자포자기한 것처럼 연기하고, 가진 돈을 전부 걸면 돼요.』

와토는 청년의 조언을 떠올리고 각오를 다졌다.

점술가가 배신하는 일은 있을 수 없었다. 그는 와토의 저택 지하실에 갇혀 있으니까. 감시원도 뒀다. 그의 목숨은 자신이 쥐고 있었다.

"저, 전부다아아아아! 신이시여어어어어, 제게 힘을 주소서!"

가진 칩을 전부 베팅했다.

구경꾼들이 환호성을 질렀다.

"꼴사납네."

"마침내 이성을 잃었나."

"불쌍하게도."

그런 반응이 나올 만했다.

와토는 숫자 하나에 걸었다. 맞힐 확률은 37분의 1. 자살 행위나 다름없었다. 만약 못 맞힌다면 와토의 재산 절반이 날아간다.

하지만 이긴다면 카지노의 주인인 뤼시도르 가문이 기겁할 만한 거금이 손에 들어온다.

'멍청한 것들. 내 연기에 감쪽같이 속아 넘어가다니.'

와토는 점술가의 미소를 떠올렸다.

주먹을 움켜쥐고, 점차 회전이 느려지는 룰렛을 바라보았다.

'이 일생일대의 대승부. 이기는 건—.'

와토가 베팅한 칸은 31. 그것이 미리 협의한 번호였다.

하지만 구슬은 비정하게도— 1번 칸에 빨려 들어갔다.

"허?"

몸이 얼어붙는 느낌이었다. 심장을 직접 잡힌 것 같은 공포에 사고가 멈췄다. 관중들이 싸늘하게 조소했으나 내용은 귀에 들어오지 않았다.

뭔가 착오가 있던 게 아닐까 싶어서 딜러를 보았다.

그는 엷게 웃고 있었다. —죽음을 선고한 사신처럼.

"아아아아아아아아아아아아아아아아아아아아아아아아아아아아아!!"

통곡과 함께 와토는 광란했다. 망가진 기계처럼 「속임수다아아아아아」 하고 호소했으나, 듣는 자는 아무도 없었다.

와토 후작의 추태는 화제가 되었고, 그 바닥의 웃음거리가 되었다.

◇◇◇

뤼시도르 가문이 관리하는 도박장의 위층에서는 네 남자가 손뼉을 치며 웃고 있었다.

방의 중앙에서는 이자크라는 남자가 와인잔을 기울이고 있었다.

뤼시도르 가문의 차남. 34세의 호리호리한 남자.

이 불법 카지노 『뷔장』의 책임자였다. 자극을 추구하는 귀족들에게 오락을 선사하는 것이 생업이지만, 때때로 방해되는 귀족을 무대에서 치워 버리는 역할도 맡고 있었다.

그는 방금 막 큰일을 해낸 눈앞의 딜러를 칭찬했다.

"이야~ 이것 참 훌륭했어. 이로써 와토 후작은 끝이야. 후추 농장의 경영권은 아버지가 사들이게 되겠지."

"그 정도 잔챙이는 별것 아니지."

딜러 청년은 거들먹거리는 태도로 다리를 꼬고서 이자크처럼 와인을 즐기고 있었다. 들뜬 모습인 남자들과는 상종하지 않고 와인을 물처럼 마셔 댔다.

종잡을 수 없는 웃음을 짓는 표표한 청년이었다. 20대 후반이라고 했지만, 명주실처럼 아름다운 금발을 정중앙에서 나눠 이마를 크게 드러낸 얼굴은 애교가 있었다. 웃을 때면 입꼬리가 시원스럽게 올라가서 마치 10대 소년 같은 쾌활한 웃음이 되었다.

외모만 보면, 여러 귀족을 함정에 빠뜨린 사신 같은 게이머라는 생각은 안 들었다.

금발 청년은 이자크의 눈앞에 있는 치즈를 서슴없이 집어 들어 입에 넣었다.

"그보다 이자크 선생님, 슬슬 보수를 받고 싶은데."

"아아, 이로써 약속한 다섯 명째지. 가져와."

이자크와 그는 협력 관계였다.

적대하는 귀족을 함정에 빠뜨리기 위해 도움을 받고 있었다. 그의 수완은 마법 같았다. 우연을 가장하여 만난 타깃에게 카지노를 소개하고, 도박을 하게 해서, 파멸로 이끌었다.

귀족 다섯 명을 파멸로 이끄는 일의 대가로 그가 요구한 것은 정보였다.

이자크는 부하가 금고에서 가져온 서류를 내밀었다.

"2년 전의 반정부 혁명을 뒤에서 지원했던 암흑가의 인물 리스트야. 이건 아직 첩보 기관『창세군』도 모르는 정보야."

"호오~ 이게 바로."

청년은 감탄하며 리스트를 바라보았다.

뒷세계와 가까운 뤼시도르 가문이기에 얻을 수 있었던 정보였다. 2년 전 실패로 끝난 혁명 운동의 관계자. 왕국 경찰에 의해 진압되었으나, 뒤에서 많은 마피아가 돕고 있었던지라 한때는 군대도 동원될 만큼 소동이 크게 일어났었다.

"정말이지, 이런 정보를 어떻게 이용하려는 거야?"

이자크는 유쾌하다는 듯 큭큭 웃었다.

"확실히 이 리스트를 첩보 조직에 밀고하기만 해도 이 녀석들은 끝장이야. 협박 재료로는 충분히 쓸 수 있겠지만—."

거기까지 말하고 이자크는 깨달았다.

금발 청년의 비취색 눈에는 먹이를 사냥하는 야수 같은 사나운 살기가 담겨 있었다.

"설마, 너……."

알아차린 사실에 숨을 삼켰다.

이 청년이 이루고자 하는 일은 라일라트 왕국의 민중이 100년 넘게 바랐으나 달성하지 못한 꿈이었다.

"너를 생각해서 하는 말이야. 그만둬."

목소리를 낮추고 경고했다.

"이 나라에서 **그건** 불가능해. 조금이라도 정보가 누설되면 『니케』에게—."

"알아. 이 이상 눈에 띄게 움직이진 않을 거야. 입막음도 확실히 할 거고."

청년은 자료를 접어 품에 넣고, 실실 웃으며 선언했다.

"—여기서 당신들도 다 죽을 거야."

이자크를 포함해 방에 있던 네 남자는 아연해했다.

청년은 쾌활한 웃음을 지우고서 찌르듯이 날카로운 시선을 보냈다.

"왜 자신들은 안전권에 있다고 생각해? 당신들도 왕족 덕을 보며 꿀 빨고 있는 악덕 귀족이잖아."

「영차」 하며 경쾌하게 일어난 청년은 다리를 치켜들어 솜씨 좋게 신발을 위로 날렸다. 신발창에서 권총이 떨어졌고 청년이 캐치했다. 와인을 마셨을 텐데 취한 것처럼 보이지는 않았다.

이자크의 얼굴이 창백해졌다.

"아, 아무나 이 녀석을 죽—."

"—안 통해. 내 동생이 움직이고 있거든."

청년은 어깨를 으쓱였다.

"당신도 차림새가 누추한 사람을 보면 가난한 사람인가 보다고 짐작하잖아? 그걸 보통 사람의 몇백 배, 몇천 배의 정밀도로 해내는 게 내 동생이야. 경비원은 이미 매수했지."

이자크는 자신이 무슨 말을 들었는지 이해할 수 없었다.

만약 그런 초능력 같은 일을 할 수 있다면 매수공작 같은 건 얼마든지 가능할 터다. 상대의 약점을 잡아서 협박하는 것 따위 손쉬운 일이다.

"우리 형제한테 찍힌 게 운이 다한 거야."

금발 청년은 권총을 들고 입꼬리를 올렸다.

"있잖아, 가르쳐 줘. 그런데— 이 놀이에 언제까지 장단을 맞춰 주면 돼?"

◇◇◇

일찍이 라일라트 왕국에서 어떤 쌍둥이가 암약했다.

—게이머. 『매연』 루카스.

—점술가. 『작골』 빌레.

『화염』의 중핵을 맡았던, 클라우스의 친형 같은 존재였던 쌍둥이는 생전에 이 나라에서 날뛰었었다.

◇◇◇

『매연』 루카스는 불법 카지노 『뷔장』의 주인에게 온갖 멋있는 척을 다 했지만, 격투 센스가 전무했기에 그 후로는 매우 고전했다. 지근거리에서 쏜 총알은 빗나갔고, 그러는 사이에 혼란에서 벗어난 이자크 일행과 총격전이 벌어졌다. 서로 총알이 다 떨어져서, 최종적으로는 손목시계에 넣어 둔 독침, 소매에 넣어 둔 와이어, 신발에 넣어 둔 크로스보우 등 미리 무기를 잔뜩 준비해 둔 루카스가 물량으로 간신히 이겼다.

루카스는 남자들의 숨통을 끊고서 「강적이었어. 클라우스라면 졌을지도 몰라」라고 말하며 뺨에 묻은 피를 닦고, 재빨리 그들의 아지트를 뒤져 값나가는 물건과 『덤』을 회수했다.

피에 젖은 옷을 갈아입고 아무 일도 없었던 것처럼 건물 밖으로 나가, 평화로운 휴일 밤을 맞이한 거리의 소란 속으로 녹아들었다.

미리 정해 뒀던 골목에 다다라 동생 빌레와 합류했다.

루카스와 똑같이 생긴 동생은 태연한 얼굴로 손을 흔들었다.

"형, 수고했어."

"오. 역시 내 동생이야. 와토의 저택에서 간단히 탈출했나 보네."

"물론이지. 그 사람, 인망이 너무 없더라. 경비원에게 멋진 애인을 소개해 줬더니 쉽게 보내 줬어. 형은 꽤 힘들었나 봐?"

"여유로웠어. 그딴 녀석들, 내 적수가 못 돼."

"그런 것치고는 집합 시간보다 많이 늦었는데."

"……동생의 엄격한 의견에 형은 눈물이 난다."

루카스가 어깨를 떨구니 빌레가 눈썹을 찌푸렸다.

루카스 뒤에 서 있는 소녀를 알아차린 듯했다. 얇은 드레스를 입은 소녀였다. 나이는 10대 초반 정도일까. 루카스보다 색이 옅은 금발을 기르고 있었다. 속이 비쳐 보일 만큼 얇은 네글리제 위에 루카스의 재킷을 걸치고 있었다.

"얘는 뭐야?"

"그 녀석들이 가둬 뒀더라고. 상품 아닐까?"

이자크의 아지트에서 발견한『덤』이었다.

복장을 보건대 어딘가에 팔릴 예정인 소녀일 것이다.

"……어? 데려온 거야?"

"방치할 순 없잖아. 거기 있으면 어떤 귀족의 노리개가 될 게 뻔한데."

그녀의 이름은 수지라고 했다. 호적은 없는 듯했다.

"우리의 사용인으로 고용하기로 했어."

"또 멋대로……."

빌레는 어이없어하며 한숨을 쉬었지만, 강하게 반대하지는 않았다. 그녀와 눈높이를 맞추려는 듯 허리를 숙였다.

"……미안해. 형이 바보라서."

"말투 봐라."

쌍둥이의 모습을 보고 수지는「아뇨, 기뻐요……」라고 말하며 작게 미소 지었다. 그녀도 루카스의 결정에 이의는 없는 것 같았다.

자세히 들어 보니 예전에 그녀는 고아원에 있었다고 했다. 외모가 반듯해서 고아원 원장이 이자크에게 팔아넘긴 모양이었다. 호적은 그때 삭제된 듯했다.

고아원에 돌아가는 것보다는 루카스에게 보호받는 편이 그녀에게도 좋을 것 같았다.

"뭐, 어때. 쓸 수 있는 건 뭐든 써야지."

루카스는 어깨를 으쓱였다.

"앞으로는 대놓고 장을 보는 것도 위험해질지 몰라. 수지한테 급료를 듬뿍 주고, 해 달라고 하자."

그 말을 듣고 수지가 어깨를 움찔했다.

그녀의 반응을 본 빌레가 「오」 하고 슬쩍 웃었다.

아주 총명한 아이인 듯했다. 루카스의 언동을 보고, 쌍둥이가 무슨 짓을 벌이려고 하는지 바로 짐작한 모양이었다.

"……그만두는 게 좋아."

떨리는 목소리로 수지가 입을 열었다.

괴로운 듯 루카스의 소매를 잡고, 호소하듯이 외쳤다.

"『니케』한테 죽을 거야……! 다들 알아. 나쁜 짓을 하면 『니케』가 와. 왕을 거역해선 안 돼……!"

학교에 다니지 않는 아이도 아는 공포의 대상—『니케』.

절대적인 권력자 라일라트 왕국의 국왕이 부리는, 최강의 첩보기관 『창세군』의 절대적 정점. 경찰, 군부, 재판소조차 장악한, 스파이의 영역을 넘어선 여자.

“『니케』는 어떤 소문이든 듣고 있어. 험담을 하면 곧장 죽이러 와……!”

수지는 두려운 듯 주위를 둘러보고 속삭였다.

당연히 쌍둥이도 알고 있었다.

세계 대전 때, 『화염』으로서 그녀와 손을 잡은 적도 있었다. 『홍로』와는 또 다른 의미로 인간의 영역을 초월한 스파이였다.

루카스는 옅게 웃었다.

“알 바 아니야. 공교롭게도 나는 진 적이 없어. 천전 무패의 게이머님이라고.”

“거짓말이지만. 자주 겜블에서 지잖아.”

“기억해 둬. 우리의 사용인이 될 너에게 한 가지 진실을 알려 줄게.”

루카스는 빌레의 지적을 무시하고 수지의 어깨를 두드렸다.

“어떤 적이든 상관없어. —**최후에 이기는 건 형제(우리)야.**”

루카스는 힘 있게 웃고서 혀를 찼다.

그의 머릿속에는 『포락』 게르데가 가르쳐 준 말이 있었다.

◇◇◇

『화염』의 거점인 아지랑이 팰리스에서 루카스는 어떤 의문에 직면해 있었다.

세계 대전이 일어나고 9년이 지났을 무렵, 클라우스가 특별 임무를 받아 한동안 『화염』을 떠나게 되었다. 그것 자체는 흔히 있는 일이었고, 이렇다 할 의문은 없었지만, 그 임무를 가져온 기드의 태도에서 불온함이 느껴졌다.

그렇기에 담화실에서 쉬고 있는 『화염』의 최고참—『포락』 게르데를 찾아갔다.

탱크톱과 청바지라는 러프한 차림으로 맥주를 마시고 있는 노파가 그녀였다. 잘 단련된 팔뚝을 드러내고서 편하게 라디오를 듣고 있었다.

그녀는 방에 들어온 루카스를 보더니 술병을 들었다.

"뭐야? 루카스. 마침내 너도 내 훈련을 받을 마음이 생겼어?"

"농담하지 마, 겔 할멈. 사형 선고로 들려."

루카스는 쓴웃음으로 받아넘기고서 「있잖아」 하고 물었다.

"최근에 보스랑 기드 씨, 좀 이상하지 않아?"

말한 순간, 게르데는 술병을 테이블에 내려놓았다.

"어이, 루카스. 너 어디까지……."

"나랑 동생의 감이야."

비슷한 위화감은 당연히 빌레도 느끼고 있었다.

오히려 이런 통찰력은 빌레가 훨씬 뛰어났다.

"동생도 걱정하고 있어. 꽤 위험한 걸 끌어안고 있다면서. 내 동생이 진짜로 불안해할 정도면 보통 일이 아니야. 전에 묘한 소문도 들었고."

루카스는 그 단어를 말했다.

노스탤지어 프로젝트
"―《효암 계획》."

게르데의 눈썹이 움직였다. 취했을 때의 그녀는 표정에 쉽게 드러냈다.

"……흐응. 어디서 들었지?"

"기드 씨와 임무 중에, 군인으로 보이는 여자한테서 전 재산을 뜯어냈을 때."

어떤 임무인지 자세히 듣지는 못했다.

어떤 중립국에서 한 여자를 마크하라고 기드가 명령했었다. 루카스는 단순한 미행에 질려서 여자를 도박장으로 유인했고 함정에 빠뜨렸다. 집요하게 도발하며 정신을 계속 공격해서 여유를 잃게 하자 그녀가 중얼거렸다.

―『윽, 「흰거미」 공이 기대한 「은매미」로서 너무나도 한심해……!』

―『《효암 계획》을 막을 정예가, 이런 일반인을 상대로.』

여자는 누구에게도 중얼거림이 들리지 않을 거라고 생각했으리라.

하지만 루카스는 독순술을 익히고 있었다. 아주 미미하게나마 입술이 움직이면 내용을 읽을 수 있었다. 『은매미』라는 자는 매우 방심하고 있었다. 물론 정신이 흐트러질 만큼 루카스가 흔들어서 그런 거였지만.

그 후 기드가 그녀를 어떻게 했는지는 듣지 못했다.

대략 설명을 끝내자 게르데는 고개를 가로저었다.

"보스는 너희에게 말하지 않기로 결단했어. 내가 할 수 있는 말은 없어."

"어이어이, 우리는 따돌리는 거야?"

"그게 그 아이의 각오인 거겠지."

"……."

정보를 얻어 내지 못한 루카스는 불만스럽게 입을 삐죽였다.

게르데가 그렇게 결단했다면 루카스는 어떻게 할 방법이 없었다. 그녀는 루카스를 손바닥 보듯 훤히 안다. 10년 넘게 알고 지낸 사이였다.

그러나 수확이 없지는 않았다.

—『화염』의 보스는 동료에게도 상담하지 못할 난제에 휘말려 있다.

그 사실이 루카스의 마음을 한층 더 초조하게 했다.

"아~ 젠장. 마음에 안 들어. 이렇게 된 거, 클라우스랑 빌레를 꼬셔서 난리라도 쳐야겠다. 두고 봐. 우리가 진심으로 나서면 이 나라의 모든 정치가를 아프로헤어로 만들 수도 있어. 우리의 전력 항의에 전율해라!"

팔을 크게 돌리며 방에서 뛰쳐나가려고 했을 때였다.

"—예의 그 계획은 라일라트 왕국에서 시작됐어."

별안간 게르데의 목소리가 들렸다.

응? 하고 시선을 돌리자, 체념한 듯 한숨을 쉬는 게르데의 모습이 보였다.

"그냥 혼잣말이야……. 지금 내가 밝힐 수 있는 건 그것뿐이야……."
그녀는 담배 두 개를 동시에 물고 라이터로 불을 붙였다.
"지금 『화염』은 중대한 기로에 서 있어. 너의 걱정은 기뻤어……."
그녀가 내뱉는 가늘고 긴 연기를 보고 있자니 루카스는 자연스럽게 각오가 섰다.

◇◇◇

"할멈의 말을 듣고 대충 감이 왔어. 보나 마나 이 썩어 빠진 왕국이 좋지 못한 일을 생각하고 있는 거겠지. 보스도 기드 씨도 휘말린 거야."
은신처에서 수지를 재우고, 두 사람은 계획의 1단계를 완료한 공을 서로 치하했다. 이자크의 아지트에서 훔쳐 온 고급 와인을 유리잔에 따랐다.
루카스는 그걸 단숨에 들이켜고 머리를 쓸어 올렸다.
"그렇다면 우리가 할 일은 하나야. 원래부터 이 나라는 마음에 안 들었어."
두 사람은 독단으로 라일라트 왕국에 잠입해 있었다. 『화염』의 보스에게도 밝히지 않았다. 한 달이면 끝날 임무를 1년은 걸린다고 뻥치고 이 나라에서 생활하고 있었다.
물론 보스가 그런 폭주를 눈치채지 못할 리 없었다.
일부러 눈감아 주고 있는 걸까. 아니면 눈치채지 못할 만큼 사태가 급박한 걸까.

루카스의 강한 결의에 빌레가 쓴웃음을 지었다.

"……진짜 바보라니까. 형은."

"너도 따라왔잖아."

"그야 형 혼자서는 무리니까."

"……냉정한 판단, 고맙다. 나는 참 좋은 동생을 뒀어."

"—극상이지."

"—극상이야."

루카스는 옅게 웃었다.

"몰빵(올인)이다. 『화염』을 지키기 위해서라면 나는 전부를 걸어도 좋아."

『화염』에서 루카스의 포지션은 그야말로 중핵이었다.

누구보다도 『화염』의 중심에 있었다. 뛰어난 공작 기술을 이용해 페로니카와 기드, 게르데를 서포트하고, 한편으로 아직 경험이 부족한 하이디와 클라우스를 이끌었다.

장래 『화염』의 차기 보스로 기대받던 스파이. 그리고 동생인 빌레는 그런 형을 수행해 왔다.

그렇기에 두 사람은 라일라트 왕국에서 움직이기 시작했다.

"저질러 주겠어. 우리는 이 왕국을—."

우연히도 그 말은 2년 후, 어떤 두 소녀가 이어받게 된다.

◆◆◆

세계 대전으로부터 9년 후, 『화염』의 쌍둥이는 라일라트 왕국에서 암약을 시작했다.

세계 대전으로부터 10년 후, 『화염』은 『거광』 기드와 『뱀』의 계략으로 괴멸. 살아남은 『화톳불』 클라우스가 『등불』을 결성한다.

세계 대전으로부터 11년 후, 많은 임무를 완수하고 『뱀』을 타도한 『등불』은 마르뇨스섬에서 바캉스를 만끽한다.

그리고 또 1년이 지나 세계 대전으로부터 12년 후— 신세대의 2인조가 움직이기 시작한다.

◇◇◇

아침의 적요함에는 완전히 익숙해지고 말았다.

졸린 눈으로 세면대에 가 세수를 했다. 차가운 물이 튀어서 옷깃까지 흠뻑 젖어 버렸다. 침실로 돌아가 축축한 잠옷을 벗고 교복을 입었다. 쭉 편 교복 리본이 구겨져 있길래 손으로 세게 잡아당겨 봤지만, 아무리 당겨도 주름이 남아서 예비 리본을 옷장에서 꺼냈다.

이곳은 라일라트 왕국 수도 피르카의 낡은 아파트.

커튼을 걷자 강한 아침 햇살이 들어왔다.

아직 침대에 있는 동거인은 불쾌하다는 듯 침음을 흘리더니, 빛을 피해 도망치듯 몸을 말고 침대 구석으로 갔다.

전혀 일어날 생각이 없어 보이는 동거인의 모습에 어이없어하며, 방에 있는 거울 앞에 섰다.

거울에는 당연히 평소와 같은 자신의 모습이 담겨 있었지만, 이 날은 조금 다르게 보였다.

"응? 에르나, 키가 조금 큰 것 같아."

에르나는 거울 속의 자신을 보고 감탄했다.

최근에는 짧게 자른 머리만 신경 쓰느라 다른 부분을 알아차리지 못했다. 치마 밑으로 보이는 다리가 이 나라에 처음 왔을 때보다 훨씬 많이 드러나 있었다.

그야 그런가, 하고 혼자 중얼거렸다.

—스파이 양성 학교에서 『등불』로 스카우트되고 2년이 지났다.

생물 병기 『나락 인형』 관련 임무에 두 달, 암살자 『시체』 임무에 한 달, 무자이아 합중국에서의 『보라개미』 임무에 한 달, 그 후 정신없이 석 달이 지났고, 극동에서 『봉황』과 대치하고 화해한 뒤 한 달간 밀월을 보내고, 펜드 연방에서 CIM과 『뱀』이 얽힌 모략전을 펼치고, 휴가를 보내고, 그리고 라일라트 왕국에 1년을 체재했다.

『등불』 가입 당시 14세였던 에르나는 이제 16세였다.

키가 클 만하다.

"응!"

주먹을 움켜쥐고, 아직도 이불 속에 있는 동거인에게 말했다.

"아네트, 일어나. 이 이상 꾸물거리면 지각할 거야."

침대로 다가가 아네트의 몸을 흔들었다.

"……나님, 오늘도 오전은 쉴래요."

무심코 한숨을 쉬었다.

"슬슬 퇴학 처분을 받을 시기야. 유학생이 거의 매일 늦잠이라니, 전대미문이야."

"에르나가 너무 성실한 거예요."

"……우우."

"나님을 본받으세요…… 쿠울……."

이렇게 되면 절대 안 일어난다.

아네트를 깨우려다가 에르나까지 지각할지도 몰랐다. 빵과 수프뿐인 아침 식사를 마치고서 냉큼 학교에 가기로 했다.

성(聖) 카탈라츠 고등학교의 교환 유학생.

그것이 현재 에르나와 아네트의 신분이었다.

역시 1년이나 통학하다 보니 통학로의 풍경에도 익숙해졌다. 학교가 가까워지자, 아는 사람이 몇 명 다가와 「좋은 아침이에요」 「오늘도 예쁘네요」라며 품위 있는 목소리로 인사했다.

여학교라서 모두 에르나와 똑같은 교복을 입은 소녀였다.

"음, 좋은 아침……."

에르나도 작게 인사했다.

다른 사람과의 커뮤니케이션을 어려워하는 에르나에게 학교생활은 큰 불안 요소였지만, 지금은 친구도 생겨나 있었다.

불행 체질—이라고 여기고 있는 자기 처벌 체질도, 최근에는 자기 긍정감이 높아지면서 점점 개선되고 있었다. 불행의 징조를 감지하는 능력은 남아 있으나, 부주의하게 다른 사람을 끌어들이지는 않았다.

그것만 없으면 에르나는 말주변이 조금 부족한, 인형처럼 귀여운 여학생이었다.

다른 학생이 나긋나긋하게 웃었다.

"들었어요? 다음 달에 있는 홈커밍. 올해는 꽤 큰 규모로 열린다는 모양이에요. 준비하느라 바빠지겠어요."

"으으, 다음 달에는 시험도 있는데……."

"그러니까 말이에요. 아, 그러고 보니 역 쪽에 맛있어 보이는 가게가 생겼던데요. 그 유명한 셰프, 숀 뒤몽이 감수한대요."

"음, 그건 가 보고 싶어."

"후후, 얼굴이 반짝거리네요."

어디서나 흔히 들을 수 있는 학생 간의 한가로운 대화였다.

에르나는 이 생활이 마음에 들었다. 문득 쓸쓸해질 때도 있지만, 또래 소녀들과 함께 학업에 힘쓰고 방과 후에 노는 시간은 싫지 않았다.

하지만 이따금 벽을 느낄 때도 있었다.

"—어머, 저것 좀 봐요."

한 여학생이 불쾌함을 숨기지 않은 목소리로 말했다.

교문 앞에 넝마를 걸친 남성이 앉아 있었다. 앞에 빈 캔을 두고

『돈이나 일을 달라』라고 적힌 간판을 들고 있었다.

성 카탈라츠 고등학교의 문 앞에는 학생을 태우고 온 차들이 늘어서 있었다. 넝마 차림의 남자가 아첨하듯 운전기사를 쳐다보았지만 아무도 상대해 주지 않았다. 학생들도 눈을 맞추지 않고 무시하며 학교로 들어갔다.

"정말이지, 노숙자예요."

"더러워라. 학교의 경비원은 뭘 하는 거죠?"

"아침부터 불쾌하네요. 아아, 숨을 멈추고 지나가요."

에르나 주위에 있는 여학생들이 노골적으로 혐오를 드러냈다.

아마 남자에게도 들리고 있을 것이다. 그걸 알고서 말하고 있었다.

"……."

이것도 에르나에게는 익숙해진 일상이었다.

성 카탈라츠 고등학교에 다니는 학생은 대부분 귀족이나 자본가의 딸이었다. 거액의 기부금을 내지 않으면 입학조차 할 수 없었다. 상류 계급을 위한 학교였다.

그녀들이 서민에게 보이는 것은 차별 감정이다.

그것 가지고 서로를 비난하는 일도 없었다. 그녀들에게는 당연한 행동이었고, 그 행동에는 악의조차 거의 없었다. 있는 것은 『아침부터 불쾌한 모습을 봤다』라는 피해자 의식이었다.

그렇게 에르나도 다른 학생들처럼 남자의 옆을 지나쳤다.

"……미안해요."

간신히 중얼거렸다.

다른 학생이 의아해하며 고개를 갸웃했다.

"음? 뭔가 방금—."

"아무것도 아니야, 응."

순간적으로 둘러대고 고개를 가로저었다.

갑자기 여학생들이 「꺄아아아!」 하고 환호성을 질렀다.

"여러분, 방금 들었어요?!" "『응』이에요! 그 보배로운 『응』을 들었어요!" "아아, 오늘은 정말 운이 좋은 날이네요!" "응! 응!!"

"……."

좋아하는 급우들을 보고 입을 다물었다.

애초에 「응」이라는 말버릇은 어려 보이려고 하다 보니 무의식적으로 몸에 밴 것이었다. 귀여운 소녀를 가장하여 자작극으로 불행을 만들어 내는 것이 그녀의 처세술이었다.

하지만 이제 에르나는 열여섯 살.

슬슬 앳된 말투는 봉인해야겠다고 생각하여 매일 조심하고 있지만, 아무래도 가끔 튀어나왔다.

◇◇◇

에르나의 활동은 밤이 되고 나서 시작된다.

성 카탈라츠 고등학교에 다니는 것은 어디까지나 정체를 속이기 위해서다. 학교에는 비밀로 하고서 일하고 있는 아르바이트 중에 마침내 스파이로서 움직이기 시작한다.

아르바이트 장소는 라일라트 왕국에 있는 변호사 사무소였다. 일주일에 네 번씩 다니고 있었다.

"고마워. 네가 오고 나서 사무 작업이 단숨에 정리됐어."

"감사합니다."

가브리엘 변호사가 감탄하며 박수를 쳐서 에르나는 공손히 머리를 숙였다.

젊은 나이에 변호사 사무소를 개업한 가브리엘 마슈는 성품이 좋아서, 돈이 되지 않는 재판이어도 뭐든 받아 주는 것으로 유명했다. 눈에 띄는 실적이 있다고 말하기는 어렵지만, 의뢰를 거절하지 않기 때문에 매일 일이 날아들었다.

다만 정리 정돈을 못 해서 사무소는 항상 어질러져 있었다.

에르나는 서류를 정리하여 끈으로 묶으며 고개를 끄덕였다.

"저야말로 학교 몰래 일할 수 있게 해 주셔서 감사해요."

"응응. 좋지 않아? 젊은 유학생이 착실하게 노력하고 있잖아. 이토록 응원하고 싶어지는 아이도 없지."

가브리엘은 콧노래를 부르며 재판 기록을 읽고 있었다. 어울리지 않는 수염을 기른 34세의 붉은 머리 남성. 다른 변호사가 포기한 재판을 또 맡은 듯했다. 아내가 있는데, 가브리엘이 돈에 관심이 없는지라 자주 싸웠다.

에르나는 그에게 서류 하나를 내밀었다.

"선생님, 이 자료는 어느 파일에 철해야 하나요……?"

"음~?"

가브리엘이 힐끔 살펴보더니 바로 이해한 듯 웃었다.

"아~ 이거 말이지~ 지난주 건이네. 창고에 엽총을 보관했을 뿐인데 내란 준비죄로 기소당했으니 너무한 일이지. 변호할 거지만, 유죄는 피할 수 없을지도 몰라. 지난달에도 똑같은 사례에 징역형이 내려졌었어. 정부는 뭘 그렇게나 두려워하는 건지, 원."

머리 회전은 빠르지만 입은 가벼웠다. 간단히 말해 줬다.

이게 바로 에르나가 여기서 일하는 이유였다.

마슈 변호사 사무소에는 매일 많은 사건 기록이 모인다. 대부분은 재판에서 퇴짜를 맞는— 즉, 서민과 상류 계급 사이에 일어난 트러블이었다.

다른 변호사 사무소가 경원시하는 안건이어도, 성품이 좋은 가브리엘은 받아 줬다.

에르나가 정리하는 재판 관련 서류에는 자세한 내용이 기록되어 있었다.

—5월 2일. 텅텐로 2가의 출판사 모낭주북스에 영업 정지 명령. 왕국 검열국의 조사로 간행물 5점이 「왕국의 풍기를 어지럽히는 표현물」에 해당함을 발견함. 사장 및 임원은 체포되었으며, 징역형을 구형할 것으로 예상됨.

—2월 8일. 수도 서단, 지고 육군 중장의 저택 벽에 낙서. 왕국

정부를 비난하는 그래피티 아트. 익명 예술가 막심의 작품으로 추정됨. 인근 주민이 체포되었으나, 그 남성은 용의를 부인. 통례로는 벌금형이지만, 검찰은 이례적인 징역형을 구형.

—4월 7일, 8일. 투룩 대학의 교수와 학생 총 12인이 국가 반역죄로 체포됨. 교수는 강의 중에 정부를 반복적으로 비난함. 이들은 반정부를 주제로 한 영화를 제작하고 있었다고 여겨짐.

라일라트 왕국에서 일어나는 반정부 활동과 단속의 싸움.

가브리엘 변호사에게 반정부 사상은 없지만, 다른 변호사가 경원시하는 일을 맡다 보니 이렇게나 모였다.

당연히 **개인 정보가 기재되어 있었다.** 변호하려면 이름, 나이, 주소는 물론이고, 때로는 당사자의 경력과 인간관계까지 알아야 했다.

왕국 각지에 있는 반정부 인사들의 방대한 데이터가 사무소에 있었다.

에르나는 그것들을 몰래 메모에 베껴 적었다.

'조금씩 모이고 있어. 정보가—.'

이미 반년 넘게 일하면서 꽤 방대한 리스트가 완성되었다.

이걸 어떻게 동료에게 보낼 수 없을까, 고민하며 자료를 운반하고 있을 때였다.

—흩어져 있던 종이를 밟고 말았다.

"노오오오오오오오오오오오오오오오?!"

"노?"

종이가 미끄러지면서 에르나는 호쾌하게 넘어져 버렸다.

「괜찮아?」 하고 걱정하며 달려온 가브리엘이 엉덩방아를 찧은 에르나를 보고 쓴웃음을 지었다.

"너는 우수한데 가끔 덤벙댄단 말이지."

"불행……."

에르나는 한숨을 쉬며, 머리 위에 내려앉은 종이를 치웠다.

호쾌하게 넘어진 탓에 모처럼 정리한 서류가 엎어져 버렸다. 많은 종이가 파일에서 쏟아지고 말았다.

그중 한 장을 집어 들어, 마침 잘됐다는 것처럼 가브리엘에게 보여 줬다.

"선생님, 이건 어떤 사건의 사안이었죠?"

"아~ 그건 말이지~."

가브리엘은 선뜻 해설해 줬다. 붙임성이 있고 기억력도 좋은데, 변호사로서 수비 의무를 이행하려는 의지는 현저히 낮았다.

하지만 그 덕분에 에르나의 첩보 활동은 순조롭게 진행 중이었다.

◇◇◇

변호사 사무소에서 적은 메모는 집으로 가져간다. 집에서 마이크로필름에 복사했다. 그렇기에 귀갓길에는 말썽에 휘말리지 않도록 조심해야 했다.

하지만 항상 들르는 곳이 두 군데 있었다.

하나는 베이커리였다. 독신 노동자가 손님층이라서 밤늦게까지 여는 가게에 들어가 팔고 남은 빵을 싹 사들였다. 양손 가득 빵을 안고서 도시의 골목을 나아갔다.

도중에 한숨을 쉬었다.

'……매일 피곤해.'

낮에는 학교생활, 밤에는 아르바이트. 심지어 그것들은 스파이로서 정체를 속이고 임무를 완수하기 위한 행위였다. 마음을 쉴 시간이 전혀 없었다.

하지만 애초에 이것이 본래 스파이의 형태다.

지금까지 『등불』은 두 달 넘게 한 나라에 머물지 않았었다. 동포의 불가능을 뒤집기 위해 전 세계를 이동하는 팀의 특성 때문이었다.

주위를 계속 속여야 하는 스파이로서의 고독이 괴로웠다.

아네트 이외의 『등불』 멤버와는 한동안 만나지 못했다.

'……하지만 괜찮아. 허점은 드러내지 않고 있어. 이대로 조금씩—.'

빵 냄새를 맡으며 자신을 격려하고 있을 때였다.

"—여기에 뭐 하러 왔지?"

뒷골목에 들어가자, 누군가가 뒤에서 말을 걸어왔다.

안 보이는 곳에 몸을 숨기고 있었던 모양이다. 군복을 입은 남자 세 명이 에르나의 퇴로를 막듯 서 있었다.

선두에 서 있는 것은 스킨헤드의 남자였다. 이목구비가 뚜렷하여 눈이 도드라지게 튀어나와 있었다. 조용한 살기를 풍기며, 멈춰 선 에르나에게 걸어왔다.

"『창세군』 니르파 부대다. 평범한 유학생이 이런 뒷골목에 무슨 볼일이지?"

에르나는 가볍게 입술을 깨물었다.

『창세군』— 라일라트 왕국의 첩보 기관.

상류 계급에 기생하여, 뛰어난 첩보 기술로 국내의 반란 분자를 없애는 자들.

니르파 부대라는 이름도 알고 있었다. 이 지역에서 반정부 사상을 가진 인간을 탄압하는 집단이었다. 가브리엘 변호사의 재판 기록에도 여러 번 등장했다.

연약한 소녀인 척, 눈을 내리떴다.

"이 사람들에게 빵을……."

그랬다. 에르나가 찾아온 곳은 아침에 본 것 같은 노숙자들이 모이는 뒷골목이었다. 그들은 매일 끼니조차 잇지 못하여, 골목에 모여서 잔반을 뒤지거나 교회가 베푸는 음식으로 연명하고 있었다.

에르나 주위에는 이미 네 명, 청결하다고는 할 수 없는 옷을 입은 남자와 아이가 모여 있었다. 이 빵을 얻어먹지 못하면 굶는 자들이었다. 개중에는 반정부 사상 때문에 체포당해 직장과 집을 잃은 자도 있었다. 이것도 변호사 사무소에서 안 것이었다.

니르파 부대의 남자들은 알고 있었다는 것처럼 고개를 끄덕였다.

"그런 것 같더군. 이미 조사를 끝냈어. 너는 밤마다 남은 빵을 사서 이 근방 사람들에게 나눠 주고 있지. 참 기특해."

그들의 입가가 비웃듯이 일그러졌다.

"—똥통의 쓰레기들에게 먹이를 주는 게 무슨 소용이지?"

"……!"

얼굴이 확 뜨거워졌다.

이것이 저들의 의식임을 알고 있어도 참기 힘들었다.

"성 카탈라츠의 유학생이잖아. 공부에 힘쓰도록."

세 사람의 리더인 듯한 남자가 에르나를 경멸하듯 눈을 가늘게 떴다.

"네가 변호사 사무소에서 아르바이트하고 있다는 것도 알고 있어. 이해하기 어렵군. 힘들게 번 돈을 시궁창에 버리다니."

"으, 이 사람들은—."

"노력하지 않은 나태한 자들이야. 지금 여기서 살 수 있는 것은 고귀한 분들이 가르가드 제국의 악귀들을 물리치셨기 때문이지. 그 감사함을 잊고 악취를 풍겨 대는 쓰레기들이야."

세 사람은 노숙자들을 손으로 쫓아내고 에르나를 에워쌌다.

"—검문하겠다. 양팔을 벌려라."

가혹한 신문이 시작되려고 했다.

그들의 허리춤에는 권총이 있었다. 달빛을 반사하여 총신이 무디게 빛났다.

"너 같은 족속이 이 나라에 적의를 보이고 우리에게 덤벼드는 싹

이 되는 거야. 설마 타국의 스파이는 아니겠지?"

검문이란 이름의 린치일 것이다.

이것도 드문 일은 아니었다. 상류 계급의 사람은 반정부 사상을 가진 인간에게 『창세군』을 파견하여 욕을 퍼붓고 공포로 마음을 위축시켰다.

실제로 반정부 사상을 가진 인간이 타국의 스파이와 연결되기 쉽기도 했다. 직접 덤빌 수 없는 자는 타국의 스파이가 이 나라의 체제를 뒤엎어 주기를 바란다. 하지만 그것이 오히려 『창세군』 활동의 대의명분이 되었다.

"조금이라도 수상한 움직임을 보이면 반역자로서 사형에 처한다. 그중 한 명이 되고 싶은가?"

남자가 야비하게 웃었다.

에르나의 등에 식은땀이 흘렀다.

'옷깃에, 목록을 정리한 메모가 있어…….'

가방에는 넣지 않았다. 옷의 보이지 않는 곳에 주머니를 만들어서 수납해 뒀다. 아무리 몸을 더듬어도 발견되지 않을 터다.

'그러니까 참으면 돼. 다소의 치욕은—.'

남자들의 눈에서 소녀를 괴롭히고 싶다는 비열한 욕망이 훤히 보였다. 16세가 된 에르나는 몸매도 성인 여성에 가까워져 있었다.

하지만 저항은 악수다.

여기서 참으면 에르나의 스파이 용의는 풀린다. 그거면 됐다.

여성 스파이로서 각오했던 일이다. 적당히 남자들의 욕망에 어울려 주면—.

"아, 아뇨, 그 아이는 결백해요……!"

예상치 못한 곳에서 목소리가 들렸다.

에르나가 빵을 나눠 주려고 했던 노숙자 청년이었다. 목소리를 떨면서, 아첨하는 듯한 눈으로 『창세군』의 남자들에게 호소했다.

"그저 착해서, 저희에게 먹을 것을 베풀어 주는 아이예요. 왕실에 반항하려는 게—."

"어디다 대고 냄새나는 숨을 풍겨 대?!"

니르파 부대의 남자가 노숙자의 뺨을 후려갈겼다.

폭력에 망설임이 없었다. 주먹이 빠르게 꽂히며 커다란 소리가 났다.

"그렇군. 이 소녀는 쓰레기들의 마음을 장악하여 우리에게 반항하려는 거야. 공무 집행 방해에 더해 내란 준비죄. 치안 유지법 4조에 의거하여 체포권을 행사한다."

그 말을 듣고 에르나의 몸이 차갑게 식었다.

"자! 네놈도 단두대에—."

"—너나 닥쳐, 인 거야."

격앙하는 남자의 명치를 팔꿈치로 찍었다.

적은 셋. 에르나가 가장 먼저 쓰러뜨린 것은 중앙에 있던 스킨헤드 남자였다.

의표를 찌른 공격에 상대는 얼이 빠진 것 같았다. 행동이 느렸다.

에르나는 권총을 꺼내려고 하는 오른쪽 남자의 팔을 잡고 뒤로 꺾어서 들고 있던 권총을 뺏었다. 그대로 남자를 방패 삼아 몸을 돌리고 왼쪽 남자의 어깨를 사격했다.

상대가 혼란스러워하는 틈을 놓치지 않고 에르나는 선언했다.

"코드 네임 『우인』— 애써 죽……."

"이 계집년이이이이!"

스킨헤드남이 호통치면서 앞차기를 날렸다.

명치를 맞고 기절한 줄 알았는데, 종이 한 장 차이로 충격을 완화한 듯했다.

"윽!"

권총을 쏠 시간은 없어서, 에르나는 팔로 발차기를 막을 수밖에 없었다. 하지만 잘 단련된 남자의 일격을 막기에 에르나의 몸은 너무 가벼웠다.

뒤로 크게 날아가서 벽돌벽에 뒤통수를 부딪쳤다.

'불행…….'

역시 남자 셋을 격투로 상대하기는 힘들었다.

에르나의 특기를 쓴다면 타개할 수 있을지도 모르지만, 원래 그렇게 마음대로 쓸 수 있는 게 아니었다. 사고나 비극이 일어나는 장소를 알 수 있을 뿐이다.

하지만 지금 이 근처에 그런 딱 좋은 장소는 없었다.

'불행의 조짐이 없어……. 이곳에는 전혀—.'

감지하려고 코를 실룩였으나 잘 느껴지지 않았다.

자신의 감도가 약해진 걸까, 의심이 들었다. 생각해 보니 에르나를 기다리고 있었던 니르파 부대 사람들의 살기도 눈치채지 못했었다.

타개할 방법은 없다.

“이 반역자가아아아아아아아아아아!”

스킨헤드남이 그런 에르나를 향해 주먹을 쳐들었다.

아슬아슬하게 피하려고 몸을 긴장시켰을 때였다.

—남자가 치켜든 오른손에 단검 하나가 박혔다.

현실을 의심하듯 『창세군』 남자들이 침음을 흘렸다.

어디선가 날아온 단검이 남자의 손을 관통해 있었다. 뼈까지 꿰뚫은 것 같았다.

“어떻게, 쓰레기 따위가 이런 무기를…….”

남자가 아연해하며 말했다.

어떻게 된 건지 알 수 없었지만, 남자의 뒤쪽을 보고 이해했다.

단검을 날린 것은 아까 에르나를 감쌌던 노숙자 청년이었다. 그는 총처럼 생긴 무기를 들고 있었는데, 형상을 보아하니 거기서 단검이 사출된 것 같았다.

그는 겁먹은 듯 거칠게 숨을 쉬며 『창세군』의 남자들을 노려보고 있었다.

확실히 무기를 가지고 있을 것처럼 생기지는 않았지만—.

"나님이 준 선물이에요!"

들뜬 목소리가 상공에서 들렸다.

퍼뜩 놀라 위를 보니 건물 옥상에 아네트가 서 있었다.

에르나와 달리 키는 2년 전과 크게 다르지 않았다. 하지만 난잡하게 묶은 머리는 한층 더 구불구불하게 자랐고, 커다란 회색 모자가 그녀의 꺼림칙하고 이상한 분위기를 더욱 조장하고 있었다.

"미리 나눠 줬어요! 에르나가 위험한 짓을 하고 있길래!"

그녀는 와이어에 매달려, 아연해하는 『창세군』의 남자들 앞으로 내려왔다.

그녀는 이 전개를 예상했었던 것 같았다.

그래서 불행의 조짐이 없었구나, 납득했다.

가슴에 생겨나는 것은 오히려 지금부터 죽어 갈 『창세군』 남자들에 대한 연민이었다.

"네년은 뭐야……?"

스킨헤드남은 단검이 꽂힌 손을 잡고서, 갑자기 나타난 아네트 때문에 곤혹스러운 듯 눈썹을 찌푸렸다.

"우리를 거역하면 어떤 일을 당하는지 알고서—."

"큰일이죠. 그래서 나님, 좋은 아이디어를 생각해 냈어요."

아네트는 양손을 크게 짝 부딪쳤다.

"—나쁜 짓을 할 거라면 다 같이!"

그건 호령이었다.

아네트의 재촉을 들은 것처럼 골목 여기저기에서 사람이 나타났다. 에르나가 빵을 나눠 줬던 노숙자들이었다. 남녀노소 불문. 세 명, 다섯 명, 일곱 명, 아홉 명, 숫자는 계속 늘어났다. 공통점이라면 다들 아네트가 나눠 준 총처럼 생긴 무기를 움켜쥐고 있다는 것이었다.

상황을 이해했는지 『창세군』의 남자들이 비명을 질렀다.

이미 포위는 끝난 상태였다. 그들은 이제 도망칠 수 없었다.

"자! 다 같이 일제히 방아쇠를 당겨 주세요. 안 그러면 다들 살해당할 뿐이에요."

모여든 노숙자들을 향해 아네트가 웃었다.

개중에는 두려워하는 자도 있었지만, 아네트의 협박이 망설임을 지운 것 같았다.

"비밀 무기(라스트코드) 《아락다》— 무너져 깨어나는 세계로 만들죠!"

그건 예전에 마르뇨스섬의 해군 기지에서 개발된 전자석을 이용한 것이었다. 코인 건전지처럼 작지만 강력했다. 아네트는 자신의 모든 발명품에 그걸 넣을 수 있었다. 아네트가 리모컨으로 자력을 켜고 끔으로써— 타인의 살인을 보조한다.

이번에 아네트는 그것을 단검이 사출되는 특제 총에 넣었다.

—일반 시민에게 사람을 죽일 수 있는 힘을 주는 도구.

노숙자들의 총에서 발사된 단검은, 맨 처음 스킨헤드남에게 박힌 단검이 발산하는 자력에 이끌린 듯 날아가 몸에 깊이 꽂혔다. 포위당한 『창세군』의 남자들은 도망칠 수 없었다. 한 번이라도 단검이 박히면 그 후에는 자력에 의해 두 번째, 세 번째 단검은 반드시 명중하게 되었다. 꼬치가 된 남자들의 피가 골목에 튀었다.

그러는 동안 아네트는 아무것도 할 일이 없었다. 노숙자들이 평소의 울분을 푸는 것처럼 『창세군』 남자들에게 단검을 꽂는 광경을 그저 말없이 견학하고 있었다.

◇◇◇

"……너는 상당히 흉악해."

"응응? 에르나, 화났어요?"

"아냐, 됐어. 따지자면 에르나가 부주의했어. 미안……."

난관을 극복했으나, 직후에 엄습한 것은 큰 회한이었다.

—『창세군』 세 명을 매장했다.

살인이다. 에르나가 직접 죽인 것은 아니지만, 그 사실이 우선 가슴을 쳤다. 물론 상대도 결백한 사람을 죽여 온 인간이긴 하지만.

그리고 일단 『창세군』에게 마크되었다는 사실이 임박해 있었다.

"이제 숙소에도 학교에도 돌아갈 수 없어."

지명 수배자가 될 것은 확실하리라.

물론 현장의 노숙자들도 살인에 관여했으니 말을 퍼뜨리고 다니지는 않을 터다.

그래도 이제 온화한 생활은 보낼 수 없을 것이다.

"……거처를 바꾸고 한동안 잠복할 수밖에 없어."

"나님, 일단 귀국하는 것도 괜찮을 것 같아요!"

자신한테 튄 피를 닦은 아네트가 웃었다.

그건 타당한 제안이었다.

지낼 곳도 없어져 버렸으니, 에르나와 아네트는 이제 노숙자나 다름없다. 『창세군』의 수사가 미치기 전에 냉큼 숙소에 있는 짐을 챙겨 귀국해야 했다.

하지만 에르나는 입술을 꾹 깨물고 고개를 가로저었다.

"말도 안 돼. 선생님이 분부한 일은 아직 남아 있어."

임무를 내팽개치고 도망칠 수는 없다.

머릿속에는 함께 맹세했던 바캉스의 밤이 있었다.

"언니들과 선생님을 의지하진 않을 거야. 다 같이 정했어. 따로따로 움직여서 각자가 최선의 결과를 내기로 했어."

『등불』 결성 후 2년의 세월은 에르나에게 큰 변화를 불러왔다.

동료와 어깨동무하고서 훈련과 임무를 극복한 1년, 그리고 아네트와 함께 이국땅에서 분투한 고독의 1년.

이제 누군가가 지켜 줘야만 하는 어린아이가 아니다.

"—우리 둘이서 『창세군』과 맞서 싸우는 거야."

아네트가 기다렸다는 듯 하얀 이를 보였다.

"나님! 에르나와 둘이서 싸우는 걸 줄곧 기다리고 있었어요!"

천진난만하게 웃으며 설렌다는 모습을 보였다.

예전에는 있을 수 없었던 조합이었다. 에르나와 아네트는 일상생활 중에는 함께 행동하는 일이 많았지만, 임무를 수행할 때는 대체로 다른 소녀와 콤비를 맺었었다.

두 사람이 연계하여 하나의 임무에 도전하는 것은, 말하자면 이것이 처음이었다.

그리고 그에 걸맞은 초고난도 임무가 주어져 있었다.

◇◇◇

혁명이 무너진 나라— 라일라트 왕국.

반년 전, 그라니에 중장이 시도한 쿠데타는 실패로 끝났다. 『창세군』의 스파이 마스터 『니케』는 기지에서 보낸 보고서의 미세한 위화감을 간파하고 직접 나섰다. 그라니에 중장의 심복을 자기편으로 만들어서 정보를 실토하게 했다.

그라니에 중장은 재판 끝에 사형을 선고받고, 단두대에서 공개처형당했다.

이 나라에서 시민 혁명은 여전히 『불가능』하다고 여겨지고 있었다.

◇◇◇

그걸 알면서도『등불』은 움직이기 시작한다.

세계의 뒤편에서 진행되는 음모—《효암 계획(노스탤지어 프로젝트)》의 진상을 알아내려면 라일라트 왕국의 수상에게 접근할 수밖에 없다. 하지만 섣불리 다가가면『상승무패의 모신』인『니케』에게 살해당한다. 그녀와의 정면충돌은 최후의 수단으로 삼아야 했다.

—수상에게 접근하려면『창세군』의 약체화가 필수다.

—『니케』조차 감당하지 못할 만한 혼란을 일으킨다.

클라우스는 고민 끝에 결단을 내렸다. 아무리 멀리 돌아가더라도 피할 수는 없다고 판단했다. 다행히 불씨는 무수하게 굴러다니고 있었다.

그것은— **일찍이『화염』의 쌍둥이가 시도했던 목표와 동일했다.**

"—혁명이야. 우리는 라일라트 왕국 정부를 전복시킬 거야."

예전에『매연』루카스가 했던 선언을『우인』에르나도 입에 올렸다.

고작 두 소녀가 일국의 정부를 뒤엎기 위해서 움직이기 시작한다.

■작가 후기

9권 후기에서 말할 내용은 아니지만, 8권을 집필할 때 있었던 일을 이야기하고 싶습니다.

8권을 집필할 때는 마침 애니 『스파이 교실』의 제작이 척척 진행 중이던 시기였습니다. 스토리보드도 속속 완성되고, 설정도 차차 완성되고, 많은 굿즈화 기획이 들어오던 시기요. 원작자로서는 행복한 일이죠. 저도 감수로 참가했는데, 거의 「완벽해요」라고 대답할 만큼 멋지게 만들어졌습니다. 감사합니다.

또한 더빙도 이 무렵에 시작되었습니다. 기본적으로 저는 원격으로 참가했지만, 첫 회는 스튜디오를 찾아갔습니다. 성우님이 녹음하는 모습을 직접 보는 건 난생처음이라 설레는 마음으로 대기했습니다.

관계자: 그럼 타케마치 선생님. 성우님이 오시면 각 캐릭터에 관해 말씀해 주세요.

타케마치: 네?!

가볍게 인사만 할 거라고 생각했기에 동요하고 말았습니다. 하지만 냉정히 생각해 보면 당연한 일이죠. 설정은 성우님에게 미리 전달했으나, 작자가 눈앞에 있으니까요. 관계자님도 좋은 뜻으로 꺼낸 얘기였을 겁니다. 그렇지만 다리가 후들거렸습니다. 무슨 얘기를 하지?

아무튼 「이 캐릭터의 매력은 제삼자에게 어떻게 설명해야 전해질까?」 「이 아이는 이야기상에서 어떤 위치일까?」를 새삼 생각하게 됐던 애니 제작이었습니다.

그렇게 사색한 끝에 태어난 것이 이 9권입니다. 시리즈 후반전을 위해 다시금 캐릭터의 심정과 목적을 정리하기 위한 바캉스편. 어떠셨나요? 세컨드 시즌이 너무 무거웠기에 이런 에피소드도 집어넣어야겠다는 마음도 있었습니다.

이하 감사 인사입니다. 먼저 「써드 시즌부터 캐릭터의 외양을 바꾼다」라는 무리한 요구를 들어주신 토마리 선생님, 감사합니다. 새로 디자인해 주신 『화염』의 쌍둥이가 너무 좋습니다. 최고로 멋있는 형님들이에요.

그리고 11월 하순인 지금도 열심히 애니를 제작해 주시고 있는 스태프님들께도 이 9권의 후기에서 다시금 감사를 표하고 싶습니다. 설정과 그림이 올 때마다 원작자의 뇌내 영상보다 재미있어서 신음합니다. 분하지만 완패입니다.

그러고 보니 이 9권이 발매될 즈음에는 애니도 방송을 시작했겠네요. 세간의 반응은 어떨까요. 긴장됩니다…….

물론 원작 소설도 속속 전개됩니다. 다음은 마침내 이야기가 움직이기 시작하는 10권—보다도 단편집 4권이 먼저 나올지도 모르겠습니다. 드래곤매거진에 연재한 것이 여전히 쌓여 있거든요.

타케마치

스파이 교실 9
《아락다》의 아네트

초판 1쇄 발행 2024년 5월 20일

지은이_ Takemachi
일러스트_ Tomari
옮긴이_ 송재희

발행인_ 최원영
본부장_ 장혜경
편집장_ 김승신
편집진행_ 권세라 · 최혁수 · 김경민 · 최정민
편집디자인_ 양우연
국제업무_ 박진해 · 전은지 · 남궁명일
관리 · 영업_ 김민원 · 조은걸

펴낸곳_ (주)디앤씨미디어
등록_ 2002년 4월 25일 제20-260호
주소_ 서울특별시 구로구 디지털로32길 30 코오롱디지털타워빌란트 1305호
전화_ 02-333-2513(대표)
팩시밀리_ 02-333-2514
이메일_ lnovellove@naver.com
L노벨 공식 카페_ http://cafe.naver.com/lnovel11

SPY KYOSHITSU Vol.9 《GARAKUTA》 NO ANNETT

ISBN 979-11-278-7144-4 04830
ISBN 979-11-278-5816-2 (세트)

값 11,000원

L BOOKS

15세 미만 구독 불가
Kumo Kagyu 카규 쿠모
일러스트 so-bin
2
블레이드&바스타드
—철골의 시련장, 붉은 죽음의 용—
L BOOKS

L BOOKS

헬 모드 1~4권

하무오 지음 | 모 일러스트 | 김성래 옮김

"로그아웃 중에도 저절로 레벨이 올라? 이건 쉬운 게임을 넘어 방치 게임이잖냐!"
야마다 켄이치는 절망했다. 열심히 플레이하던 온라인 게임은 서비스 종료.
몇만 시간을 쏟아부어 파고들 가치가 있는 작품은 거의 살아남지 못했다.
"어디 보자……. 끝나지 않는 게임에 당신을 초대합니다, 라고?"
그런 켄이치가 우연히 검색하게 된 타이틀 없는 수수께끼의 온라인 게임.
난이도 설정 화면에서 망설이지 않고
최고 난이도「헬 모드」를 선택했더니 이세계의 농노로 전생해버렸다!
농노 소년「알렌」으로 전생한 그는 미지의 직업「소환사」를 능숙하게 다루며
공략본도 없는 이세계에서 최강으로 향하는 길을 더듬더듬 걸어 나아가는데―.